Fantastic Tales / Cuentos Fantásticos

Vol. II

Fantastic Tales / Cuentos Fantásticos
Vol. II

Bilingual English & Spanish edition

Fantastic tales / Cuentos fantásticos / Vol. II
Bilingual English & Spanish edition

© 2019 by Daniel Bernardo

SOJOURNER BOOKS
https://sojournerbooks.com

Translated by Daniel Bernardo

ISBN: 978-1-989586-03-7

Table of Contents

El Fresno / The Ash Tree
Montague Rhodes James

Todos los que han viajado por el este de Inglaterra conocen las casas de campo pequeñas con las que está tachonada, pequeños edificios húmedos, generalmente de estilo italiano, rodeados de parques de entre 80 y 100 acres. Para mí, siempre han tenido una atracción muy fuerte, con sus empalizadas grises hechas de estacas de roble, los árboles nobles, los lagos con sus cañaverales y la línea de bosques distantes. Me encanta su pórtico con pilares, tal vez pegado a una casa estilo reina Ana, de ladrillo rojo, enlucido de estuco, para armonizarla con el sabor "griego" de finales del siglo XVIII; el pasillo interior, que sube hasta el techo, que siempre debe contar con una galería y un órgano pequeño. También me gusta la biblioteca, donde puede encontrarse cualquier cosa, desde un Salterio del siglo XIII hasta un cuarto de Shakespeare. Me gustan los cuadros, por supuesto; y tal vez, sobre todo, me encanta imaginar lo que era la vida en una casa así cuando se construyó por primera vez, y en los tiempos prósperos de sus dueños, y no menos importante ahora, cuando, si el dinero no es tan abundante, el gusto es más variado y la vida es tan interesante como antes. Deseo tener una de estas casas, y suficiente dinero como para mantenerla y entretener modestamente en ella a mis amigos.

Everyone who has travelled over Eastern England knows the smaller country-houses with which it is studded — the rather dank little buildings, usually in the Italian style, surrounded with parks of some eighty to a hundred acres. For me they have always had a very strong attraction, with the grey paling of split oak, the noble trees, the meres with their reed-beds, and the line of distant woods. Then, I like the pillared portico — perhaps stuck on to a red-brick Queen Anne house which has been faced with stucco to bring it into line with the 'Grecian' taste of the end of the eighteenth century; the hall inside, going up to the roof, which hall ought always to be provided with a gallery and a small organ. I like the library, too, where you may find anything from a Psalter of the thirteenth century to a Shakespeare quarto. I like the pictures, of course; and perhaps most of all I like fancying what life in such a house was when it was first built, and in the piping times of landlords' prosperity, and not least now, when, if money is not so plentiful, taste is more varied and life quite as interesting. I wish to have one of these houses, and enough money to keep it together and entertain my friends in it modestly.

Pero esto es una digresión. Tengo que hablarles de una curiosa serie de eventos que sucedieron en una casa como la que he tratado de describir. Es Castringham Hall en Suffolk. Creo que se han hecho bastantes reformas en el edificio desde el período de mi historia, pero las características esenciales que he bosquejado todavía están allí: pórtico italiano, el cuerpo cuadrado de la casa, de color blanco, más antigua por dentro que por fuera, parque con franjas de bosque, y un lago. La única característica que distinguía a esa casa de muchas otras se ha perdido: desde el parque, se podía ver, a la derecha, un corpulento y antiguo fresno que crecía a media docena de metros de la pared de la casa y casi la tocaba con sus ramas. Supongo que se mantuvo allí desde que Castringham dejó de ser un lugar fortificado, y desde que se llenó el foso y se construyó la casa de huéspedes isabelina. De todos modos, en el año 1690 casi había alcanzado su tamaño definitivo.

En ese año, el distrito en el que se encuentra esta casa fue el escenario de una serie de juicios de brujas. Creo que pasará mucho tiempo antes de que lleguemos a una estimación justa de las razones –si es que hubo alguna– que motivaban el temor universal a las brujas en los viejos tiempos. Si las personas acusadas de este delito realmente imaginaron que poseían un poder inusual de cualquier tipo; o si tenían al menos la voluntad, si no el poder, de hacer daño a sus vecinos; o si todas las confesiones, de las que hay tantas, fueron extorsionadas por la crueldad de los cazadores de brujas. Estas preguntas no han sido, creo, aún resueltas. Y la presente narrativa me hace vacilar. No puedo descartarla por completo como una mera invención. El lector debe juzgar por sí mismo.

Castringham contribuyó con una víctima al auto-da-fé. Se llamaba señora Mothersole y se diferenciaba de las brujas típicas del pueblo solo por estar en una situación bastante mejor y tener una posi-

But this is a digression. I have to tell you of a curious series of events which happened in such a house as I have tried to describe. It is Castringham Hall in Suffolk. I think a good deal has been done to the building since the period of my story, but the essential features I have sketched are still there — Italian portico, square block of white house, older inside than out, park with fringe of woods, and mere. The one feature that marked out the house from a score of others is gone. As you looked at it from the park, you saw on the right a great old ash-tree growing within half a dozen yards of the wall, and almost or quite touching the building with its branches. I suppose it had stood there ever since Castringham ceased to be a fortified place, and since the moat was filled in and the Elizabethan dwelling-house built. At any rate, it had well-nigh attained its full dimensions in the year 1690.

In that year the district in which the Hall is situated was the scene of a number of witch-trials. It will be long, I think, before we arrive at a just estimate of the amount of solid reason — if there was any — which lay at the root of the universal fear of witches in old times. Whether the persons accused of this offence really did imagine that they were possessed of unusual power of any kind; or whether they had the will at least, if not the power, of doing mischief to their neighbors; or whether all the confessions, of which there are so many, were extorted by the cruelty of the witch-finders — these are questions which are not, I fancy, yet solved. And the present narrative gives me pause. I cannot altogether sweep it away as mere invention. The reader must judge for himself.

Castringham contributed a victim to the auto-da-fé. Mrs. Mothersole was her name, and she differed from the ordinary run of village witches only in being rather better off and in a more influential posi-

ción más influyente. Varios agricultores de buena reputación de la parroquia se esforzaron para salvarla. Hicieron todo lo posible para ofrecer el mejor testimonio sobre su carácter, y mostraron una considerable ansiedad en cuanto al veredicto del jurado.

Pero lo que parece haber sido fatal para la mujer fue la evidencia del entonces propietario de Castringham Hall –Sir Matthew Fell. Afirmó haberla visto en tres ocasiones diferentes desde su ventana, durante la luna llena, recogiendo ramitas "del fresno cerca de mi casa". Se había subido a las ramas, vestida solo con su camisa, y estaba cortando pequeñas ramitas con un cuchillo curvo peculiar, y mientras lo hacía, parecía estar hablando consigo misma. En cada ocasión, sir Matthew había hecho todo lo posible por capturar a la mujer, pero ella siempre se había alertado por algún ruido accidental que él había hecho, y todo lo que podía ver cuando bajaba al jardín era una liebre que cruzaba el camino en dirección al pueblo.

La tercera noche se había esforzado por seguirla tan rápido como le era posible y había ido directamente a la casa de la señora Mothersole; pero había tenido que esperar un cuarto de hora golpeando la puerta de su casa, y luego ella había salido muy enojada, y al parecer muy adormecida, como si acabara de salir de la cama; y no tuvo una buena explicación para ofrecerle de su visita.

Basándose en esta declaración, aunque hubo muchas otras de un tipo menos extraño e inusual, de otros feligreses, la señora Mothersole fue declarada culpable y condenada a morir. La ahorcaron una semana después del juicio, con otros cinco o seis infelices, en Bury St. Edmunds.

Sir Matthew Fell, vicepresidente del tribunal de justicia del condado, estuvo presente en la ejecución. Era una mañana húmeda y lluviosa de marzo cuando la carreta subía por la áspera colina de hierba en las afueras de Northgate, donde estaba la horca. Las otras víctimas se veían apá-

tion. Efforts were made to save her by several reputable farmers of the parish. They did their best to testify to her character, and showed considerable anxiety as to the verdict of the jury.

But what seems to have been fatal to the woman was the evidence of the then proprietor of Castringham Hall — Sir Matthew Fell. He deposed to having watched her on three different occasions from his window, at the full of the moon, gathering sprigs 'from the ash-tree near my house'. She had climbed into the branches, clad only in her shift, and was cutting off small twigs with a peculiarly curved knife, and as she did so she seemed to be talking to herself. On each occasion Sir Matthew had done his best to capture the woman, but she had always taken alarm at some accidental noise he had made, and all he could see when he got down to the garden was a hare running across the path in the direction of the village.

On the third night he had been at the pains to follow at his best speed, and had gone straight to Mrs. Mothersole's house; but he had had to wait a quarter of an hour battering at her door, and then she had come out very cross, and apparently very sleepy, as if just out of bed; and he had no good explanation to offer of his visit.

Mainly on this evidence, though there was much more of a less striking and unusual kind from other parishioners, Mrs. Mothersole was found guilty and condemned to die. She was hanged a week after the trial, with five or six more unhappy creatures, at Bury St Edmunds.

Sir Matthew Fell, then Deputy-Sheriff, was present at the execution. It was a damp, drizzly March morning when the cart made its way up the rough grass hill outside Northgate, where the gallows stood. The other victims were apathetic or broken down with misery; but Mrs. Moth-

ticas o quebradas por la miseria; pero la señora Mothersole era, tanto en la vida como en la muerte, de un carácter muy diferente. Su "furia venenosa", como lo dijo un reportero de la época, "impresionó tanto a los espectadores, sí, incluso al verdugo, que todos los que la vieron afirmaron que presentaba el aspecto vivo de un Demonio furioso". Sin embargo, ella no ofreció resistencia a los oficiales de la ley; solo miró a aquellos que pusieron las manos sobre ella con un aspecto tan terrible y venenoso que –como uno de ellos me aseguró–, el simplemente recordarlo lo perturbaba seis meses después".

Sin embargo, todo lo que se cuenta que dijo fueron las palabras, aparentemente sin sentido: "Habrá invitados en la residencia". Palabras que ella repitió más de una vez, en voz baja.

Sir Matthew Fell no se mostró impresionado por el porte de la mujer. Habló un poco sobre el asunto con el vicario de su parroquia, con quien viajó a su casa después de que la ejecución terminó. Sus pruebas en el juicio no habían sido entregadas de muy buen grado, no estaba especialmente infectado de la manía de perseguir brujas, pero declaró, tanto entonces como después, que no podía dar ninguna otra explicación del asunto que la que había dado, y que no podía haber estado equivocado en cuanto a lo que él había visto. Todo el asunto le había repugnado, porque era un hombre al que le gustaba estar en buenos términos con los que lo rodeaban; pero consideró su deber llevar hasta su conclusión ese asunto, y lo había hecho. Esa parece haber sido la esencia de sus sentimientos, y el Vicario lo aplaudió, como cualquier hombre razonable lo habría hecho.

Unas semanas después, cuando la luna de mayo estaba llena, el vicario y el señor Fell se reunieron nuevamente en el parque y caminaron juntos hacia la residencia. Lady Fell estaba con su madre, que estaba peligrosamente enferma, y sir

ersole was, as in life so in death, of a very different temper. Her 'poysonous Rage', as a reporter of the time puts it, 'did so work upon the Bystanders — yea, even upon the Hangman — that it was constantly affirmed of all that saw her that she presented the living Aspect of a mad Divell. Yet she offer'd no Resistance to the Officers of the Law; onely she looked upon those that laid Hands upon her with so direfull and venomous an Aspect that — as one of them afterwards assured me — the meer Thought of it preyed inwardly upon his Mind for six Months after.'

However, all that she is reported to have said were the seemingly meaningless words: 'There will be guests at the Hall.' Which she repeated more than once in an undertone.

Sir Matthew Fell was not unimpressed by the bearing of the woman. He had some talk upon the matter with the Vicar of his parish, with whom he travelled home after the assize business was over. His evidence at the trial had not been very willingly given; he was not specially infected with the witch-finding mania, but he declared, then and afterwards, that he could not give any other account of the matter than that he had given, and that he could not possibly have been mistaken as to what he saw. The whole transaction had been repugnant to him, for he was a man who liked to be on pleasant terms with those about him; but he saw a duty to be done in this business, and he had done it. That seems to have been the gist of his sentiments, and the Vicar applauded it, as any reasonable man must have done.

A few weeks after, when the moon of May was at the full, Vicar and Squire met again in the park, and walked to the Hall together. Lady Fell was with her mother, who was dangerously ill, and Sir Matthew was alone at home; so the Vicar, Mr.

Matthew estaba solo en su casa; por lo que el Vicario, el Sr. Crome, fue fácilmente persuadido para quedarse a tomar una cena tardía.

Sir Matthew no fue muy buena compañía esa noche. La charla se centró principalmente en asuntos familiares y parroquiales y, por suerte, Sir Matthew hizo un memorándum por escrito de ciertos deseos o intenciones suyos con respecto a sus propiedades, que luego resultó sumamente útil.

Cuando el Sr. Crome pensó que era hora de irse a su casa, alrededor de las nueve y media, Sir Matthew y él dieron una vuelta previa por el camino de grava en la parte posterior de la casa. El único incidente que le llamó la atención al Sr. Crome fue este: estaban a la vista del fresno que describí como creciendo cerca de las ventanas del edificio, cuando Sir Matthew se detuvo y dijo:

"¿Qué es eso que corre arriba y abajo del tallo del fresno? ¿No puede ser una ardilla? Ya estarán todas en sus madrigueras".

El Vicario miró y vio a la criatura en movimiento, pero no pudo distinguir su color a la luz de la luna. La forma de su cuerpo, sin embargo, vista por un instante, estaba impresa en su cerebro, y podría haber jurado, dijo, aunque sonaba tonto, que, ardilla o no, tenía más de cuatro patas.

No le dieron mucha importancia a esa visión fugaz, y los dos hombres se separaron. Es posible que se hayan reunido después de entonces, pero no fue por una veintena de años.

Al día siguiente, a las seis de la mañana, sir Matthew Fell aún no había bajado, como era su costumbre, ni a las siete ni a las ocho. A continuación, los sirvientes fueron y llamaron a la puerta de su habitación. No necesito prolongar la descripción de sus escuchas ansiosas y los renovados golpes en los paneles. La puerta se abrió por fin desde el exterior, y encontraron a su señor muerto y ennegrecido. Como

Crome, was easily persuaded to take a late supper at the Hall.

Sir Matthew was not very good company this evening. The talk ran chiefly on family and parish matters, and, as luck would have it, Sir Matthew made a memorandum in writing of certain wishes or intentions of his regarding his estates, which afterwards proved exceedingly useful.

When Mr. Crome thought of starting for home, about half past nine o'clock, Sir Matthew and he took a preliminary turn on the graveled walk at the back of the house. The only incident that struck Mr. Crome was this: they were in sight of the ash-tree which I described as growing near the windows of the building, when Sir Matthew stopped and said:

'What is that that runs up and down the stem of the ash? It is never a squirrel? They will all be in their nests by now.'

The Vicar looked and saw the moving creature, but he could make nothing of its color in the moonlight. The sharp outline, however, seen for an instant, was imprinted on his brain, and he could have sworn, he said, though it sounded foolish, that, squirrel or not, it had more than four legs.

Still, not much was to be made of the momentary vision, and the two men parted. They may have met since then, but it was not for a score of years.

Next day Sir Matthew Fell was not downstairs at six in the morning, as was his custom, nor at seven, nor yet at eight. Hereupon the servants went and knocked at his chamber door. I need not prolong the description of their anxious listenings and renewed batterings on the panels. The door was opened at last from the outside, and they found their master dead and black. So much you have guessed. That

puede que hayan adivinado. A simple vista no se notaba ninguna señal de violencia; pero la ventana estaba abierta.

Uno de los hombres fue a buscar al párroco y luego, siguiendo sus instrucciones, fue a avisar al juez de instrucción. El propio Sr. Crome acudió tan rápido como pudo a la residencia, y fue llevado a la habitación donde yacía el hombre muerto. Ha dejado algunas notas entre sus documentos que muestran la tristeza y el respeto genuino que sentía por Sir Matthew, y también hay un pasaje, que transcribo por la luz que arroja sobre el curso de los acontecimientos, y también sobre las creencias comunes de la época:

"No había ningún indicio de una entrada forzada a la habitación; pero la ventana estaba abierta, como mi pobre amigo siempre la dejaba, en esta temporada. Acostumbraba tomar una cerveza ligera de un vaso de plata, de aproximadamente una pinta de capacidad, y esa noche no la había bebido toda. Esa bebida fue examinada por el médico de Bury, un Sr. Hodgkins, quien no pudo, sin embargo, como declaró después de su juramento, antes de la búsqueda del juez de instrucción, descubrir en ella ninguna sustancia de tipo venenoso. Porque, como era natural, debido a la gran hinchazón y ennegrecimiento del cadáver, se decía entre los vecinos que había sido envenenado. El cuerpo fue encontrado sobre la cama, completamente retorcido, lo que sugería que mi digno amigo y protector había expirado con gran dolor y agonía. Y lo que aún no se ha explicado, y que opino demuestra algún designio horrible e intencionado en los perpetradores de este bárbaro asesinato, fue el hecho de que las mujeres a las que se les confió amortajar y lavar el cuerpo, personas dolientes y muy bien respetadas en su profesión funeraria, vinieron a mí con un gran dolor y angustia, tanto de mente como de cuerpo, diciendo –lo que de hecho se confirmó a primera vista–, que apenas habían tocado el pecho del cadáver con sus manos

there were any marks of violence did not at the moment appear; but the window was open.

One of the men went to fetch the parson, and then by his directions rode on to give notice to the coroner. Mr. Crome himself went as quick as he might to the Hall, and was shown to the room where the dead man lay. He has left some notes among his papers which show how genuine a respect and sorrow was felt for Sir Matthew, and there is also this passage, which I transcribe for the sake of the light it throws upon the course of events, and also upon the common beliefs of the time:

'There was not any the least Trace of an Entrance having been forc'd to the Chamber: but the Casement stood open, as my poor Friend would always have it in this Season. He had his Evening Drink of small Ale in a silver vessel of about a pint measure, and tonight had not drunk it out. This Drink was examined by the Physician from Bury, a Mr. Hodgkins, who could not, however, as he afterwards declar'd upon his Oath, before the Coroner's quest, discover that any matter of a venomous kind was present in it. For, as was natural, in the great Swelling and Blackness of the Corpse, there was talk made among the Neighbours of Poyson. The Body was very much Disorder'd as it laid in the Bed, being twisted after so extreme a sort as gave too probable Conjecture that my worthy Friend and Patron had expir'd in great Pain and Agony. And what is as yet unexplain'd, and to myself the Argument of some Horrid and Artfull Designe in the Perpetrators of this Barbarous Murther, was this, that the Women which were entrusted with the laying-out of the Corpse and washing it, being both sad Pearsons and very well Respected in their Mournfull Profession, came to me in a great Pain and Distress both of Mind and Body, saying, what was indeed confirmed upon the first View, that they had no sooner touch'd

desnudas, cuando sintieron dolor en sus palmas, y una picazón intensa y anormal en sus manos, las que, como sus antebrazos, se hincharon bastante, sin tardar mucho. El dolor continuó, como se demostró después, durante muchas semanas, durante las cuales ellas debieron interrumpir el ejercicio de su profesión, aunque ninguna marca se vio en la piel.

"Al escuchar esto, envié a buscar al médico, que todavía estaba en la casa, y examinamos la piel de la parte afectada del cuerpo, con la ayuda de una pequeña lente de cristal; pero no pudimos detectar nada con el instrumento que teníamos, más allá de un par de picaduras o pinchazos pequeños, que luego concluimos que eran los puntos por los cuales se podía introducir el veneno, recordando el anillo del Papa Borgia, como otros ejemplos conocidos del horrendo arte de los envenenadores italianos del pasado.

"Mucho se puede decir de los síntomas que se ven en el cadáver. En cuanto a lo que debo agregar, es solo mi propio experimento, y dejaré que la posteridad determine si hay algo de valor en él. Había sobre la mesa, junto a la cama, una Biblia de tamaño pequeño, de la que mi amigo –cuidadoso tanto en los asuntos de intrascendentes como en los más importantes–, leía antes de acostarse y al levantarse por la mañana, un texto seleccionado. Y al tomarla en mi mano –no sin derramar una lágrima por el hombre que pasó del estudio de ese pobre bosquejo a la contemplación de su gran origen–, tuve la idea, como en esos momentos de impotencia somos propensos a buscar el más pequeño destello que promete arrojar luz, de probar esa antigua práctica, llamada *Sortes Sanctorum*, supuestamente considerada supersticiosa, de abrir la Biblia al azar para buscar consejo; de la cual se habló mucho por el famoso caso de su difunta majestad, el santo mártir Rey Carlos y Lord Falkla-

the Breast of the Corpse with their naked Hands than they were sensible of a more than ordinary violent Smart and Acheing in their Palms, which, with their whole Forearms, in no long time swell'd so immoderately, the Pain still continuing, that, as afterwards proved, during many weeks they were forc'd to lay by the exercise of their Calling; and yet no mark seen on the Skin.

'Upon hearing this, I sent for the Physician, who was still in the House, and we made as careful a Proof as we were able by the Help of a small Magnifying Lens of Crystal of the condition of the Skinn on this Part of the Body: but could not detect with the Instrument we had any Matter of Importance beyond a couple of small Punctures or Pricks, which we then concluded were the Spotts by which the Poyson might be introduced, remembering that Ring of Pope Borgia, with other known Specimens of the Horrid Art of the Italian Poysoners of the last age.

'So much is to be said of the Symptoms seen on the Corpse. As to what I am to add, it is meerly my own Experiment, and to be left to Posterity to judge whether there be anything of Value therein. There was on the Table by the Bedside a Bible of the small size, in which my Friend — punctual as in Matters of less Moment, so in this more weighty one — used nightly, and upon his First Rising, to read a sett Portion. And I taking it up — not without a Tear duly paid to him wich from the Study of this poorer Adumbration was now pass'd to the contemplation of its great Original — it came into my Thoughts, as at such moments of Helplessness we are prone to catch at any the least Glimmer that makes promise of Light, to make trial of that old and by many accounted Superstitious Practice of drawing the Sortes; of which a Principall Instance, in the case of his late Sacred Majesty the Blessed Martyr King Charles and my Lord Falkland, was now much talked of. I must needs admit

nd. Debo admitir que mi prueba no me brindó mucha ayuda. Sin embargo, como puede que alguien quiera conocer la causa y el origen de estos horribles sucesos, dejo registro de los resultados, en caso de que señalen la causa de este asunto, a una inteligencia más esclarecida que la mía.

"Hice, entonces, tres pruebas, abriendo el Libro y colocando mi dedo sobre ciertas palabras. En el primer intento obtuve Lucas XIII, 7: 'córtala'; en el segundo, Isaías XIII, 20: 'Nunca más será habitada'; y en el tercero, Job XXXIX, 30: 'sus pequeños también chupan sangre' ".

Esto es todo lo que necesita ser citado de los documentos del Sr. Crome. Sir Matthew Fell fue debidamente colocado en su ataúd y enterrado, y su sermón fúnebre, dado por el Sr. Crome el domingo siguiente, se imprimió bajo el título "El camino inescrutable, o El peligro de Inglaterra y las malvadas intrigas del anticristo", según la opinión del vicario, así como la más comúnmente celebrada en el vecindario, el terrateniente fue víctima de un recrudecimiento de las intrigas papistas.

Su hijo, sir Matthew segundo, heredó el título y las propiedades. Y así termina el primer acto de la tragedia de Castringham. Cabe mencionar, aunque el hecho no es sorprendente, que el nuevo Baronet no ocupó la habitación en la que había muerto su padre. Tampoco, de hecho, fue utilizada como dormitorio por nadie más que un visitante ocasional, mientras él vivió. Murió en 1735, y no encuentro que nada particular haya marcado su vida, salvo una mortalidad curiosamente constante entre su ganado vacuno y otros animales en general, que mostró una tendencia a aumentar ligeramente a medida que pasaba el tiempo.

Aquellos que estén interesados en los detalles encontrarán una cuenta estadística en una carta al Gentleman's Magazine de 1772, que se basa en los propios documentos del Baronet. Puso fin a sus

that by my Trial not much Assistance was afforded me: yet, as the Cause and Origin of these Dreadfull Events may hereafter be search'd out, I set down the Results, in the case it may be found that they pointed the true Quarter of the Mischief to a quicker Intelligence than my own.

'I made, then, three trials, opening the Book and placing my Finger upon certain Words: which gave in the first these words, from Luke xiii. 7, Cut it down; in the second, Isaiah xiii. 20, It shall never be inhabited; and upon the third Experiment, Job xxxix. 30, Her young ones also suck up blood.'

This is all that need be quoted from Mr. Crome's papers. Sir Matthew Fell was duly coffined and laid into the earth, and his funeral sermon, preached by Mr. Crome on the following Sunday, has been printed under the title of 'The Unsearchable Way; or, England's Danger and the Malicious Dealings of Antichrist', it being the Vicar's view, as well as that most commonly held in the neighborhood, that the Squire was the victim of a recrudescence of the Popish Plot.

His son, Sir Matthew the second, succeeded to the title and estates. And so ends the first act of the Castringham tragedy. It is to be mentioned, though the fact is not surprising, that the new Baronet did not occupy the room in which his father had died. Nor, indeed, was it slept in by anyone but an occasional visitor during the whole of his occupation. He died in 1735, and I do not find that anything particular marked his reign, save a curiously constant mortality among his cattle and live-stock in general, which showed a tendency to increase slightly as time went on.

Those who are interested in the details will find a statistical account in a letter to the Gentleman's Magazine of 1772, which draws the facts from the Baronet's own papers. He put an end to it at last by a

pérdidas mediante un simple recurso, el de encerrar a todas sus bestias en los cobertizos durante la noche y no tener ovejas en su parque. Porque se había dado cuenta de que nunca se había atacado a animal alguno que pasara la noche en el establo. Después de eso, el problema se limitó a las aves silvestres y las bestias de caza. Pero como no tenemos una buena descripción de los síntomas, y puesto que la vigilancia nocturna tampoco proporcionó pista alguna, no tengo más que decir sobre lo que los granjeros de Suffolk llamaron la "enfermedad de Castringham".

El segundo sir Matthew murió en 1735, como dije, y fue sucedido por su hijo, sir Richard. Fue en su época cuando se construyó el gran banco familiar en el lado norte de la iglesia parroquial. Tan grandes fueron los proyectos del terrateniente que varias de las tumbas en ese lado profano del edificio, tuvieron que ser alteradas para satisfacer sus requisitos. Entre ellas se encontraba la de la señora Mothersole, cuya posición se conocía con precisión, gracias a una nota sobre un plano de la iglesia y el patio, ambos hechos por el Sr. Crome.

Se despertó cierto interés en el pueblo cuando se supo que la famosa bruja, que todavía era recordada por unos pocos, debía ser exhumada. Y la sensación de sorpresa, y de hecho de inquietud, fue muy fuerte cuando se descubrió que, aunque su ataúd estaba bastante sólido y no tenía roturas, no había rastro alguno de su cuerpo, ni huesos o polvo. De hecho, fue un fenómeno curioso, ya que en el momento de su entierro no se soñaba con tales cosas como ladrones de cadáveres, y es difícil concebir un motivo racional para robar un cuerpo que no sea para los usos de la sala de disección.

El incidente revivió por un tiempo todas las historias de juicios de brujas y de las hazañas de las brujas, latentes durante cuarenta años, y las órdenes de sir Richard de quemar el ataúd fueron consideradas

very simple expedient, that of shutting up all his beasts in sheds at night, and keeping no sheep in his park. For he had noticed that nothing was ever attacked that spent the night indoors. After that the disorder confined itself to wild birds, and beasts of chase. But as we have no good account of the symptoms, and as all-night watching was quite unproductive of any clue, I do not dwell on what the Suffolk farmers called the 'Castringham sickness'.

The second Sir Matthew died in 1735, as I said, and was duly succeeded by his son, Sir Richard. It was in his time that the great family pew was built out on the north side of the parish church. So large were the Squire's ideas that several of the graves on that unhallowed side of the building had to be disturbed to satisfy his requirements. Among them was that of Mrs. Mothersole, the position of which was accurately known, thanks to a note on a plan of the church and yard, both made by Mr. Crome.

A certain amount of interest was excited in the village when it was known that the famous witch, who was still remembered by a few, was to be exhumed. And the feeling of surprise, and indeed disquiet, was very strong when it was found that, though her coffin was fairly sound and unbroken, there was no trace whatever inside it of body, bones, or dust. Indeed, it is a curious phenomenon, for at the time of her burying no such things were dreamt of as resurrection-men, and it is difficult to conceive any rational motive for stealing a body otherwise than for the uses of the dissecting-room.

The incident revived for a time all the stories of witch-trials and of the exploits of the witches, dormant for forty years, and Sir Richard's orders that the coffin should be burnt were thought by a good many to

por muchos como bastante temerarias, aunque fueron debidamente obedecidas.

Sir Richard fue un innovador pernicioso, es cierto. Antes de su época, la residencia había sido un elegante edificio de ladrillo de color rojo suave; pero sir Richard había viajado a Italia y se había infectado con el sabor italiano, y, al tener más dinero que sus predecesores, decidió dejar un palacio italiano donde había encontrado una casa inglesa. Así, el estuco y los sillares enmascararon el ladrillo. Se colocaron algunos mármoles romanos elegidos sin mucho criterio, en el vestíbulo y en los jardines, se construyó una reproducción del templo de la Sibila en Tivoli en la orilla opuesta del lago, y Castringham adquirió un aspecto completamente nuevo y, debo decir, menos atractivo. Pero fue muy admirado, y sirvió de modelo a muchos de sus vecinos de la pequeña aristocracia en años posteriores.

***

Una mañana (fue en 1754) sir Richard se despertó después de una noche de incomodidad. Debido al viento, su chimenea había llenado de humo su habitación, y sin embargo hacía tanto frío que debía mantener un fuego. Además, algo había sacudido tanto la ventana que ningún hombre podía conseguir un momento de paz. Además, existía la posibilidad de que varios invitados de posición llegaran en el transcurso del día, esperando disfrutar de una cacería, y las incursiones del moquillo (que seguían afectando a los animales salvajes de sus terrenos) habían sido tan graves últimamente, que temía estropearan su reputación como conservador de la fauna de su parque. Pero lo que realmente lo perturbó más fue el haber pasado una noche de insomnio. Ciertamente no volvería a dormir en esa habitación.

Ese fue el tema principal de sus meditaciones en el desayuno, y después de eso, comenzó un examen sistemático de las habitaciones para ver cuál otra le pa-

be rather foolhardy, though they were duly carried out.

Sir Richard was a pestilent innovator, it is certain. Before his time the Hall had been a fine block of the mellowest red brick; but Sir Richard had travelled in Italy and become infected with the Italian taste, and, having more money than his predecessors, he determined to leave an Italian palace where he had found an English house. So stucco and ashlar masked the brick; some indifferent Roman marbles were planted about in the entrance-hall and gardens; a reproduction of the Sibyl's temple at Tivoli was erected on the opposite bank of the mere; and Castringham took on an entirely new, and, I must say, a less engaging, aspect. But it was much admired, and served as a model to a good many of the neighboring gentry in afteryears.

***

One morning (it was in 1754) Sir Richard woke after a night of discomfort. It had been windy, and his chimney had smoked persistently, and yet it was so cold that he must keep up a fire. Also something had so rattled about the window that no man could get a moment's peace. Further, there was the prospect of several guests of position arriving in the course of the day, who would expect sport of some kind, and the inroads of the distemper (which continued among his game) had been lately so serious that he was afraid for his reputation as a game-preserver. But what really touched him most nearly was the other matter of his sleepless night. He could certainly not sleep in that room again.

That was the chief subject of his meditations at breakfast, and after it he began a systematic examination of the rooms to see which would suit his notions best.

recía más adecuada. Pasó mucho tiempo antes de que encontrara una adecuada. Una tenía una ventana orientada al este, y otra al norte; por una puerta siempre pasarían los sirvientes, y no le gustaba la cama de otra. No, quería una habitación con una vista occidental, de modo que el sol no pudiera despertarlo temprano, y debía estar apartada del ajetreo de la casa. El ama de llaves ya no tenía más sugerencias que ofrecer.

"Bueno, sir Richard", dijo, "usted sabe que no hay más que una habitación así en la casa".

"¿Cuál puede ser?", Dijo sir Richard.

"La de sir Matthew, el aposento que mira al Oeste".

"Bueno, ponme allí, porque allí dormiré esta noche", dijo su señor. "¿Por dónde se va? Aquí, para estar seguro"; y él se apresuró a ir.

"Oh, sir Richard, pero nadie ha dormido allí durante estos cuarenta años. No se ha aireado desde que Sir Matthew murió allí" –iba diciendo mientras lo seguía apresuradamente.

"Venga, abra la puerta, señora Chiddock. Veré la cámara, al menos".

Así que se abrió, y, de hecho, tenía un olor terroso y a encerrado. Sir Richard se acercó a la ventana e, impaciente, como era su costumbre, abrió las celosías y la ventana de par en par. Ese extremo de la casa casi no había sido remodelado, y estaba medio tapado por el gran fresno, que lo ocultaba de la vista.

"Airéela, señora Chiddock, todo el día, y mueva mis muebles y mi cama por la tarde. Ponga al obispo de Kilmore en mi antigua habitación".

"Disculpe, sir Richard", dijo una nueva voz, interrumpiendo este discurso, "¿podría concederme un momento?".

Sir Richard se volvió y vio a un hombre de negro en el umbral, que hizo una reverencia.

It was long before he found one. This had a window with an eastern aspect and that with a northern; this door the servants would be always passing, and he did not like the bedstead in that. No, he must have a room with a western look-out, so that the sun could not wake him early, and it must be out of the way of the business of the house. The housekeeper was at the end of her resources.

'Well, Sir Richard,' she said, 'you know that there is but the one room like that in the house.'

'Which may that be?' said Sir Richard.

'And that is Sir Matthew's — the West Chamber.'

'Well, put me in there, for there I'll lie tonight,' said her master. 'Which way is it? Here, to be sure'; and he hurried off.

'Oh, Sir Richard, but no one has slept there these forty years. The air has hardly been changed since Sir Matthew died there.' Thus she spoke, and rustled after him.

'Come, open the door, Mrs. Chiddock. I'll see the chamber, at least.'

So it was opened, and, indeed, the smell was very close and earthy. Sir Richard crossed to the window, and, impatiently, as was his wont, threw the shutters back, and flung open the casement. For this end of the house was one which the alterations had barely touched, grown up as it was with the great ash-tree, and being otherwise concealed from view.

'Air it, Mrs. Chiddock, all today, and move my bed-furniture in in the afternoon. Put the Bishop of Kilmore in my old room.'

'Pray, Sir Richard,' said a new voice, breaking in on this speech, 'might I have the favor of a moment's interview?'

Sir Richard turned round and saw a man in black in the doorway, who bowed.

"Debo pedirle su indulgencia por esta intrusión, sir Richard. Usted, tal vez, apenas me recuerde. Me llamo William Crome y mi abuelo fue vicario en la época de su abuelo".

"Bueno, señor", dijo Sir Richard, "el nombre de Crome siempre es un pasaporte para Castringham. Me complace renovar una amistad de dos generaciones. ¿En qué puedo servirle? Porque esta hora de venir –y si no me equivoco–, su aspecto, indican que tiene prisa".

"Eso no es más que la verdad, señor. Estoy cabalgando de Norwich a Bury St Edmunds tan rápido como puedo, y he parado en mi camino para dejarle algunos papeles que encontramos entre los que mi abuelo dejó a su muerte. Posiblemente usted pueda encontrar algunos asuntos de interés familiar en ellos".

"Usted es muy complaciente, señor Crome, si tiene la bondad de seguirme al salón y tomar un vaso de vino, examinaremos estos documentos juntos". Y usted, señora Chiddock, como dije, trate de airear esta cámara... Sí, es aquí donde murió mi abuelo... Sí, el árbol, quizás, hace que el lugar sea un poco húmedo... No, no quiero escuchar más. No complique las cosas, se lo ruego. Usted tiene sus órdenes –vaya. ¿Me seguirá, señor?

Fueron al estudio. El paquete que había traído el joven señor Crome (que acababa de convertirse en miembro de Clare Hall en Cambridge, puedo decir, y posteriormente publicó una respetable edición de Polyaenus) contenía, entre otras cosas, las notas que había hecho el antiguo vicario, con motivo de la muerte de sir Matthew Fell. Y, por primera vez, sir Richard se enfrentó a las enigmáticas *Sortes Sanctorum* que ya mencioné. Le parecieron divertidas.

"Bueno", dijo, "la Biblia de mi abuelo le dio un consejo prudente: cortarlo". Si eso significa el fresno, él puede estar segu-

'I must ask your indulgence for this intrusion, Sir Richard. You will, perhaps, hardly remember me. My name is William Crome, and my grandfather was Vicar in your grandfather's time.'

'Well, sir,' said Sir Richard, 'the name of Crome is always a passport to Castringham. I am glad to renew a friendship of two generations' standing. In what can I serve you? for your hour of calling — and, if I do not mistake you, your bearing — shows you to be in some haste.'

'That is no more than the truth, sir. I am riding from Norwich to Bury St Edmunds with what haste I can make, and I have called in on my way to leave with you some papers which we have but just come upon in looking over what my grandfather left at his death. It is thought you may find some matters of family interest in them.'

'You are mighty obliging, Mr. Crome, and, if you will be so good as to follow me to the parlor, and drink a glass of wine, we will take a first look at these same papers together. And you, Mrs. Chiddock, as I said, be about airing this chamber...Yes, it is here my grandfather died...Yes, the tree, perhaps, does make the place a little dampish...No; I do not wish to listen to any more. Make no difficulties, I beg. You have your orders — go. Will you follow me, sir?'

They went to the study. The packet which young Mr. Crome had brought — he was then just become a Fellow of Clare Hall in Cambridge, I may say, and subsequently brought out a respectable edition of Polyaenus — contained among other things the notes which the old Vicar had made upon the occasion of Sir Matthew Fell's death. And for the first time Sir Richard was confronted with the enigmatical Sortes Biblicae which you have heard. They amused him a good deal.

'Well,' he said, 'my grandfather's Bible gave one prudent piece of advice — Cut it down. If that stands for the ash-tree, he may rest assured I shall not neglect it.

ro de que no lo descuidaré. Tal fuente de catarros y fiebre nunca fue vista".

El salón contenía los libros familiares, que, a la espera de la llegada de una colección que sir Richard había hecho en Italia, y la construcción de una habitación adecuada para recibirlos, no eran muchos.

Sir Richard levantó la vista del papel a la estantería.

"Me pregunto", dice él, "si el viejo profeta todavía está allí? Me parece que lo veo".

Al cruzar la habitación, sacó una gruesa Biblia, que, efectivamente, llevaba en la portada la inscripción: "A Matthew Fell, de su querida madrina, Anne Aldous, 2 de septiembre de 1659".

"No sería un mal plan probarlo de nuevo, Sr. Crome. Apuesto a que obtendremos un par de nombres en las Crónicas. Vaya ¿qué tenemos aquí? 'Me buscarás por la mañana y no estaré'. ¡Bien, bien! Su abuelo habría visto un buen presagio en esto, ¿eh? ¡No más profetas para mí! Son puro cuento. Y ahora, Sr. Crome, le estoy infinitamente agradecido por su paquete. Me temo que estará impaciente por seguir adelante. Por favor, permítame ofrecerla otra copa".

Se despidieron, con sinceras manifestaciones de hospitalidad de sir Richard –porque el aspecto y los modales del joven le habían impresionado favorablemente.

Por la tarde llegaron los invitados: el obispo de Kilmore, lady Mary Hervey, sir William Kentfield, etc. Cena a las cinco, vino, cartas, un bocadillo, y finalmente todos se fueron a sus camas.

A la mañana siguiente, sir Richard no estaba con ánimos para a tomar su escopeta como los demás. Habló con el obispo de Kilmore. Este prelado, a diferencia de muchos de los obispos irlandeses de su época, visitó su sede y, de hecho, residió allí durante un tiempo considerable. Esa mañana, mientras los dos caminaban por la terraza y hablaban sobre las modificaciones y mejoras en la casa, el Obispo dijo, señalando la ventana de la sala Oeste:

Such a nest of catarrhs and agues was never seen.'

The parlor contained the family books, which, pending the arrival of a collection which Sir Richard had made in Italy, and the building of a proper room to receive them, were not many in number.

Sir Richard looked up from the paper to the bookcase.

'I wonder,' says he, 'whether the old prophet is there yet? I fancy I see him.'

Crossing the room, he took out a dumpy Bible, which, sure enough, bore on the flyleaf the inscription: 'To Matthew Fell, from his Loving Godmother, Anne Aldous, 2 September 1659.'

'It would be no bad plan to test him again, Mr. Crome. I will wager we get a couple of names in the Chronicles. H'm! what have we here? "Thou shalt seek me in the morning, and I shall not be." Well, well! Your grandfather would have made a fine omen of that, hey? No more prophets for me! They are all in a tale. And now, Mr. Crome, I am infinitely obliged to you for your packet. You will, I fear, be impatient to get on. Pray allow me — another glass.'

So with offers of hospitality, which were genuinely meant (for Sir Richard thought well of the young man's address and manner), they parted.

In the afternoon came the guests — the Bishop of Kilmore, Lady Mary Hervey, Sir William Kentfield, etc. Dinner at five, wine, cards, supper, and dispersal to bed.

Next morning Sir Richard is disinclined to take his gun with the rest. He talks with the Bishop of Kilmore. This prelate, unlike a good many of the Irish Bishops of his day, had visited his see, and, indeed, resided there, for some considerable time. This morning, as the two were walking along the terrace and talking over the alterations and improvements in the house, the Bishop said, pointing to the window of the West Room:

"Nunca podría conseguir que uno de mis feligreses irlandeses ocupara esa habitación, sir Richard".

"¿Por qué es eso, mi señor? De hecho, es mi propia habitación".

"Bueno, los campesinos irlandeses creen que trae mala suerte dormir cerca de un fresno, y usted tiene un hermoso fresno a menos de dos metros de la ventana de su habitación. Tal vez, 'continuó el obispo, con una sonrisa', ya le haya hecho sentir su influencia, porque no parece, si me permite decirlo, refrescado por su descanso nocturno como les gustaría a sus amigos verlo".

"Eso, o algo más, es verdad, me costó dormir de doce a cuatro, mi señor. Pero el árbol caerá mañana, así que no tendré más noticias de él".

"Aplaudo su determinación. Difícilmente puede ser saludable tener el aire que respira filtrado, por así decirlo, a través de todo ese follaje".

"Su señoría está en lo justo, creo. Pero no tuve mi ventana abierta anoche. Fue más bien el ruido que se escuchaba, sin duda porque las ramitas rozaban el vidrio, lo que me mantuvo con los ojos abiertos".

"Creo que eso difícilmente puede ser, sir Richard. Aquí –puede verlo desde este punto. Ninguna de las ramas más cercanas puede tocar su ventana, a menos que haya un vendaval, y no hubo nada de eso anoche. No se acercan a menos de un pie de los cristales".

"No, señor, cierto. ¿Qué será entonces, me pregunto, lo que arañó y susurró tanto, y cubrió el polvo de mi alféizar con líneas y marcas?".

Por fin acordaron que las ratas debían haber salido de la hiedra. Esa fue una sugerencia del obispo, y sir Richard la aceptó sin más.

Así pasó otro día tranquilamente, y llegó la noche, y cada uno se retiró a su habitación, deseándole a sir Richard que pasara una noche más descansada.

'You could never get one of my Irish flock to occupy that room, Sir Richard.'

'Why is that, my lord? It is, in fact, my own.'

'Well, our Irish peasantry will always have it that it brings the worst of luck to sleep near an ash-tree, and you have a fine growth of ash not two yards from your chamber window. Perhaps,' the Bishop went on, with a smile, 'it has given you a touch of its quality already, for you do not seem, if I may say it, so much the fresher for your night's rest as your friends would like to see you.'

'That, or something else, it is true, cost me my sleep from twelve to four, my lord. But the tree is to come down tomorrow, so I shall not hear much more from it.'

'I applaud your determination. It can hardly be wholesome to have the air you breathe strained, as it were, through all that leafage.'

'Your lordship is right there, I think. But I had not my window open last night. It was rather the noise that went on — no doubt from the twigs sweeping the glass — that kept me open-eyed.'

'I think that can hardly be, Sir Richard. Here — you see it from this point. None of these nearest branches even can touch your casement unless there were a gale, and there was none of that last night. They miss the panes by a foot.'

'No, sir, true. What, then, will it be, I wonder, that scratched and rustled so — ay, and covered the dust on my sill with lines and marks?'

At last they agreed that the rats must have come up through the ivy. That was the Bishop's idea, and Sir Richard jumped at it.

So the day passed quietly, and night came, and the party dispersed to their rooms, and wished Sir Richard a better night.

Y ahora estamos en su habitación, con la luz apagada y el en su cama. La habitación está sobre la cocina, y la noche, afuera, está tranquila y cálida, por lo que la ventana permanece abierta.

Hay muy poca luz sobre la cama, pero hay un movimiento extraño allí, como si sir Richard moviera su cabeza rápidamente de un lado a otro con el menor sonido posible. Y ahora parecería –tan engañosa es la penumbra–, que tiene varias cabezas redondas y pardas, que se mueven hacia atrás y hacia adelante, bajando incluso hasta su pecho. Es una ilusión horrible. ¿No es nada más? ¡Ahí! algo cae de la cama con un suave ruido, como un gatito, y sale por la ventana rápidamente; otro –cuatro– y después vuelve a haber silencio.

Me buscarás por la mañana, y no estaré.

Al igual que con sir Matthew, lo mismo le ocurrió a sir Richard: ¡lo encontraron muerto y ennegrecido en su cama!

Un grupo pálido y silencioso de invitados y sirvientes se reunieron bajo la ventana cuando se supo la noticia. Envenenadores italianos, emisarios del Papa, aire infectado, todas estas y otras conjeturas fueron arriesgadas. El Obispo de Kilmore miró el árbol, en la bifurcación de cuyas ramas inferiores estaba agachado un gato blanco, mirando hacia abajo, por el hueco que los años habían roído. Observaba algo que estaba dentro del árbol con gran interés.

De repente se levantó y se estiró sobre el agujero. Entonces, un poco del borde sobre el que estaba parado cedió, y el gato se deslizó hacia adentro. Todos miraron hacia arriba al escuchar el ruido de la caída.

Casi todos saben que un gato puede llorar; pero pocos de nosotros hemos escuchado, espero, un grito como el que salió del tronco del gran fresno. Hubo dos o tres gritos –los testigos no están seguros de cuantos– y lo único más que sintieron

And now we are in his bedroom, with the light out and the Squire in bed. The room is over the kitchen, and the night outside still and warm, so the window stands open.

There is very little light about the bedstead, but there is a strange movement there; it seems as if Sir Richard were moving his head rapidly to and fro with only the slightest possible sound. And now you would guess, so deceptive is the half-darkness, that he had several heads, round and brownish, which move back and forward, even as low as his chest. It is a horrible illusion. Is it nothing more? There! something drops off the bed with a soft plump, like a kitten, and is out of the window in a flash; another — four — and after that there is quiet again.

Thou shall seek me in the morning, and I shall not be.

As with Sir Matthew, so with Sir Richard — dead and black in his bed!

A pale and silent party of guests and servants gathered under the window when the news was known. Italian poisoners, Popish emissaries, infected air — all these and more guesses were hazarded, and the Bishop of Kilmore looked at the tree, in the fork of whose lower boughs a white tom-cat was crouching, looking down the hollow which years had gnawed in the trunk. It was watching something inside the tree with great interest.

Suddenly it got up and craned over the hole. Then a bit of the edge on which it stood gave way, and it went slithering in. Everyone looked up at the noise of the fall.

It is known to most of us that a cat can cry; but few of us have heard, I hope, such a yell as came out of the trunk of the great ash. Two or three screams there were — the witnesses are not sure which — and then a slight and muffled noise of

fue el leve y sordo ruido de alguna conmoción o lucha. Pero lady Mary Hervey se desmayó de inmediato, y el ama de llaves tapó sus oídos, y huyó hasta que cayó en la terraza.

El obispo de Kilmore y sir William Kentfield se quedaron. Sin embargo, incluso ellos estaban desanimados, aunque solo era por el grito de un gato; y sir William tragó una o dos veces antes de poder decir:

"Hay algo que no es normal en ese árbol, mi señor. Creo que tenemos que inspeccionarlo ya mismo".

Y esto fue acordado. Trajeron una escalera, y uno de los jardineros subió, y, mirando hacia abajo por el hueco, no pudo detectar nada más que unas pocas sugerencias oscuras de algo que se movía. Consiguieron una linterna, y la dejaron caer por una cuerda.

"Debemos llegar al fondo de esto. Por mi vida, mi señor, le digo que el secreto de estas terribles muertes está ahí dentro".

El jardinero subió otra vez más con la linterna y la dejó caer cautelosamente por el agujero. Todos vieron la luz amarilla, reflejada en su rostro, cuando se inclinó, y vieron su expresión de terror incrédulo y aversión antes de que gritara con una voz terrible y cayera de la escalera –aunque, felizmente, fue atajado en su caída por dos hombres– dejando caer la linterna dentro del árbol.

Estaba desmayado, y pasó un tiempo antes de que se pudiera saber nada de él.

Para entonces ya tenían algo más que mirar. La linterna debe de haberse roto en el fondo, y seguramente las hojas secas y los desperdicios que había allí se prendieron fuego, porque en unos pocos minutos un humo denso comenzó a subir, y luego llamas; y, para ser breve, el árbol estaba en llamas.

Los presentes hicieron un anillo a unos metros de distancia, y sir William y

some commotion or struggling was all that came. But Lady Mary Hervey fainted outright, and the housekeeper stopped her ears and fled till she fell on the terrace.

The Bishop of Kilmore and Sir William Kentfield stayed. Yet even they were daunted, though it was only at the cry of a cat; and Sir William swallowed once or twice before he could say:

'There is something more than we know of in that tree, my lord. I am for an instant search.'

And this was agreed upon. A ladder was brought, and one of the gardeners went up, and, looking down the hollow, could detect nothing but a few dim indications of something moving. They got a lantern, and let it down by a rope.

'We must get at the bottom of this. My life upon it, my lord, but the secret of these terrible deaths is there.'

Up went the gardener again with the lantern, and let it down the hole cautiously. They saw the yellow light upon his face as he bent over, and saw his face struck with an incredulous terror and loathing before he cried out in a dreadful voice and fell back from the ladder — where, happily, he was caught by two of the men — letting the lantern fall inside the tree.

He was in a dead faint, and it was some time before any word could be got from him.

By then they had something else to look at. The lantern must have broken at the bottom, and the light in it caught upon dry leaves and rubbish that lay there for in a few minutes a dense smoke began to come up, and then flame; and, to be short, the tree was in a blaze.

The bystanders made a ring at some yards' distance, and Sir William and the

el Obispo enviaron a los hombres a buscar las armas y herramientas que pudieran conseguir; porque, claramente, aquello que estuviera usando el árbol como su guarida sería expulsado por el fuego.

Y así fue. Primero, vieron aparecer en la horquilla, un cuerpo redondo prendido fuego, del tamaño de la cabeza de un hombre, que surgió muy repentinamente, luego pareció colapsarse y caer hacia atrás. Esto, se repitió cinco o seis veces; luego un bulto similar saltó en el aire y cayó sobre la hierba, donde, después de un momento quedó inmóvil. El obispo se acercó tanto como se atrevió a hacerlo, y vio... ¡qué, sino los restos de una araña enorme, nervuda y chamuscada! Y, a medida que el fuego ardía más abajo, más cuerpos terribles como éste comenzaron a salir del tronco, y se vio que estaban cubiertos de pelo grisáceo.

Todo ese día el fresno ardió, hasta que se derrumbó en pedazos. Los hombres se quedaron allí, matando a las alimañas que, de tanto en tanto, salían disparadas. Por fin hubo un largo intervalo en el que no apareció ninguna más, se acercaron cautelosamente y examinaron las raíces del árbol.

"Encontraron", dice el obispo de Kilmore, "debajo de él, un lugar hueco y redondeado en la tierra, en el que había dos o tres cuerpos de estas criaturas que claramente habían sido sofocadas por el humo; y, lo que para mí es más curioso, al lado de esta guarida, contra la pared, estaba acuclillado lo que parecía ser el esqueleto de un ser humano, con la piel seca sobre los huesos, con algunos restos de cabello negro, que fue pronunciado por aquellos que lo examinaron como indudablemente el cuerpo de una mujer, claramente muerta desde hacía unos cincuenta años.

Bishop sent men to get what weapons and tools they could; for, clearly, whatever might be using the tree as its lair would be forced out by the fire.

So it was. First, at the fork, they saw a round body covered with fire — the size of a man's head — appear very suddenly, then seem to collapse and fall back. This, five or six times; then a similar ball leapt into the air and fell on the grass, where after a moment it lay still. The Bishop went as near as he dared to it, and saw — what but the remains of an enormous spider, veinous and seared! And, as the fire burned lower down, more terrible bodies like this began to break out from the trunk, and it was seen that these were covered with greyish hair.

All that day the ash burned, and until it fell to pieces the men stood about it, and from time to time killed the brutes as they darted out. At last there was a long interval when none appeared, and they cautiously closed in and examined the roots of the tree.

'They found,' says the Bishop of Kilmore, 'below it a rounded hollow place in the earth, wherein were two or three bodies of these creatures that had plainly been smothered by the smoke; and, what is to me more curious, at the side of this den, against the wall, was crouching the anatomy or skeleton of a human being, with the skin dried upon the bones, having some remains of black hair, which was pronounced by those that examined it to be undoubtedly the body of a woman, and clearly dead for a period of fifty years.'

La llamada de Cthulhu /
The Call of Cthulhu

Howard Phillips Lovecraft

Encontrado entre los papeles del finado Francis Wayland Thurston, de Boston.

"Es posible que tales grandes potencias o seres hayan sobrevivido... sobrevivientes de una época infinitamente remota cuando... la conciencia posiblemente se manifestaba en formas que han desaparecido desde hace mucho, ante la marea de la ascendiente humanidad... formas de las cuales solo la poesía y la leyenda han conservado un fugaz recuerdo, llamándolos dioses, monstruos, seres míticos de todos los tipos y clases..."

Algernon Blackwood

Found Among the Papers of the Late Francis Wayland Thurston, of Boston.

"Of such great powers or beings there may be conceivably a survival... a survival of a hugely remote period when... consciousness was manifested, perhaps, in shapes and forms long since withdrawn before the tide of advancing humanity... forms of which poetry and legend alone have caught a flying memory and called them gods, monsters, mythical beings of all sorts and kinds ..."

Algernon Blackwood.

I
El horror en la arcilla

La cosa más misericordiosa del mundo es, creo, la incapacidad de la mente humana para correlacionar todos sus contenidos. Vivimos en una plácida isla de ignorancia en medio de los mares negros del infinito, y no estamos destinados a viajar lejos. Las ciencias, cada una de las cuales se esfuerza en su propia dirección, hasta ahora nos han perjudicado poco; pero, algún día, la unión del conocimiento

I
The Horror in Clay

The most merciful thing in the world, I think, is the inability of the human mind to correlate all its contents. We live on a placid island of ignorance in the midst of black seas of infinity, and it was not meant that we should voyage far. The sciences, each straining in its own direction, have hitherto harmed us little; but some day the piecing together of dissociated knowledge will open up such terrifying vistas of real-

disociado abrirá perspectivas tan terribles, sobre la realidad y nuestra terrible posición en la misma, que nos volveremos locos por la revelación o bien huiremos de la luz mortal a la paz y la seguridad de una nueva era oscura.

Los teósofos han adivinado la asombrosa grandeza del ciclo cósmico en el que nuestro mundo y la raza humana son incidentes transitorios. Han insinuado extrañas supervivencias en términos que congelarían la sangre, si no estuvieran enmascarados por un optimismo blando. Pero no fue de ellos que recibí la visión única de los eones prohibidos, lo que me estremece cuando pienso en ello y me enloquece cuando lo sueño. Esa fugaz visión, como todos los terribles vislumbres de la verdad, surgió de una combinación accidental de cosas diversas, en este caso, un viejo artículo del periódico y las notas de un profesor muerto. Espero que nadie más podrá conseguir esta síntesis. Ciertamente, si vivo, nunca proporcionaré a sabiendas un enlace en una cadena tan horrible. Creo que también el profesor tenía la intención de guardar silencio sobre lo que sabía, y posiblemente habría destruido sus notas si su muerte repentina no se lo hubiera impedido.

Tuve por conocimiento de este asunto, por primera vez, en el invierno de 1926-27 con la muerte de mi tío abuelo George Gammell Angell, profesor emérito de lenguas semíticas en la Universidad de Brown, Providence, Rhode Island. El profesor Angell era ampliamente conocido como una autoridad en inscripciones antiguas, y había sido solicitado frecuentemente por los jefes de museos prominentes; por eso su fallecimiento a la edad de noventa y dos años debe ser recordado por muchos. Las oscuras razones de su muerte, intensifican el interés a nivel local.

El profesor había sido golpeado mientras regresaba del barco de Newport; cayó repentinamente, como dijeron los testigos, después de haber sido empujado

ity, and of our frightful position therein, that we shall either go mad from the revelation or flee from the deadly light into the peace and safety of a new dark age.

Theosophists have guessed at the awesome grandeur of the cosmic cycle wherein our world and human race form transient incidents. They have hinted at strange survivals in terms which would freeze the blood if not masked by a bland optimism. But it is not from them that there came the single glimpse of forbidden aeons which chills me when I think of it and maddens me when I dream of it. That glimpse, like all dread glimpses of truth, flashed out from an accidental piecing together of separated things—in this case an old newspaper item and the notes of a dead professor. I hope that no one else will accomplish this piecing out; certainly, if I live, I shall never knowingly supply a link in so hideous a chain. I think that the professor, too, intended to keep silent regarding the part he knew, and that he would have destroyed his notes had not sudden death seized him.

My knowledge of the thing began in the winter of 1926–27 with the death of my grand-uncle George Gammell Angell, Professor Emeritus of Semitic Languages in Brown University, Providence, Rhode Island. Professor Angell was widely known as an authority on ancient inscriptions, and had frequently been resorted to by the heads of prominent museums; so that his passing at the age of ninety-two may be recalled by many. Locally, interest was intensified by the obscurity of the cause of death.

The professor had been stricken whilst returning from the Newport boat; falling suddenly, as witnesses said, after having been jostled by a nautical-look-

por un marinero negro que venía de una de los curiosos y sombríos pasajes en la ladera escarpada que formaba un atajo desde la costa hasta la casa del difunto, en la calle Williams. Los médicos no pudieron encontrar ningún trastorno visible, pero concluyeron, después de un perplejo cambio de opiniones, que una incierta lesión del corazón, inducida por el rápido ascenso de una colina tan empinada por un hombre tan anciano, fue la responsable de su muerte. En ese momento no vi ninguna razón para disentir con ese diagnóstico, pero últimamente tengo ciertas dudas, y aún más que eso.

Como heredero y albacea de mi tío abuelo, que murió viudo sin hijos, se esperaba que revisara sus papeles con cierta minuciosidad; y con esa finalidad trasladé todos sus archivos y cajas a mi casa de Boston. Gran parte del material que correlacioné será publicado por la Sociedad Arqueológica Americana, pero había una caja que me pareció sumamente desconcertante, y que tuve reluctancia de mostrar a otras personas. Estaba cerrada y no encontré la llave hasta que se me ocurrió examinar el llavero personal que el profesor siempre llevaba en el bolsillo. Solo entonces pude abrirla, pero cuando lo hice, solo parecía enfrentarme a otro obstáculo mayor, aún más impenetrable. ¿Cuál podría ser el significado del extraño bajorrelieve de arcilla y las anotaciones, divagaciones y recortes inconexos que contenía? ¿Acaso mi tío, en sus últimos años, se había convertido en un devoto seguidor de las imposturas más superficiales? Decidí buscar al excéntrico escultor responsable de esta aparente perturbación de la paz mental del anciano.

El bajorrelieve era un rectángulo áspero de menos de una pulgada de espesor y un tamaño de aproximadamente cinco por seis pulgadas, obviamente de origen moderno. Sus diseños, sin embargo, estaban lejos de ser modernos, tanto por su atmósfera como por lo que sugerían; por

ing negro who had come from one of the queer dark courts on the precipitous hillside which formed a short cut from the waterfront to the deceased's home in Williams Street. Physicians were unable to find any visible disorder, but concluded after perplexed debate that some obscure lesion of the heart, induced by the brisk ascent of so steep a hill by so elderly a man, was responsible for the end. At the time I saw no reason to dissent from this dictum, but latterly I am inclined to wonder—and more than wonder.

As my grand-uncle's heir and executor, for he died a childless widower, I was expected to go over his papers with some thoroughness; and for that purpose moved his entire set of files and boxes to my quarters in Boston. Much of the material which I correlated will be later published by the American Archaeological Society, but there was one box which I found exceedingly puzzling, and which I felt much averse from shewing to other eyes. It had been locked, and I did not find the key till it occurred to me to examine the personal ring which the professor carried always in his pocket. Then indeed I succeeded in opening it, but when I did so seemed only to be confronted by a greater and more closely locked barrier. For what could be the meaning of the queer clay bas-relief and the disjointed jottings, ramblings, and cuttings which I found? Had my uncle, in his latter years, become credulous of the most superficial impostures? I resolved to search out the eccentric sculptor responsible for this apparent disturbance of an old man's peace of mind.

The bas-relief was a rough rectangle less than an inch thick and about five by six inches in area; obviously of modern origin. Its designs, however, were far from modern in atmosphere and suggestion; for although the vagaries of cubism and futurism are many and wild, they do not often

que aunque los salvajes caprichos del cubismo y el futurismo abundan, no suelen reproducir esa regularidad críptica que se esconde en la escritura prehistórica. Y la mayor parte de estos diseños parecía ser ciertamente escritura de algún tipo; aunque mi memoria, a pesar de la gran familiaridad con los documentos y las colecciones de mi tío, no logró identificar a este tipo de escritura, ni siquiera pude obtener una pista sobre sus vinculaciones.

Sobre estos aparentes jeroglíficos había una figura de intención pictórica evidente, aunque su ejecución impresionista no permitía tener una idea muy clara de su naturaleza. Parecía ser una especie de monstruo, o símbolo de un monstruo, o una forma que solo una fantasía enfermiza podría concebir. Si digo que mi imaginación, un tanto extravagante produjo imágenes simultáneas de un pulpo, un dragón y una caricatura humana, no seré infiel al espíritu de la cosa. Una cabeza pulposa y con tentáculos cubría un cuerpo grotesco y escamoso con alas rudimentarias; pero fue el esquema general del conjunto lo que lo hacía terriblemente espantoso. Detrás de la figura se veía una vaga sugerencia de una arquitectura ciclópea.

La escritura que acompañaba a esta rareza, aparte de una pila de recortes de prensa, era de la mano del profesor Angell; sin pretensiones de estilo literario. El que parecía ser el documento principal se titulaba "CULTO DE CTHULHU" en caracteres cuidadosamente impresos para evitar la lectura errónea de una palabra tan inaudita. El manuscrito se dividía en dos secciones, la primera de las cuales estaba titulada "1925: Sueño y obra onírica de HA Wilcox, 7 Thomas St., Providence, R.I.", y la segunda, "Narrativa del inspector John R. Legrasse, 121 Bienville St., New Orleans, La., a la Sociedad Norteamericana de Arqueología, 1908. Notas del mismo, y el informe del Prof. Webb". Las otras notas manuscritas eran breves, algunas de ellas sobre los sueños extraños de diferen-

reproduce that cryptic regularity which lurks in prehistoric writing. And writing of some kind the bulk of these designs seemed certainly to be; though my memory, despite much familiarity with the papers and collections of my uncle, failed in any way to identify this particular species, or even to hint at its remotest affiliations.

Above these apparent hieroglyphics was a figure of evidently pictorial intent, though its impressionistic execution forbade a very clear idea of its nature. It seemed to be a sort of monster, or symbol representing a monster, of a form which only a diseased fancy could conceive. If I say that my somewhat extravagant imagination yielded simultaneous pictures of an octopus, a dragon, and a human caricature, I shall not be unfaithful to the spirit of the thing. A pulpy, tentacled head surmounted a grotesque and scaly body with rudimentary wings; but it was the general outline of the whole which made it most shockingly frightful. Behind the figure was a vague suggestion of a Cyclopean architectural background.

The writing accompanying this oddity was, aside from a stack of press cuttings, in Professor Angell's most recent hand; and made no pretence to literary style. What seemed to be the main document was headed "CTHULHU CULT" in characters painstakingly printed to avoid the erroneous reading of a word so unheard-of. The manuscript was divided into two sections, the first of which was headed "1925—Dream and Dream Work of H. A. Wilcox, 7 Thomas St., Providence, R.I.", and the second, "Narrative of Inspector John R. Legrasse, 121 Bienville St., New Orleans, La., at 1908 A. A. S. Mtg.—Notes on Same, & Prof. Webb's Acct." The other manuscript papers were all brief notes, some of them accounts of the queer dreams of different persons, some of them citations

tes personas, otras, citas de libros y revistas teosóficas –en particular la Atlántida y la Lemuria Perdida de W. Scott-Elliot–, y el resto eran comentarios sobre sociedades secretas y cultos ocultos que sobrevivieron durante mucho tiempo, con referencias a pasajes en fuentes antropológicas y mitológicas como la *Rama Dorada* de Frazer y *El Culto de las Brujas en Europa occidental* de la señorita Murray. Los recortes se referían en gran medida a enfermedades mentales y brotes colectivos de locura o manía en la primavera de 1925.

La primera mitad del manuscrito principal contaba una historia muy peculiar. Parece que el 1 de marzo de 1925, un joven delgado y moreno, emocionado y de aspecto neurótico había contactado al Profesor Angell, llevando consigo el singular bajorrelieve de arcilla, que estaba muy húmedo y fresco. Su tarjeta llevaba el nombre de Henry Anthony Wilcox, y mi tío lo reconoció como el hijo menor de una excelente familia que él mismo conocía, que había estudiado escultura en la Escuela de Diseño de Rhode Island y que vivía solo en el edificio Fleur-de-Lys, cerca de esa institución. Wilcox era un joven precoz de genio conocido, pero con gran excentricidad, quien desde su infancia se había destacado por las extrañas historias y sueños que tenía la costumbre de contar. Se llamaba a sí mismo "psíquicamente hipersensible", pero la gente seria de la antigua ciudad comercial lo rechazaba como simplemente "raro". Nunca se mezcló mucho con su clase, su visibilidad social se había ido reduciendo gradualmente. Actualmente solo era conocido por un pequeño grupo de estetas de otras ciudades. Incluso el Club de Arte de Providence, ansioso por preservar su conservadurismo, lo había considerado un caso sin esperanza.

El manuscrito del profesor relata como en aquella visita, el escultor le pidió a su anfitrión, que usando su conocimiento arqueológico lo ayudara a identificar los jeroglíficos en el bajorrelieve. Habló de

from theosophical books and magazines (notably W. Scott-Elliot's Atlantis and the Lost Lemuria), and the rest comments on long-surviving secret societies and hidden cults, with references to passages in such mythological and anthropological sourcebooks as Frazer's Golden Bough and Miss Murray's Witch-Cult in Western Europe. The cuttings largely alluded to outré mental illnesses and outbreaks of group folly or mania in the spring of 1925.

The first half of the principal manuscript told a very peculiar tale. It appears that on March 1st, 1925, a thin, dark young man of neurotic and excited aspect had called upon Professor Angell bearing the singular clay bas-relief, which was then exceedingly damp and fresh. His card bore the name of Henry Anthony Wilcox, and my uncle had recognized him as the youngest son of an excellent family slightly known to him, who had latterly been studying sculpture at the Rhode Island School of Design and living alone at the Fleur-de-Lys Building near that institution. Wilcox was a precocious youth of known genius but great eccentricity, and had from childhood excited attention through the strange stories and odd dreams he was in the habit of relating. He called himself "psychically hypersensitive", but the staid folk of the ancient commercial city dismissed him as merely "queer". Never mingling much with his kind, he had dropped gradually from social visibility, and was now known only to a small group of aesthetes from other towns. Even the Providence Art Club, anxious to preserve its conservatism, had found him quite hopeless.

On the occasion of the visit, ran the professor's manuscript, the sculptor abruptly asked for the benefit of his host's archaeological knowledge in identifying the hieroglyphics on the bas-relief. He

una manera soñadora y rebuscada, que sugería impostura y que hacía difícil simpatizar con él. Mi tío le contestó con sequedad, ya que la notoria frescura de la tableta no permitía relacionarla con la arqueología. La réplica del joven Wilcox, que impresionó a mi tío lo suficiente como para recordarla y grabarla textualmente, fue de un tipo increíblemente poético que debió haber tipificado toda su conversación, y que desde entonces he encontrado muy característica de él. Dijo: "En realidad es nuevo, porque lo hice anoche, basado en un sueño de ciudades extrañas; y los sueños son más antiguos que la melancólica Tiro, o la Esfinge contemplativa, o Babilonia rodeada de jardines".

Fue entonces cuando comenzó esa narración inconexa que repentinamente, despertó un recuerdo dormido y ganó el interés febril de mi tío. Había habido un ligero terremoto la noche anterior, el más fuerte sentido en Nueva Inglaterra durante los últimos años; y la imaginación de Wilcox se había visto profundamente afectada. Al acostarse, había tenido un sueño sin precedentes de grandes ciudades ciclópeas de bloques titánicos y monolitos que se alzaban hacia el cielo, todos goteando lodo verde, siniestros con horror latente. Jeroglíficos cubrían las paredes y los pilares, y desde algún punto indeterminado, desde la parte inferior, se proyectaba una voz que no era una voz; una sensación caótica que solo la fantasía podía transmutar en sonido, pero que trató de representar con la mezcla casi impronunciable de letras, "Cthulhu fhtagn".

Este revoltijo verbal fue la clave para recuperar el recuerdo que entusiasmó y perturbó al profesor Angell. Cuestionó al escultor con minuciosidad científica; y estudió con casi frenética intensidad el bajorrelieve, que el joven había esculpido, aún dormido, durante la noche, y que había encontrado entre sus manos al despertar, muerto de frío y vestido solo con sus ropas de dormir.

spoke in a dreamy, stilted manner which suggested pose and alienated sympathy; and my uncle shewed some sharpness in replying, for the conspicuous freshness of the tablet implied kinship with anything but archaeology. Young Wilcox's rejoinder, which impressed my uncle enough to make him recall and record it verbatim, was of a fantastically poetic cast which must have typified his whole conversation, and which I have since found highly characteristic of him. He said, "It is new, indeed, for I made it last night in a dream of strange cities; and dreams are older than brooding Tyre, or the contemplative Sphinx, or garden-girdled Babylon."

It was then that he began that rambling tale which suddenly played upon a sleeping memory and won the fevered interest of my uncle. There had been a slight earthquake tremor the night before, the most considerable felt in New England for some years; and Wilcox's imagination had been keenly affected. Upon retiring, he had had an unprecedented dream of great Cyclopean cities of titan blocks and sky-flung monoliths, all dripping with green ooze and sinister with latent horror. Hieroglyphics had covered the walls and pillars, and from some undetermined point below had come a voice that was not a voice; a chaotic sensation which only fancy could transmute into sound, but which he attempted to render by the almost unpronounceable jumble of letters, "Cthulhu fhtagn".

This verbal jumble was the key to the recollection which excited and disturbed Professor Angell. He questioned the sculptor with scientific minuteness; and studied with almost frantic intensity the bas-relief on which the youth had found himself working, chilled and clad only in his night-clothes, when waking had stolen bewilderingly over him.

Mi tío culpó a su vejez, dijo Wilcox más adelante, por su lentitud para reconocer tanto los jeroglíficos como el diseño pictórico. Muchas de sus preguntas le parecieron altamente fuera de lugar a su visitante, especialmente aquellas que intentaban conectar a este último con cultos o sociedades secretas, y Wilcox no pudo entender las repetidas promesas de guardar el secreto, que el profesor le ofreció a cambio de una admisión de pertenencia a algún cuerpo místico o religioso pagano. Cuando el profesor Angell se convenció de que el escultor no tenía conocimiento de ningún culto o sistema de conocimiento oculto, le pidió a su visitante que lo mantuviera informado sobre todos sus sueños. Esta propuesta fue fructífera, porque después de la primera entrevista el manuscrito registra las llamadas diarias del joven, durante las cuales relataba fragmentos sorprendentes de imágenes nocturnas abrumadoras, que siempre mostraban una terrible vista ciclópea de piedras oscuras goteando, con una inteligencia o voz subterránea gritando monótonamente palabras indescriptibles y enigmáticas, que impactaban los sentidos. Los dos sonidos más frecuentemente repetidos eran aquellos que se pueden reproducir como "Cthulhu" y "R'lyeh".

El manuscrito relata que el 23 de marzo Wilcox no apareció; y las indagaciones en su vivienda revelaron que lo había aquejado una fiebre extraña y lo habían llevado a la casa de su familia en Waterman Street. Había gritado en la noche, despertando a varios otros artistas en el edificio, y desde entonces había oscilado entre la inconsciencia y el delirio. Mi tío llamó de inmediato a la familia y, desde ese momento, siguió de cerca el caso; llamando a menudo a la oficina de Thayer Street del Dr. Tobey, quien estaba a cargo de ese paciente. La mente enfebrecida del joven, aparentemente estaba enfocada en cosas extrañas; y el doctor se estremecía al hablar de ellas. Incluían no solo una re-

My uncle blamed his old age, Wilcox afterward said, for his slowness in recognising both hieroglyphics and pictorial design. Many of his questions seemed highly out-of-place to his visitor, especially those which tried to connect the latter with strange cults or societies; and Wilcox could not understand the repeated promises of silence which he was offered in exchange for an admission of membership in some widespread mystical or paganly religious body. When Professor Angell became convinced that the sculptor was indeed ignorant of any cult or system of cryptic lore, he besieged his visitor with demands for future reports of dreams. This bore regular fruit, for after the first interview the manuscript records daily calls of the young man, during which he related startling fragments of nocturnal imagery whose burden was always some terrible Cyclopean vista of dark and dripping stone, with a subterrene voice or intelligence shouting monotonously in enigmatical sense-impacts uninscribable save as gibberish. The two sounds most frequently repeated are those rendered by the letters "Cthulhu" and "R'lyeh".

On March 23d, the manuscript continued, Wilcox failed to appear; and inquiries at his quarters revealed that he had been stricken with an obscure sort of fever and taken to the home of his family in Waterman Street. He had cried out in the night, arousing several other artists in the building, and had manifested since then only alternations of unconsciousness and delirium. My uncle at once telephoned the family, and from that time forward kept close watch of the case; calling often at the Thayer Street office of Dr. Tobey, whom he learned to be in charge. The youth's febrile mind, apparently, was dwelling on strange things; and the doctor shuddered now and then as he spoke of them. They included

petición de lo que él había soñado anteriormente, sino que también mencionaba una cosa gigantesca "de millas de altura" que caminaba o se movía pesadamente. En ningún momento describió completamente esa entidad, pero las ocasionales palabras frenéticas, como lo repetía el Dr. Tobey, convencieron al profesor de que debía ser el monstruo sin nombre que había tratado de representar en la escultura de su sueño. La referencia a este ser, agregó el doctor, era invariablemente un preludio a la caída del joven en un letargo. Su temperatura, por extraño que parezca, no era muy superior a la normal; pero su estado se parecía más a una fiebre violenta que a un trastorno mental.

El 2 de abril a las 3 de la tarde, todo rastro de la enfermedad de Wilcox cesó repentinamente. Se sentó en la cama, asombrado de encontrarse en la casa de sus padres y completamente ignorante de lo que había sucedido en el sueño o la realidad desde la noche del 22 de marzo. Su médico le dio el alta, y regresó a sus habitaciones en tres días más; pero ya no le fue útil al profesor Angell. Con su recuperación, todos los rastros de sus sueños extraños se habían desvanecido, y mi tío dejó de registrar sus sueños, después de una semana de sueños inútiles e irrelevantes, de visiones completamente normales.

Así terminaba la primera parte del manuscrito, pero las referencias a algunas de las notas dispersas me dieron mucho material para pensar, tanto, de hecho, que solo el escepticismo arraigado que es mi filosofía de vida, puede explicar mi persistente desconfianza. Las notas en cuestión eran aquellas que describían los sueños de varias personas, que cubrían el mismo período en el que el joven Wilcox había tenido sus extrañas visiones. Parece que mi tío había organizado rápidamente un prodigiosamente extenso grupo de personas, solicitando informes nocturnos de sus sueños y las fechas de visiones notables del pasado a casi todos los amigos

not only a repetition of what he had formerly dreamed, but touched wildly on a gigantic thing "miles high" which walked or lumbered about. He at no time fully described this object, but occasional frantic words, as repeated by Dr. Tobey, convinced the professor that it must be identical with the nameless monstrosity he had sought to depict in his dream-sculpture. Reference to this object, the doctor added, was invariably a prelude to the young man's subsidence into lethargy. His temperature, oddly enough, was not greatly above normal; but his whole condition was otherwise such as to suggest true fever rather than mental disorder.

On April 2nd at about 3 p.m. every trace of Wilcox's malady suddenly ceased. He sat upright in bed, astonished to find himself at home and completely ignorant of what had happened in dream or reality since the night of March 22nd. Pronounced well by his physician, he returned to his quarters in three days; but to Professor Angell he was of no further assistance. All traces of strange dreaming had vanished with his recovery, and my uncle kept no record of his night-thoughts after a week of pointless and irrelevant accounts of thoroughly usual visions.

Here the first part of the manuscript ended, but references to certain of the scattered notes gave me much material for thought—so much, in fact, that only the ingrained scepticism then forming my philosophy can account for my continued distrust of the artist. The notes in question were those descriptive of the dreams of various persons covering the same period as that in which young Wilcox had had his strange visitations. My uncle, it seems, had quickly instituted a prodigiously far-flung body of inquiries amongst nearly all the friends whom he could question without impertinence, asking for nightly reports of their dreams, and the dates of any notable

a quienes podía cuestionar sin impertinencia. La recepción de su pedido parece haber sido variada; pero, como mínimo, debe haber recibido más respuestas de las que cualquier hombre común podría haber manejado sin una secretaria. Esta correspondencia original no se conservó, pero sus notas brindan un resumen exhaustivo y realmente significativo. La gente promedio en la sociedad y en los negocios –la "sal de la tierra" tradicional de Nueva Inglaterra– ofreció un resultado casi completamente negativo, aunque aquí y allá aparecen casos dispersos de impresiones nocturnas perturbadoras pero sin forma, siempre entre el 23 de marzo y el 2 de abril, el período del delirio de Wilcox. Los científicos habían sido un poco más afectados, cuatro casos de vagas descripciones sugerían visiones fugitivas de paisajes extraños, y en un caso se mencionaba el temor a algo anormal.

Las respuestas más pertinentes llegaron de los artistas y los poetas, y sé que el pánico se habría desatado si ellos hubieran podido comparar notas. Tal como estaba el manuscrito, sin las cartas originales, yo casi sospechaba que el compilador había hecho preguntas tendenciosas, o que había editado la correspondencia para corroborar lo que él había resuelto ver previamente. Por eso seguí sospechando que Wilcox, de alguna manera había tenido conocimiento de los materiales arcaicos que mi tío relacionó con sus sueños, y que lo había estado engañando.

Los sueños de los artistas contaban una historia inquietante. Desde el 28 de febrero hasta el 2 de abril, una gran parte de ellos había soñado cosas muy extrañas, y la intensidad de los sueños fue inconmensurablemente más fuerte durante el período del delirio del escultor. Más de una cuarta parte de los que informaron algo, relataron escenas y extraños sonidos similares a los que Wilcox había descrito; y algunos de los soñadores confesaron un miedo agudo al gigante sin nombre, visi-

visions for some time past. The reception of his request seems to have been varied; but he must, at the very least, have received more responses than any ordinary man could have handled without a secretary. This original correspondence was not preserved, but his notes formed a thorough and really significant digest. Average people in society and business—New England's traditional "salt of the earth"— gave an almost completely negative result, though scattered cases of uneasy but formless nocturnal impressions appear here and there, always between March 23d and April 2nd—the period of young Wilcox's delirium. Scientific men were little more affected, though four cases of vague description suggest fugitive glimpses of strange landscapes, and in one case there is mentioned a dread of something abnormal.

It was from the artists and poets that the pertinent answers came, and I know that panic would have broken loose had they been able to compare notes. As it was, lacking their original letters, I half suspected the compiler of having asked leading questions, or of having edited the correspondence in corroboration of what he had latently resolved to see. That is why I continued to feel that Wilcox, somehow cognisant of the old data which my uncle had possessed, had been imposing on the veteran scientist.

These responses from aesthetes told a disturbing tale. From February 28th to April 2nd a large proportion of them had dreamed very bizarre things, the intensity of the dreams being immeasurably the stronger during the period of the sculptor's delirium. Over a fourth of those who reported anything, reported scenes and half-sounds not unlike those which Wilcox had described; and some of the dreamers confessed acute fear of the gigantic nameless thing visible toward the

ble al final de sus sueños. Un caso, descrito enfáticamente en la nota, fue muy triste. El sujeto, un arquitecto ampliamente conocido, con inclinaciones hacia la teosofía y el ocultismo, enloqueció violentamente en la fecha de la fiebre del joven Wilcox, y expiró varios meses más tarde, después de proferir incesantes gritos pidiendo ser salvado de monstruos escapados del infierno.

Si mi tío se hubiera referido a estos casos por nombre en lugar de simplemente por número, podría haber intentado corroborar e investigar personalmente los mismos; pero tal y como estaba el material, solo logré rastrear unos pocos. Todos estos, sin embargo, confirmaron las notas en su totalidad. A menudo me he preguntado si todos los aquellos a quienes había interrogado el profesor se sintieron tan desconcertados como los que entrevisté. Es bueno que nunca hayan conocido la explicación de sus sueños.

Los recortes de prensa, como he insinuado, mencionaban casos de pánico, manía y excentricidad durante el período especificado. El profesor Angell debe haber empleado una agencia de noticias, porque la cantidad de noticias era tremenda, y las fuentes estaban dispersas por todo el mundo. Una describía un suicidio nocturno en Londres, donde un solitario soñador había saltado de una ventana después de dar un grito impactante. Otra era una carta al editor de un periódico en América del Sur, donde un fanático premonizaba un futuro terrible, basándose en sus visiones.

Un reporte de California describe a una colonia de teósofos que se vestía con túnicas blancas, reunidos en masa para un "glorioso advenimiento" que nunca llegó, mientras que los artículos de la India hablaban con cautela de graves disturbios entre los nativos hacia fines de marzo. Las orgías vudú se habían multiplicado en Haití, y los puestos de avanzada africanos reportaban murmullos siniestros. Los oficiales estadounidenses en Filipinas decían que algunas tribus estaban perturbadas

last. One case, which the note describes with emphasis, was very sad. The subject, a widely known architect with leanings toward theosophy and occultism, went violently insane on the date of young Wilcox's seizure, and expired several months later after incessant screamings to be saved from some escaped denizen of hell.

Had my uncle referred to these cases by name instead of merely by number, I should have attempted some corroboration and personal investigation; but as it was, I succeeded in tracing down only a few. All of these, however, bore out the notes in full. I have often wondered if all the objects of the professor's questioning felt as puzzled as did this fraction. It is well that no explanation shall ever reach them.

The press cuttings, as I have intimated, touched on cases of panic, mania, and eccentricity during the given period. Professor Angell must have employed a cutting bureau, for the number of extracts was tremendous and the sources scattered throughout the globe. Here was a nocturnal suicide in London, where a lone sleeper had leaped from a window after a shocking cry. Here likewise a rambling letter to the editor of a paper in South America, where a fanatic deduces a dire future from visions he has seen.

A despatch from California describes a theosophist colony as donning white robes en masse for some "glorious fulfilment" which never arrives, whilst items from India speak guardedly of serious native unrest toward the end of March. Voodoo orgies multiply in Hayti, and African outposts report ominous mutterings. American officers in the Philippines find certain tribes bothersome about this time, and New York policemen are mobbed by hysterical Levantines on the

en esas fechas, y policías de Nueva York fueron asaltados por levantinos histéricos la noche del 22 al 23 de marzo. El oeste de Irlanda también estaba lleno de rumores salvajes y legendarios, y un fantástico pintor llamado Ardois-Bonnot colgó un blasfemo "Paisaje de ensueño" en el salón de primavera de París en 1926. También hubo tantos problemas registrados en los manicomios, que solo un milagro puede haber impedido a la fraternidad médica notar esos extraños paralelismos y tratar de explicarlos con alguna teoría descabellada. Un extraño montón de recortes, todo dicho; y en esta fecha apenas puedo imaginar el cruel racionalismo con el que los dejé de lado. Pero entonces estaba convencido de que el joven Wilcox había tenido conocimiento de los materiales arcaicos que mi tío relacionó con sus sueños.

night of March 22–23. The west of Ireland, too, is full of wild rumor and legendry, and a fantastic painter named Ardois-Bonnot hangs a blasphemous "Dream Landscape" in the Paris spring salon of 1926. And so numerous are the recorded troubles in insane asylums, that only a miracle can have stopped the medical fraternity from noting strange parallelisms and drawing mystified conclusions. A weird bunch of cuttings, all told; and I can at this date scarcely envisage the callous rationalism with which I set them aside. But I was then convinced that young Wilcox had known of the older matters mentioned by the professor.

II
El relato del inspector Legrasse

Los materiales arcaicos que habían convencido a mi tío de que el sueño y el bajorrelieve del escultor eran significativos, eran el tema de la segunda mitad de su largo manuscrito. El profesor Angell ya había visto los contornos infernales de esa monstruosidad sin nombre, entre jeroglíficos que no podían interpretarse, y escuchado las sílabas siniestras que solo pueden interpretarse como "Cthulhu"; y todo esto creaba una conexión tan conmovedora y horrible que no es de extrañar que hostigara al joven Wilcox con preguntas y demandas de más datos.

La experiencia anterior sucedió en 1908, diecisiete años antes, cuando la Sociedad Arqueológica Americana celebró su reunión anual en San Luis. El profesor Angell, como correspondía a alguien de sus méritos y autoridad, había tenido un papel destacado en todas las deliberaciones; y fue uno de los primeros en ser con-

II
The Tale of Inspector Legrasse

The older matters which had made the sculptor's dream and bas-relief so significant to my uncle formed the subject of the second half of his long manuscript. Once before, it appears, Professor Angell had seen the hellish outlines of the nameless monstrosity, puzzled over the unknown hieroglyphics, and heard the ominous syllables which can be rendered only as "Cthulhu"; and all this in so stirring and horrible a connexion that it is small wonder he pursued young Wilcox with queries and demands for data.

The earlier experience had come in 1908, seventeen years before, when the American Archaeological Society held its annual meeting in St. Louis. Professor Angell, as befitted one of his authority and attainments, had had a prominent part in all the deliberations; and was one of the first to be approached by the several outsiders

tactados por varios forasteros que aprovecharon la convocatoria para presentar ciertos asuntos, que esperaban los expertos pudieran esclarecer.

El jefe de estos forasteros, enseguida se convirtió en el foco de interés de toda la reunión. Era un hombre de mediana edad de aspecto común, que había viajado desde Nueva Orleans para obtener cierta información especial que no había podido conseguir de ninguna fuente local. Su nombre era John Raymond Legrasse, y era de profesión inspector de policía. El tenía en su poder una estatuilla de piedra grotesca, repulsiva y aparentemente muy antigua, cuyo origen no se pudo determinar, y que era el motivo de su consulta. No se debe imaginar que el inspector Legrasse tuviera el menor interés en la arqueología. Por el contrario, su deseo de esclarecimiento estaba motivado por consideraciones puramente profesionales. La estatuilla, el ídolo, el fetiche, o lo que fuera, había sido confiscada algunos meses antes, en los pantanos boscosos al sur de Nueva Orleans, durante una redada efectuada en una reunión de un supuesto culto vudú; y tan singulares y horribles eran los ritos relacionados con ese culto, que la policía no pudo menos que darse cuenta de que habían tropezado con un culto oscuro y totalmente desconocido para ellos, infinitamente más diabólico que incluso el más tenebroso de los círculos vudúes africanos. De su origen, aparte de los cuentos erráticos e increíbles obtenidos de los miembros capturados, absolutamente nada pudo ser descubierto; de ahí la ansiedad de la policía por cualquier aporte de los expertos que pudiera ayudarles a identificar ese símbolo espantoso y, a través de él, rastrear el culto hasta su fuente.

El inspector Legrasse se sorprendió por la gran excitación que suscitó la estatuilla. Una visión de la cosa había sido suficiente para hacer que los hombres de ciencia se conmocionaran, y no perdieron el tiempo en reunirse con él para con-

who took advantage of the convocation to offer questions for correct answering and problems for expert solution.

The chief of these outsiders, and in a short time the focus of interest for the entire meeting, was a commonplace-looking middle-aged man who had travelled all the way from New Orleans for certain special information unobtainable from any local source. His name was John Raymond Legrasse, and he was by profession an Inspector of Police. With him he bore the subject of his visit, a grotesque, repulsive, and apparently very ancient stone statuette whose origin he was at a loss to determine. It must not be fancied that Inspector Legrasse had the least interest in archaeology. On the contrary, his wish for enlightenment was prompted by purely professional considerations. The statuette, idol, fetish, or whatever it was, had been captured some months before in the wooded swamps south of New Orleans during a raid on a supposed voodoo meeting; and so singular and hideous were the rites connected with it, that the police could not but realise that they had stumbled on a dark cult totally unknown to them, and infinitely more diabolic than even the blackest of the African voodoo circles. Of its origin, apart from the erratic and unbelievable tales extorted from the captured members, absolutely nothing was to be discovered; hence the anxiety of the police for any antiquarian lore which might help them to place the frightful symbol, and through it track down the cult to its fountain-head.

Inspector Legrasse was scarcely prepared for the sensation which his offering created. One sight of the thing had been enough to throw the assembled men of science into a state of tense excitement, and they lost no time in crowding around

templar la diminuta figura cuya absoluta rareza y aspecto de antigüedad abismal, insinuaban fuertemente oscuras visiones arcaicas. Ninguna escuela de escultura reconocida había creado este objeto terrible, sin embargo, siglos e incluso miles de años parecían grabados en su superficie oscura y verdosa de piedra irreconocible.

La figura, que finalmente fue pasada lentamente, de mano en mano, para un estudio cuidadoso y cercano, tenía entre siete y ocho pulgadas de altura y era de una confección exquisitamente artística. Representaba un monstruo vagamente antropoide, visto de perfil, con una cabeza parecida a un pulpo, cuya cara era una masa de tentáculos, con un cuerpo escamoso de aspecto gomoso, garras prodigiosas en las patas traseras y delanteras y alas largas y estrechas por atrás. Esa cosa, que parecía imbuida con una temible malignidad antinatural, tenía un cuerpo corpulento, un poco hinchado, y se agazapaba sobre un bloque rectangular o pedestal cubierto de caracteres indescifrables.

Las puntas de sus alas tocaban el borde trasero del bloque, el asiento ocupaba el centro, mientras que las largas y curvadas garras de las patas traseras dobladas y en cuclillas agarraban el borde delantero y se extendían un cuarto del camino hacia el fondo del pedestal. La cabeza del cefalópodo estaba inclinada hacia adelante, de modo que los extremos de los tentáculos faciales rozaban el dorso de las enormes patas delanteras, que sujetaban las rodillas elevadas de la criatura en cuclillas.

El conjunto sugería una realidad completamente anormal, y su origen totalmente desconocido solo aumentaba el miedo que inspiraba. Su edad vasta, impresionante e incalculable era inconfundible; sin embargo, no pudieron encontrar vínculo alguno con ningún tipo de arte conocido; ni en los albores de la civilización, ni tampoco en ninguna otra época. Totalmente separado y sin relación

him to gaze at the diminutive figure whose utter strangeness and air of genuinely abysmal antiquity hinted so potently at unopened and archaic vistas. No recognised school of sculpture had animated this terrible object, yet centuries and even thousands of years seemed recorded in its dim and greenish surface of unplaceable stone.

The figure, which was finally passed slowly from man to man for close and careful study, was between seven and eight inches in height, and of exquisitely artistic workmanship. It represented a monster of vaguely anthropoid outline, but with an octopus-like head whose face was a mass of feelers, a scaly, rubbery-looking body, prodigious claws on hind and fore feet, and long, narrow wings behind. This thing, which seemed instinct with a fearsome and unnatural malignancy, was of a somewhat bloated corpulence, and squatted evilly on a rectangular block or pedestal covered with undecipherable characters.

The tips of the wings touched the back edge of the block, the seat occupied the centre, whilst the long, curved claws of the doubled-up, crouching hind legs gripped the front edge and extended a quarter of the way down toward the bottom of the pedestal. The cephalopod head was bent forward, so that the ends of the facial feelers brushed the backs of huge fore paws which clasped the croucher's elevated knees.

The aspect of the whole was abnormally life-like, and the more subtly fearful because its source was so totally unknown. Its vast, awesome, and incalculable age was unmistakable; yet not one link did it shew with any known type of art belonging to civilisation's youth—or indeed to any other time. Totally separate and apart, its very material was a mystery; for the soapy, greenish-black stone with its golden or

con nada más, su material era un misterio. La piedra era de consistencia jabonosa, de color negro verdoso, con motas doradas o iridiscentes, sus estrías no se parecían a nada que conociera la geología o la mineralogía. Los caracteres inscritos a lo largo de la base eran igualmente desconcertantes; y ningún miembro presente, a pesar de representar el conocimiento experto de la mitad del mundo en ese campo, podía aportar la menor idea, incluso de su parentesco lingüístico más remoto. Los caracteres, tal como el tema y el material, pertenecían a algo horriblemente remoto y distinto de la humanidad, tal como la conocemos; algo espantosamente sugestivo de ciclos de vida arcaicos e impuros, sin relación alguna con nuestro mundo y nuestras concepciones.

Y, sin embargo, mientras los expertos sacudían sus cabezas y confesaban su derrota ante el problema del inspector, había un hombre en esa reunión que creyó percibir un toque de extraña familiaridad en esa forma monstruosa y en su escritura, y quien, en ese momento contó, con cierta inseguridad, una extraña historia que solo él conocía. Esta persona era el difunto William Channing Webb, profesor de antropología en la Universidad de Princeton, y un explorador de no poca importancia. El profesor Webb había estado comprometido, cuarenta y ocho años antes, en una gira por Groenlandia e Islandia en busca de algunas inscripciones rúnicas que no había podido desenterrar; y mientras estaba en lo alto de la costa oeste de Groenlandia, se había encontrado con una tribu o culto singular de esquimales degenerados, cuya religión, una curiosa forma de adoración del diablo, lo hizo escalofriarse por su sed deliberada de sangre y su aspecto repulsivo. Era una fe de la que los otros esquimales sabían poco, y que solo mencionaban con estremecimientos, diciendo que había llegado de épocas terriblemente antiguas antes de que el mundo fuera creado. Además de los ritos sin nombre y los

iridescent flecks and striations resembled nothing familiar to geology or mineralogy. The characters along the base were equally baffling; and no member present, despite a representation of half the world's expert learning in this field, could form the least notion of even their remotest linguistic kinship. They, like the subject and material, belonged to something horribly remote and distinct from mankind as we know it; something frightfully suggestive of old and unhallowed cycles of life in which our world and our conceptions have no part.

And yet, as the members severally shook their heads and confessed defeat at the Inspector's problem, there was one man in that gathering who suspected a touch of bizarre familiarity in the monstrous shape and writing, and who presently told with some diffidence of the odd trifle he knew. This person was the late William Channing Webb, Professor of Anthropology in Princeton University, and an explorer of no slight note. Professor Webb had been engaged, forty-eight years before, in a tour of Greenland and Iceland in search of some Runic inscriptions which he failed to unearth; and whilst high up on the West Greenland coast had encountered a singular tribe or cult of degenerate Esquimaux whose religion, a curious form of devil-worship, chilled him with its deliberate bloodthirstiness and repulsiveness. It was a faith of which other Esquimaux knew little, and which they mentioned only with shudders, saying that it had come down from horribly ancient aeons before ever the world was made. Besides nameless rites and human sacrifices there were certain queer hereditary rituals addressed to a supreme elder devil or tornasuk; and of this Professor Webb had taken a care-

sacrificios humanos, había ciertos rituales hereditarios extraños dirigidos a un anciano diablo o *tornasuk*; y de este, el profesor Webb había tomado una copia fonética cuidadosa de un anciano *angekok*, o un mago-sacerdote, expresando los sonidos en letras romanas lo mejor que podía. El fetiche que este culto atesoraba, y alrededor del cual bailaban cuando la aurora saltaba sobre los acantilados de hielo, era, dijo el profesor, un bajorrelieve de piedra muy crudo, que incluía una imagen horrible y una escritura críptica. Y por lo que él podía recordar, era un paralelo aproximado, en todas sus características esenciales de la estatuilla bestial que ahora tenían delante de ellos.

Esta información, recibida con suspenso y asombro por los miembros reunidos, resultó ser doblemente emocionante para el inspector Legrasse; y de inmediato comenzó a acosar a su informante con preguntas. Habiendo notado y copiado un ritual oral entre los adoradores de cultos que sus hombres habían arrestado, le suplicó al profesor que recordara lo mejor posible las sílabas anotadas entre los esquimales adoradores del diablo. Luego siguió una comparación exhaustiva de detalles, y un momento de silencio realmente asombroso cuando tanto el detective como el científico corroboraron la identidad virtual de la frase común en los dos rituales infernales, tan separados en la distancia. Lo que, en esencia, tanto los magos esquimales como los sacerdotes del pantano de Louisiana habían cantado a sus ídolos era algo muy parecido a la siguiente frase –la división de las palabras se estableció a partir de las pausas observadas por los cantores–, tal como se cantaba en voz alta:

"Ph'nglui mglw'nafh Cthulhu R'lyeh wgah'nagl fhtagn".

Legrasse tenía un ventaja sobre el profesor Webb, porque varios de sus presos mestizos le habían dicho lo que los celebrantes de mayor edad les habían conta-

ful phonetic copy from an aged angekok or wizard-priest, expressing the sounds in Roman letters as best he knew how. But just now of prime significance was the fetish which this cult had cherished, and around which they danced when the aurora leaped high over the ice cliffs. It was, the professor stated, a very crude bas-relief of stone, comprising a hideous picture and some cryptic writing. And so far as he could tell, it was a rough parallel in all essential features of the bestial thing now lying before the meeting.

This data, received with suspense and astonishment by the assembled members, proved doubly exciting to Inspector Legrasse; and he began at once to ply his informant with questions. Having noted and copied an oral ritual among the swamp cult-worshippers his men had arrested, he besought the professor to remember as best he might the syllables taken down amongst the diabolist Esquimaux. There then followed an exhaustive comparison of details, and a moment of really awed silence when both detective and scientist agreed on the virtual identity of the phrase common to two hellish rituals so many worlds of distance apart. What, in substance, both the Esquimau wizards and the Louisiana swamp-priests had chanted to their kindred idols was something very like this—the word-divisions being guessed at from traditional breaks in the phrase as chanted aloud:

"Ph'nglui mglw'nafh Cthulhu R'lyeh wgah'nagl fhtagn."

Legrasse had one point in advance of Professor Webb, for several among his mongrel prisoners had repeated to him what older celebrants had told them

do que significaban las palabras. Ese texto, según lo recibido, era algo como esto:

"En su casa en R'lyeh, muerto, Cthulhu espera soñando".

Y ahora, respondiendo a una demanda general y urgente, el inspector Legrasse relató de la mejor manera posible su experiencia con los adoradores del pantano, contando una historia a la que mi tío le asignó un profundo significado. La historia era similar a los sueños más salvajes de los creadores de mitos y los teósofos, y revelaba un asombroso grado de imaginación cósmica, que nadie podría haber esperado encontrar, entre los parias y los vagabundos.

El 1 de noviembre de 1907, llegó a la policía de Nueva Orleans un frenético pedido de ayuda desde el país de pantanos y lagunas que se extendía al sur. La gente de la zona, primitiva, pero de buen natural, vivía en asentamientos ilegales, y eran, en su mayoría descendientes los hombres de Lafitte. Ellos estaban acosados por un terror absoluto que venía de una cosa desconocida que había aparecido en medio de la noche. Era vudú, aparentemente, pero vudú de una clase más terrible de lo que jamás habían conocido; y algunas de sus mujeres e hijos habían desaparecido desde que el malévolo Tom-Tom había empezado a golpear incesantemente en el bosque tenebroso donde no vivía nadie. Se escuchaban gritos de locura y chillidos desgarradores, cantos escalofriantes y diabólicas llamas danzantes; y, el mensajero concluyó, la gente no podía soportar más todo eso.

Así que un cuerpo de veinte policías, que llenaban dos vagones y un automóvil, se había puesto en marcha a última hora de la tarde con un tembloroso ocupa como guía. Al final de la carretera transitable, bajaron de los vehículos, y durante millas chapotearon en silencio por los terribles bosques de cipreses donde nunca llegaba el día. Desagradables raíces y lazos colgan-

the words meant. This text, as given, ran something like this:

"In his house at R'lyeh dead Cthulhu waits dreaming."

And now, in response to a general and urgent demand, Inspector Legrasse related as fully as possible his experience with the swamp worshippers; telling a story to which I could see my uncle attached profound significance. It savoured of the wildest dreams of myth-maker and theosophist, and disclosed an astonishing degree of cosmic imagination among such half-castes and pariahs as might be least expected to possess it.

On November 1st, 1907, there had come to the New Orleans police a frantic summons from the swamp and lagoon country to the south. The squatters there, mostly primitive but good-natured descendants of Lafitte's men, were in the grip of stark terror from an unknown thing which had stolen upon them in the night. It was voodoo, apparently, but voodoo of a more terrible sort than they had ever known; and some of their women and children had disappeared since the malevolent tom-tom had begun its incessant beating far within the black haunted woods where no dweller ventured. There were insane shouts and harrowing screams, soul-chilling chants and dancing devil-flames; and, the frightened messenger added, the people could stand it no more.

So a body of twenty police, filling two carriages and an automobile, had set out in the late afternoon with the shivering squatter as a guide. At the end of the passable road they alighted, and for miles splashed on in silence through the terrible cypress woods where day never came. Ugly roots and malignant hanging nooses of Spanish moss beset them, and now and

tes malignos de musgo español los acosaban, y de vez en cuando un montón de piedras húmedas o un fragmento de una pared podrida, intensifican la atmósfera opresiva, que los árboles malformados y los islotes fungosos ayudaban a crear.

Por fin llegaron hasta el asentamiento de ocupantes ilegales, un miserable grupo de chozas. Los histéricos habitantes corrieron a agruparse alrededor del grupo de linternas que se meneaban. El latido sordo de los tom-toms apenas era audible, muy por delante; y a intervalos poco frecuentes, cuando el viento cambiaba, se escuchaban gritos escalofriantes. Un resplandor rojizo parecía filtrarse a través de la maleza pálida, más allá de las interminables avenidas de la noche del bosque. Aunque estaban renuentes a quedarse solos, los acobardados ocupas rehusaron avanzar una pulgada hacia la escena de la adoración profana, por lo que el inspector Legrasse y sus diecinueve colegas se internaron sin guía en las arcadas sombrías de un horror que ninguno de ellos había visto antes.

La región donde ahora ingresaba la policía tenía una reputación muy mala, y tradicionalmente no era conocida ni había sido recorrida por el hombre blanco. Había leyendas de un lago oculto que no podía ser visto por ojos mortales, en el que habitaba una enorme ser, una cosa blancuzca informe, como un pólipo, con ojos luminosos; y los ocupas les habían dicho que los demonios con alas de murciélago volaban desde cavernas en el interior de la tierra para adorarlo, a medianoche. Dijeron que había estado allí antes de d'Iberville, antes de La Salle, antes de los indios, y antes incluso de las bestias y las buenas aves de los bosques.

Era una pesadilla en sí misma, y verla era morir. Pero hacía soñar a los hombres, y por eso sabían lo suficiente como para alejarse. La actual orgía vudú estaba situada en el borde de esta área abominable, pero ese lugar era bastante malo; por lo tanto, el lugar mismo de la adoración

then a pile of dank stones or fragment of a rotting wall intensified by its hint of morbid habitation a depression which every malformed tree and every fungous islet combined to create.

At length the squatter settlement, a miserable huddle of huts, hove in sight; and hysterical dwellers ran out to cluster around the group of bobbing lanterns. The muffled beat of tom-toms was now faintly audible far, far ahead; and a curdling shriek came at infrequent intervals when the wind shifted. A reddish glare, too, seemed to filter through the pale undergrowth beyond endless avenues of forest night. Reluctant even to be left alone again, each one of the cowed squatters refused point-blank to advance another inch toward the scene of unholy worship, so Inspector Legrasse and his nineteen colleagues plunged on unguided into black arcades of horror that none of them had ever trod before.

The region now entered by the police was one of traditionally evil repute, substantially unknown and untraversed by white men. There were legends of a hidden lake unglimpsed by mortal sight, in which dwelt a huge, formless white polypous thing with luminous eyes; and squatters whispered that bat-winged devils flew up out of caverns in inner earth to worship it at midnight. They said it had been there before D'Iberville, before La Salle, before the Indians, and before even the wholesome beasts and birds of the woods.

It was nightmare itself, and to see it was to die. But it made men dream, and so they knew enough to keep away. The present voodoo orgy was, indeed, on the merest fringe of this abhorred area, but that location was bad enough; hence perhaps the very place of the worship had terrified the

había aterrorizado a los ocupantes ilegales más que los impactantes sonidos e los incidentes.

Solo la poesía o la locura podían hacer justicia a los ruidos que escuchaban los hombres de Legrasse mientras avanzaban a través del pantano negro hacia el fulgor rojo y los tom-toms amortiguados. Hay cualidades vocales propias de los hombres y cualidades vocales propias de las bestias; y es terrible escuchar una cuando la fuente debe proferir otra. La furia animal y la licencia orgiástica se incitaban a sí mismas, para alcanzar alturas demoníacas, con aullidos y graznidos de éxtasis que desgarraban el silencio y reverberaban a través de esos bosques oscuros, como las tempestades pestilentes de los abismos del infierno. De vez en cuando los alaridos cesaban, y lo que parecía un coro bien entrenado de voces roncas cantaba esta horrible frase o ritual:

"Ph'nglui mglw'nafh Cthulhu R'lyeh wgah'nagl fhtagn".

Finalmente los hombres llegaron a un lugar donde los árboles estaban más espaciados, y pudieron ver el espectáculo. Cuatro de ellos se tambalearon, uno se desmayó, y otros dos lanzaron gritos de horror que, afortunadamente, la loca cacofonía de la orgía disimuló. Legrasse salpicó con agua de pantano la cara del hombre desmayado, y todos se quedaron temblando y casi hipnotizados de horror.

En un claro natural del pantano se alzaba una isla cubierta de hierba, de tal vez un acre de extensión, libre de árboles y bastante seca. Sobre ella saltaba y se retorcía, una horda de humanidad degenerada, más indescriptible que cualquier pintura de Sime o Angarola. Sin ropas, esta híbrida muchedumbre desordenada se agitaba, bramaba y se retorcía en torno a una monstruosa hoguera en forma de anillo; en el centro del cual, revelado por ocasionales fisuras en la cortina de llamas, se alzaba un gran monolito de granito de unos

squatters more than the shocking sounds and incidents.

Only poetry or madness could do justice to the noises heard by Legrasse's men as they ploughed on through the black morass toward the red glare and the muffled tom-toms. There are vocal qualities peculiar to men, and vocal qualities peculiar to beasts; and it is terrible to hear the one when the source should yield the other. Animal fury and orgiastic licence here whipped themselves to daemoniac heights by howls and squawking ecstasies that tore and reverberated through those nighted woods like pestilential tempests from the gulfs of hell. Now and then the less organised ululation would cease, and from what seemed a well-drilled chorus of hoarse voices would rise in sing-song chant that hideous phrase or ritual:

"Ph'nglui mglw'nafh Cthulhu R'lyeh wgah'nagl fhtagn."

Then the men, having reached a spot where the trees were thinner, came suddenly in sight of the spectacle itself. Four of them reeled, one fainted, and two were shaken into a frantic cry which the mad cacophony of the orgy fortunately deadened. Legrasse dashed swamp water on the face of the fainting man, and all stood trembling and nearly hypnotised with horror.

In a natural glade of the swamp stood a grassy island of perhaps an acre's extent, clear of trees and tolerably dry. On this now leaped and twisted a more indescribable horde of human abnormality than any but a Sime or an Angarola could paint. Void of clothing, this hybrid spawn were braying, bellowing, and writhing about a monstrous ring-shaped bonfire; in the centre of which, revealed by occasional rifts in the curtain of flame, stood a great granite monolith some eight feet in height; on top of which, incongruous with its di-

dos metros y medio de altura; encima del cual, incongruente por su pequeño tamaño, descansaba la maligna estatuilla. Formando un amplio círculo de diez andamios dispuestos a intervalos regulares con el monolito como centro, colgaban, cabeza abajo, los cuerpos extrañamente estropeados de los ocupas que habían desaparecido. Era dentro de este círculo que el anillo de adoradores saltaba y rugía, la dirección general del grupo era de izquierda a derecha, en una interminable bacanal, entre el anillo de cuerpos y el anillo de fuego.

Puede haber sido simplemente la imaginación y pueden haber sido solo ecos lo que indujo a uno de los hombres, un excitable español, a creer que escuchó respuestas antifonales al ritual desde algún lugar lejano y sin iluminación, más adentro del horroroso bosque de las antiguas leyendas. A este hombre, Joseph D. Gálvez, más tarde lo conocí y lo interrogué; y demostró ser desbordantemente imaginativo. De hecho, llegó tan lejos como para insinuar que había visto el débil batir de grandes alas, un destello de ojos brillantes y un bulto blanco enorme, más allá de los árboles más remotos, pero supongo que había oído demasiada superstición nativa.

En realidad, la horrorizada pausa de los hombres tuvo una duración relativamente breve. El deber era lo primero; y aunque debía haber cerca de un centenar de celebrantes mestizos en la multitud, la policía tenía la ventaja de sus armas de fuego y se lanzó con determinación contra la turbamulta. Durante cinco minutos, el ruido y el caos resultantes estuvieron más allá de toda descripción. Hubo golpes salvajes, disparos y escapes; pero al final, Legrasse pudo sumar unos cuarenta y siete prisioneros sombríos, a los que obligó a vestirse apresuradamente y alinearse entre dos filas de policías. Cinco de los fieles yacían muertos, y dos que estaban gravemente heridos fueron llevados en camillas improvisadas. La imagen que estaba sobre

minutiveness, rested the noxious carven statuette. From a wide circle of ten scaffolds set up at regular intervals with the flame-girt monolith as a centre hung, head downward, the oddly marred bodies of the helpless squatters who had disappeared. It was inside this circle that the ring of worshippers jumped and roared, the general direction of the mass motion being from left to right in endless Bacchanal between the ring of bodies and the ring of fire.

It may have been only imagination and it may have been only echoes which induced one of the men, an excitable Spaniard, to fancy he heard antiphonal responses to the ritual from some far and unillumined spot deeper within the wood of ancient legendry and horror. This man, Joseph D. Galvez, I later met and questioned; and he proved distractingly imaginative. He indeed went so far as to hint of the faint beating of great wings, and of a glimpse of shining eyes and a mountainous white bulk beyond the remotest trees—but I suppose he had been hearing too much native superstition.

Actually, the horrified pause of the men was of comparatively brief duration. Duty came first; and although there must have been nearly a hundred mongrel celebrants in the throng, the police relied on their firearms and plunged determinedly into the nauseous rout. For five minutes the resultant din and chaos were beyond description. Wild blows were struck, shots were fired, and escapes were made; but in the end Legrasse was able to count some forty-seven sullen prisoners, whom he forced to dress in haste and fall into line between two rows of policemen. Five of the worshippers lay dead, and two severely wounded ones were carried away on improvised stretchers by their fellow-prisoners. The image on the monolith, of

el monolito, por supuesto, fue cuidadosamente removida y acarreada por Legrasse.

Examinados en el cuartel general después de un viaje tenso y cansado, todos los prisioneros demostraron ser hombres de una clase muy inferior, de sangre mixta y mentalmente retrasados. La mayoría eran marineros, algunos pocos eran negros y mulatos, procedentes de las antillas o de las islas de Cabo Verde, los que le daban un cierto tono vudú a ese culto heterogéneo. Pero no se necesitaron muchas preguntas para descubrir que algo más profundo y más antiguo que el fetichismo negro estaba involucrado. Degradados e ignorantes como eran, esos hombres sostenían con sorprendente coherencia la idea central de su odiosa fe.

Ellos adoraban, así los llamaban, a los Grandes Ancianos que vivieron siglos antes de que hubiera hombres, y que llegaron al mundo joven desde el cielo. Esos Ancianos ya se habían ido, ocultándose dentro de la tierra y debajo del mar; pero sus cuerpos muertos, se habían comunicado en sueños con los primeros hombres, que formaron un culto que había perdurado. Este era ese culto, y los prisioneros dijeron que siempre había existido y siempre existiría, escondido en lugares desolados y oscuros en todo el mundo hasta el momento en que el gran sacerdote Cthulhu, desde su casa oscura en la poderosa ciudad de R'lyeh, debajo de las aguas, se elevara y estableciera de nuevo su dominio sobre la tierra. Algún día llamaría, cuando las estrellas estuvieran listas, y el culto secreto siempre estaría esperando para liberarlo.

Pero ellos no dirían más. Había un secreto que ni siquiera la tortura podía extraer. La humanidad no estaba absolutamente sola entre los seres conscientes de la tierra, porque formas salían de la oscuridad para visitar a sus pocos fieles. Pero estos no eran los Grandes Antiguos. Ningún hombre había visto a los Antiguos. El ídolo tallado representaba al gran Cthulhu,

course, was carefully removed and carried back by Legrasse.

Examined at headquarters after a trip of intense strain and weariness, the prisoners all proved to be men of a very low, mixed-blooded, and mentally aberrant type. Most were seamen, and a sprinkling of negroes and mulattoes, largely West Indians or Brava Portuguese from the Cape Verde Islands, gave a colouring of voodooism to the heterogeneous cult. But before many questions were asked, it became manifest that something far deeper and older than negro fetichism was involved. Degraded and ignorant as they were, the creatures held with surprising consistency to the central idea of their loathsome faith.

They worshipped, so they said, the Great Old Ones who lived ages before there were any men, and who came to the young world out of the sky. Those Old Ones were gone now, inside the earth and under the sea; but their dead bodies had told their secrets in dreams to the first men, who formed a cult which had never died. This was that cult, and the prisoners said it had always existed and always would exist, hidden in distant wastes and dark places all over the world until the time when the great priest Cthulhu, from his dark house in the mighty city of R'lyeh under the waters, should rise and bring the earth again beneath his sway. Some day he would call, when the stars were ready, and the secret cult would always be waiting to liberate him.

Meanwhile no more must be told. There was a secret which even torture could not extract. Mankind was not absolutely alone among the conscious things of earth, for shapes came out of the dark to visit the faithful few. But these were not the Great Old Ones. No man had ever seen the Old Ones. The carven idol was great Cthulhu, but none might say whether or

pero nadie podría decir si los otros eran o no exactamente como él. Nadie podía leer el viejo escrito, pero muchas cosas se transmitían de boca en boca. El ritual cantado no era el secreto, que nunca se pronunciaba en voz alta, solo se susurraba. El canto solo significaba esto:

"En su casa en R'lyeh, muerto, Cthulhu espera soñando".

Solo dos de los prisioneros fueron encontrados lo suficientemente sanos como para ser ahorcados, el resto fue enviado a varias instituciones. Todos negaron tener parte en los asesinatos rituales, y afirmaron que las muertes habían sido cometidas por los Seres Negros Alados, que habían llegado hasta ellos desde su lugar de reunión inmemorial en el bosque encantado. Pero no se pudo obtener ningún relato coherente sobre esos misteriosos aliados. Lo que extrajo la policía provino principalmente de un mestizo inmensamente anciano llamado Castro, quien afirmó haber navegado hasta puertos extraños y conversado con líderes eternos del culto, en las montañas de China.

El viejo Castro recordó fragmentos de una leyenda espantosa que empalidecía las especulaciones de los teósofos y mostraba que el hombre y el mundo eran recientes y transitorios. Por eones, otros seres gobernaron en la tierra y tuvieron grandes ciudades. Los restos de ellas, según los inmortales chinos le habían informado, aún se encontraban como piedras ciclópeas en las islas del Pacífico. Todos murieron vastas épocas de tiempo antes de que aparecieran los hombres, pero había artes que podían revivirlos, cuando las estrellas hubieran vuelto a las posiciones correctas en el ciclo de la eternidad. Estos seres, indudablemente vinieron de las estrellas y trajeron sus imágenes consigo.

Estos Grandes Antiguos, continuó Castro, no estaban compuestos completamente de carne y hueso. Tenían forma, ¿no lo demostraba la imagen con forma de

not the others were precisely like him. No one could read the old writing now, but things were told by word of mouth. The chanted ritual was not the secret—that was never spoken aloud, only whispered. The chant meant only this:

"In his house at R'lyeh dead Cthulhu waits dreaming."

Only two of the prisoners were found sane enough to be hanged, and the rest were committed to various institutions. All denied a part in the ritual murders, and averred that the killing had been done by Black Winged Ones which had come to them from their immemorial meeting-place in the haunted wood. But of those mysterious allies no coherent account could ever be gained. What the police did extract, came mainly from an immensely aged mestizo named Castro, who claimed to have sailed to strange ports and talked with undying leaders of the cult in the mountains of China.

Old Castro remembered bits of hideous legend that paled the speculations of theosophists and made man and the world seem recent and transient indeed. There had been aeons when other Things ruled on the earth, and They had had great cities. Remains of Them, he said the deathless Chinamen had told him, were still to be found as Cyclopean stones on islands in the Pacific. They all died vast epochs of time before men came, but there were arts which could revive Them when the stars had come round again to the right positions in the cycle of eternity. They had, indeed, come themselves from the stars, and brought Their images with Them.

These Great Old Ones, Castro continued, were not composed altogether of flesh and blood. They had shape—for did not this star-fashioned image prove

estrella? Pero esa forma no estaba hecha de materia. Cuando las estrellas estaban correctamente alineadas, podían sumergirse de mundo en mundo a través del cielo; pero cuando las estrellas no estaban en la posición correcta, no podían vivir. Pero aunque ya no vivieran, nunca morirían realmente. Todos yacen en casas de piedra en su gran ciudad de R'lyeh, preservados por los hechizos del poderoso Cthulhu, esperando una gloriosa resurrección cuando las estrellas y la tierra estén listas para su retorno. Pero en ese momento cierta fuerza del exterior debía ocuparse de liberar sus cuerpos.

Los hechizos que los mantenían intactos también les impedían hacer el movimiento inicial, y solo podían permanecer despiertos en la oscuridad, pensando, mientras pasaban millones de años incontables. Sabían todo lo que estaba ocurriendo en el universo, porque se comunicaban a través de la transmisión del pensamiento. Incluso ahora se comunicaban desde sus tumbas. Cuando, después un caos interminable, llegaron los primeros hombres, los Grandes Antiguos le hablaron a aquellos que eran sensibles, moldeando sus sueños; porque solo así su lenguaje podía alcanzar las mentes carnales de los mamíferos.

Entonces, susurró Castro, aquellos primeros hombres formaron el culto alrededor de los pequeños ídolos que los Grandes Antiguos habían traído, en eras oscuras, de estrellas negras. Ese culto nunca moriría hasta que las estrellas volvieran a alinearse, y los sacerdotes secretos sacarían a Cthulhu de su tumba para revivir a sus súbditos y reanudar su gobierno sobre la tierra. El tiempo sería fácil de conocer, porque entonces la humanidad sería como los Grandes Antiguos; libre y salvaje, más allá del bien y del mal, las leyes y la moral serían desechadas y todos los hombres gritarían, matarían y disfrutarían alegremente. Luego, los Ancianos liberados les enseñarían nuevas formas de gritar, matar,

it?—but that shape was not made of matter. When the stars were right, They could plunge from world to world through the sky; but when the stars were wrong, They could not live. But although They no longer lived, They would never really die. They all lay in stone houses in Their great city of R'lyeh, preserved by the spells of mighty Cthulhu for a glorious resurrection when the stars and the earth might once more be ready for Them. But at that time some force from outside must serve to liberate Their bodies.

The spells that preserved Them intact likewise prevented Them from making an initial move, and They could only lie awake in the dark and think whilst uncounted millions of years rolled by. They knew all that was occurring in the universe, but Their mode of speech was transmitted thought. Even now They talked in Their tombs. When, after infinities of chaos, the first men came, the Great Old Ones spoke to the sensitive among them by moulding their dreams; for only thus could Their language reach the fleshly minds of mammals.

Then, whispered Castro, those first men formed the cult around small idols which the Great Ones shewed them; idols brought in dim eras from dark stars. That cult would never die till the stars came right again, and the secret priests would take great Cthulhu from His tomb to revive His subjects and resume His rule of earth. The time would be easy to know, for then mankind would have become as the Great Old Ones; free and wild and beyond good and evil, with laws and morals thrown aside and all men shouting and killing and revelling in joy. Then the liberated Old Ones would teach them new ways to shout and kill and revel and enjoy themselves, and all the earth would flame

deleitarse y disfrutar, y toda la tierra se incendiaría en un holocausto de éxtasis y libertad. Mientras tanto, el culto, con los ritos apropiados, debía mantener viva la memoria de esos antiguos caminos y presagiar su regreso.

En los tiempos antiguos, los hombres elegidos habían conversado con los Ancianos sepultados en sueños, pero entonces algo había sucedido. La gran ciudad de piedra de R'lyeh, con sus monolitos y sepulcros, se había hundido bajo las olas; y las aguas profundas, llenas del único misterio primordial a través del cual ni siquiera el pensamiento puede pasar, habían cortado el intercambio espectral. Pero la memoria nunca murió, y los sumos sacerdotes afirmaban que la ciudad se levantaría de nuevo cuando las estrellas estuvieran listas. Luego salieron de la tierra los espíritus negros de la tierra, mohosos y sombríos, y llenos de rumores oscuros recogidos en cavernas bajo los fondos marinos olvidados. Pero de ellos el viejo Castro no se atrevió a hablar mucho. Se detuvo bruscamente, y ninguna persuasión ni sutileza pudo sacarle más.

También se negó a mencionar el tamaño de los Antiguos. Sobre el culto, dijo que pensaba que el centro se encontraba en medio de los desiertos sin caminos de Arabia, donde Irem, la ciudad de los pilares, sueña oculta e intocada. No estaba aliado con el culto europeo a las brujas, y era prácticamente desconocido más allá de sus miembros. Ningún libro había insinuado realmente nada de eso, aunque los inmortales chinos habían dicho que el Necronomicón, escrito por el árabe loco Abdul Alhazred, tenía frases con doble sentido, que los iniciados podían leer como quisieran, especialmente el muy discutido pareado:

"No está muerto quien puede yacer eternamente,
Y en épocas extrañas, incluso la muerte puede morir".

with a holocaust of ecstasy and freedom. Meanwhile the cult, by appropriate rites, must keep alive the memory of those ancient ways and shadow forth the prophecy of their return.

In the elder time chosen men had talked with the entombed Old Ones in dreams, but then something had happened. The great stone city R'lyeh, with its monoliths and sepulchres, had sunk beneath the waves; and the deep waters, full of the one primal mystery through which not even thought can pass, had cut off the spectral intercourse. But memory never died, and high-priests said that the city would rise again when the stars were right. Then came out of the earth the black spirits of earth, mouldy and shadowy, and full of dim rumours picked up in caverns beneath forgotten sea-bottoms. But of them old Castro dared not speak much. He cut himself off hurriedly, and no amount of persuasion or subtlety could elicit more in this direction.

The size of the Old Ones, too, he curiously declined to mention. Of the cult, he said that he thought the centre lay amid the pathless deserts of Arabia, where Irem, the City of Pillars, dreams hidden and untouched. It was not allied to the European witch-cult, and was virtually unknown beyond its members. No book had ever really hinted of it, though the deathless Chinamen said that there were double meanings in the Necronomicon of the mad Arab Abdul Alhazred which the initiated might read as they chose, especially the much-discussed couplet:

"That is not dead which can eternal lie,
And with strange aeons even death may die."

Legrasse, profundamente impresionado y muy desconcertado, había preguntado en vano sobre las afiliaciones históricas del culto. Castro, al parecer, había dicho la verdad cuando dijo que era completamente secreto. Las autoridades de la Universidad de Tulane no podían arrojar luz sobre el culto o la estatuilla, y ahora el detective había acudido a las más altas autoridades del país y no había conseguido más que el relato de Groenlandia del profesor Webb.

El interés febril despertado en la reunión por el relato de Legrasse, corroborado como lo había sido por la estatuilla, se reflejó en la correspondencia subsiguiente de los asistentes, aunque hubo escasa mención en las publicaciones formales de la sociedad. La precaución es el primer cuidado de los que están acostumbrados a enfrentar charlatanería e impostura ocasional. Por un tiempo, Legrasse le había prestado la estatuilla al profesor Webb, pero a la muerte de este último le fue devuelta y permanecía en su poder, donde la vi hace poco. Verdaderamente tiene un aspecto terrible, y es, sin duda, similar a la escultura de ensueño del joven Wilcox.

El hecho de que mi tío estuviera emocionado por el relato del escultor no me sorprendió. Escuchar que un joven sensible había soñado no solo con la figura y los mismos exactos jeroglíficos de la imagen del pantano y la tableta del demonio de Groenlandia, pero que también había visto en sus sueños al menos tres de las palabras precisas de la fórmula pronunciadas tanto por los esquimales adoradores del diablo como por los mestizos de Luisiana, le debe de haber hecho reflexionar. Que el profesor Angell haya comenzado su investigación velozmente, con máxima minuciosidad, era de esperarse, pero yo todavía sospechaba que el joven Wilcox había oído hablar del culto de alguna manera indirecta, y que había inventado sus sueños para aumentar y prolongar el misterio a expensas de mi tío. Los relatos

y recortes de los sueños recopilados por el profesor ofrecían, por supuesto, una fuerte corroboración; pero el racionalismo de mi mente y la extravagancia de todo el tema me llevaron a adoptar lo que consideraba las conclusiones más sensatas. Finalmente, después de estudiar a fondo el manuscrito y correlacionar las notas teosóficas y antropológicas con la narrativa del culto de Legrasse, hice un viaje a Providence para ver al escultor y reprocharle que hubiera engañado así a al anciano sabio que había sido mi tío.

Wilcox todavía vivía solo, en el edificio Fleur-de-Lys en Thomas Street, una imitación victoriana horrible de la arquitectura bretona del siglo XVII, que ostenta su frente de estuco en medio de las hermosas casas coloniales en la antigua colina, y bajo la sombra del mejor campanario georgiano en América. Lo encontré trabajando en sus habitaciones, y de inmediato, viendo las muestras de su trabajo, me convencí de que su genio era profundo y auténtico. Creo que en algún momento será considerado como uno de los grandes decadentes; porque ha cristalizado en la arcilla y un día loe reflejará en mármol, esas pesadillas y fantasías que Arthur Machen evoca en prosa, y Clark Ashton Smith hace visibles en versos y pinturas.

De pelo negro, frágil y algo despreocupado en su aspecto, se volvió lánguidamente en su silla, respondiendo a mi llamada y me preguntó qué deseaba, sin levantarse. Cuando le dije quién era yo, él mostró algo de interés; porque mi tío había excitado su curiosidad al sondear sus extraños sueños, pero nunca le había explicado la razón del estudio. No amplié su conocimiento en este sentido, pero intenté con cierta sutileza hacer que me diera una explicación. En poco tiempo me convencí de su absoluta sinceridad, ya que habló de los sueños de una manera que no dejaba lugar a dudas. Esos sueños y su residuo subconsciente habían influido profundamente en su arte, y él me mostró

by the professor were, of course, strong corroboration; but the rationalism of my mind and the extravagance of the whole subject led me to adopt what I thought the most sensible conclusions. So, after thoroughly studying the manuscript again and correlating the theosophical and anthropological notes with the cult narrative of Legrasse, I made a trip to Providence to see the sculptor and give him the rebuke I thought proper for so boldly imposing upon a learned and aged man.

Wilcox still lived alone in the Fleur-de-Lys Building in Thomas Street, a hideous Victorian imitation of seventeenth-century Breton architecture which flaunts its stuccoed front amidst the lovely colonial houses on the ancient hill, and under the very shadow of the finest Georgian steeple in America. I found him at work in his rooms, and at once conceded from the specimens scattered about that his genius is indeed profound and authentic. He will, I believe, some time be heard from as one of the great decadents; for he has crystallised in clay and will one day mirror in marble those nightmares and phantasies which Arthur Machen evokes in prose, and Clark Ashton Smith makes visible in verse and in painting.

Dark, frail, and somewhat unkempt in aspect, he turned languidly at my knock and asked me my business without rising. When I told him who I was, he displayed some interest; for my uncle had excited his curiosity in probing his strange dreams, yet had never explained the reason for the study. I did not enlarge his knowledge in this regard, but sought with some subtlety to draw him out. In a short time I became convinced of his absolute sincerity, for he spoke of the dreams in a manner none could mistake. They and their subconscious residuum had influenced his art profoundly, and he shewed me a morbid statue whose contours almost made me shake with the potency of its black sug-

una estatua mórbida cuyos contornos casi me hacían temblar con la potencia de sus oscuras connotaciones. No podía recordar haber visto el original de esa cosa, excepto en el bajorrelieve de su propio sueño, pero los contornos se habían formado insensiblemente bajo sus manos. Era, sin duda, la forma gigante de la que había estado hablando en el delirio. Que realmente no sabía nada del culto oculto, salvo por lo que la implacable interrogación de mi tío le había dado a entender, pronto lo dejó en claro; y otra vez me esforcé por entender como podía haber recibido esas extrañas visiones.

Hablaba de sus sueños de una manera extrañamente poética; haciéndome ver con terrible intensidad la húmeda ciudad ciclópea de piedra verde y viscosa, cuya geometría, según él dijo extrañamente, estaba mal, y escuchar con temor, la incesante invocación desde el subsuelo: "Cthulhu fhtagn", "Cthulhu fhtagn". Estas palabras habían formado parte de el terrible ritual que evocaba el sueño-vigilia de Cthulhu en su bóveda de piedra en R'lyeh, y me sentí profundamente conmovido a pesar de mis acendrado racionalismo. Yo estaba seguro que Wilcox había oído hablar del culto de una manera casual, y pronto lo había olvidado en medio de la masa de sus extrañas lecturas y su vívida imaginación. Más tarde, debido a que le había impresionado, esta información había encontrado una expresión subconsciente en sus sueños, y en el bajorrelieve y la terrible estatua que ahora contemplaba; de modo que no había engañado conscientemente a mi tío. El joven era de un tipo –de modales afectados y un poco vulgares–, que nunca podría gustarme; pero ahora estaba suficientemente dispuesto a admitir tanto su genio como su honestidad. Me despedí de él amistosamente, deseándole todo el éxito que su talento prometía.

El tema del culto aún me fascinaba, y hasta imaginé que podría conseguir cierta fama, si continuaba las investigaciones gestion. He could not recall having seen the original of this thing except in his own dream bas-relief, but the outlines had formed themselves insensibly under his hands. It was, no doubt, the giant shape he had raved of in delirium. That he really knew nothing of the hidden cult, save from what my uncle's relentless catechism had let fall, he soon made clear; and again I strove to think of some way in which he could possibly have received the weird impressions.

He talked of his dreams in a strangely poetic fashion; making me see with terrible vividness the damp Cyclopean city of slimy green stone—whose geometry, he oddly said, was all wrong—and hear with frightened expectancy the ceaseless, half-mental calling from underground: "Cthulhu fhtagn", "Cthulhu fhtagn". These words had formed part of that dread ritual which told of dead Cthulhu's dream-vigil in his stone vault at R'lyeh, and I felt deeply moved despite my rational beliefs. Wilcox, I was sure, had heard of the cult in some casual way, and had soon forgotten it amidst the mass of his equally weird reading and imagining. Later, by virtue of its sheer impressiveness, it had found subconscious expression in dreams, in the bas-relief, and in the terrible statue I now beheld; so that his imposture upon my uncle had been a very innocent one. The youth was of a type, at once slightly affected and slightly ill-mannered, which I could never like; but I was willing enough now to admit both his genius and his honesty. I took leave of him amicably, and wish him all the success his talent promises.

The matter of the cult still remained to fascinate me, and at times I had visions of personal fame from researches

sobre su origen y conexiones. Visité Nueva Orleáns, hablé con Legrasse y otros de aquella vieja expedición, vi la imagen espantosa e incluso pregunté a los prisioneros mestizos que aún sobrevivían. El viejo Castro, desafortunadamente había muerto algunos años antes. Lo que ahora oía tan gráficamente de primera mano, aunque en realidad no era más que una confirmación detallada de lo que mi tío había escrito, aumentó mi interés; porque estaba seguro de que estaba siguiendo la pista de una religión muy real, muy secreta y muy antigua, cuyo descubrimiento me convertiría en un antropólogo notable. Mi actitud seguía siendo de un materialismo absoluto, como me gustaría que aún fuera, y descarté, con una perversidad casi inexplicable, la coincidencia de las notas de los sueños y los recortes extraños recopilados por el profesor Angell.

Una cosa que comencé a sospechar, y que ahora temo saber, es que la muerte de mi tío no fue natural. Cayó en la estrecha calle de una colina, que subía desde un antiguo litoral repleto de mestizos extranjeros, después de un descuidado empujón de un marino negro. No olvidé los mestizos y los antecedentes marinos de los miembros del culto en Louisiana, y no me sorprendería enterarme de métodos secretos y agujas venenosas tan despiadadas y tan antiguas como los ritos y creencias crípticas. Legrasse y sus hombres, es cierto, no sufrieron ningún daño; pero en Noruega, cierto marinero que vio cosas que no debía ver, está muerto. ¿Es posible que las preguntas más inquisitivas de mi tío después de encontrar los datos del escultor hayan llegado a oídos siniestros? Creo que el profesor Angell murió porque sabía demasiado o porque estaba por aprender demasiado. Queda por verse si terminaré igual que él, porque yo también aprendí mucho

into its origin and connexions. I visited New Orleans, talked with Legrasse and others of that old-time raiding-party, saw the frightful image, and even questioned such of the mongrel prisoners as still survived. Old Castro, unfortunately, had been dead for some years. What I now heard so graphically at first-hand, though it was really no more than a detailed confirmation of what my uncle had written, excited me afresh; for I felt sure that I was on the track of a very real, very secret, and very ancient religion whose discovery would make me an anthropologist of note. My attitude was still one of absolute materialism, as I wish it still were, and I discounted with almost inexplicable perversity the coincidence of the dream notes and odd cuttings collected by Professor Angell.

One thing I began to suspect, and which I now fear I know, is that my uncle's death was far from natural. He fell on a narrow hill street leading up from an ancient waterfront swarming with foreign mongrels, after a careless push from a negro sailor. I did not forget the mixed blood and marine pursuits of the cult-members in Louisiana, and would not be surprised to learn of secret methods and poison needles as ruthless and as anciently known as the cryptic rites and beliefs. Legrasse and his men, it is true, have been let alone; but in Norway a certain seaman who saw things is dead. Might not the deeper inquiries of my uncle after encountering the sculptor's data have come to sinister ears? I think Professor Angell died because he knew too much, or because he was likely to learn too much. Whether I shall go as he did remains to be seen, for I have learned much now.

III
La locura del mar

Si el cielo alguna vez decide concederme alguna bendición, espero que borre totalmente de mi memoria lo que vi en un papel en una estantería, donde mi atención recayó por mera casualidad. No era nada que naturalmente pudiera encontrar en el transcurso de mi ronda diaria, porque era un viejo ejemplar de un periódico australiano, el Sydney Bulletin del 18 de abril de 1925. Incluso había escapado a la atención de la oficina de recortes de prensa que mi tío había contratado para recolectar material para su investigación.

Yo ya había abandonado, casi completamente, mi investigación sobre lo que el Profesor Angell llamó el "Culto de Cthulhu", y estaba visitando a un docto amigo en Paterson, Nueva Jersey; el curador de un museo local y un mineralogista notable. Una día estaba examinando los especímenes de piedra, colocados sin mucho orden en los estantes de almacenamiento, en una sala trasera del museo, cuando una imagen extraña sobre uno de los papeles viejos esparcidos debajo de las piedras me llamó la atención. Era el Boletín de Sydney que acabo de mencionar, porque mi amigo tiene muchos contactos en todos los países extranjeros imaginables; y la imagen era un recorte, con una foto de una horrible imagen de piedra casi idéntica a la que Legrasse había encontrado en el pantano.

Removí la hoja del estante y examiné el artículo en detalle, aunque me decepcionó encontrar que no era muy extenso. Lo que sugería, sin embargo, era de gran importancia y me convenció a reavivar mi investigación. Lo recorté cuidadosamente para poder archivarlo de inmediato. Este es su texto:

MISTERIOSO BARCO A LA DERIVA RESCATADO EN ALTA MAR

El Vigilant arribó remolcando un yate neozelandés armado.

III
The Madness from the Sea

If heaven ever wishes to grant me a boon, it will be a total effacing of the results of a mere chance which fixed my eye on a certain stray piece of shelf-paper. It was nothing on which I would naturally have stumbled in the course of my daily round, for it was an old number of an Australian journal, the Sydney Bulletin for April 18, 1925. It had escaped even the cutting bureau which had at the time of its issuance been avidly collecting material for my uncle's research.

I had largely given over my inquiries into what Professor Angell called the "Cthulhu Cult", and was visiting a learned friend in Paterson, New Jersey; the curator of a local museum and a mineralogist of note. Examining one day the reserve specimens roughly set on the storage shelves in a rear room of the museum, my eye was caught by an odd picture in one of the old papers spread beneath the stones. It was the Sydney Bulletin I have mentioned, for my friend has wide affiliations in all conceivable foreign parts; and the picture was a half-tone cut of a hideous stone image almost identical with that which Legrasse had found in the swamp.

Eagerly clearing the sheet of its precious contents, I scanned the item in detail; and was disappointed to find it of only moderate length. What it suggested, however, was of portentous significance to my flagging quest; and I carefully tore it out for immediate action. It read as follows:

MYSTERY DERELICT FOUND AT SEA

Vigilant Arrives With Helpless Armed New Zealand Yacht in Tow.

Un sobreviviente y un hombre muerto fueron encontrados a bordo. Cuentos de una desesperada batalla y muertes en el mar.
El marinero rescatado se niega a dar detalles de la extraña experiencia.
Ídolo extraño encontrado en su posesión. La investigación continúa.

El carguero Vigilant, de la compañía Morrison, procedente de Valparaíso, arribó esta mañana a su muelle en la bahía de Darling, remolcando el maltratado pero fuertemente armado yate de vapor Alert, de Dunedin, Nueva Zelanda, que fue avistado el 12 de abril en los 34°21' de latitud sur, y 152°17' de longitud oeste, con un sobreviviente y un hombre muerto a bordo.
El Vigilant partió de Valparaíso el 25 de marzo y el 2 de abril fue desviado considerablemente al sur de su curso por tormentas excepcionalmente fuertes y grandes olas. El 12 de abril se avistó el barco a la deriva; y, aunque aparentemente abandonado, después de abordarlo encontraron un sobreviviente, que estaba delirando y el cadáver de un hombre que evidentemente había muerto más de una semana atrás. El sobreviviente apretaba entre sus manos un horrible ídolo de piedra de origen desconocido, de aproximadamente un pie de altura, sobre el cual, las autoridades de la Universidad de Sydney, la Sociedad Real, y el museo de la calle College, profesan un completo desconcierto; el sobreviviente afirma haberlo encontrado en la cabina del yate, en un pequeño santuario de aspecto común.
Después de recuperar sus sentidos, el sobreviviente, contó una historia extremadamente extraña de piratería y masacre. Él es Gustaf Johansen, un noruego de cierta inteligencia, que fue el segundo oficial de la goleta Emma, de Auckland, que partió hacia el Callao el 20 de febrero con una tripulación de once hombres. El Emma, contó, fue retrasado y desviado hacia el sur por la gran tormenta del 1 de marzo, y el 22 de marzo, a los 49°51' de latitud sur, y 128°34' de longitud oeste, se encontró con el Alert, que tenía una tripulación de Kanakos y mestizos de aspecto extraño y malvado. Al recibir la orden de volver para atrás, el capitán Collins se negó; después de lo cual, la extraña tripulación comenzó a disparar a la goleta salvajemente, sin aviso, con una batería de cañones de bronce particularmente pesada que

One Survivor and Dead Man Found Aboard. Tale of Desperate Battle and Deaths at Sea.
Rescued Seaman Refuses
Particulars of Strange Experience.
Odd Idol Found in His Possession. Inquiry to Follow.

The Morrison Co.'s freighter Vigilant, bound from Valparaiso, arrived this morning at its wharf in Darling Harbour, having in tow the battled and disabled but heavily armed steam yacht Alert of Dunedin, N. Z., which was sighted April 12th in S. Latitude 34° 21', W. Longitude 152° 17' with one living and one dead man aboard.

The Vigilant left Valparaiso March 25th, and on April 2nd was driven considerably south of her course by exceptionally heavy storms and monster waves. On April 12th the derelict was sighted; and though apparently deserted, was found upon boarding to contain one survivor in a half-delirious condition and one man who had evidently been dead for more than a week. The living man was clutching a horrible stone idol of unknown origin, about a foot in height, regarding whose nature authorities at Sydney University, the Royal Society, and the Museum in College Street all profess complete bafflement, and which the survivor says he found in the cabin of the yacht, in a small carved shrine of common pattern.

This man, after recovering his senses, told an exceedingly strange story of piracy and slaughter. He is Gustaf Johansen, a Norwegian of some intelligence, and had been second mate of the two-masted schooner Emma of Auckland, which sailed for Callao February 20th with a complement of eleven men. The Emma, he says, was delayed and thrown widely south of her course by the great storm of March 1st, and on March 22nd, in S. Latitude 49° 51', W. Longitude 128° 34', encountered the Alert, manned by a queer and evil-looking crew of Kanakas and half-castes. Being ordered peremptorily to turn back, Capt. Collins refused; whereupon the strange crew began to fire savagely and without warning upon the schooner with a peculiarly heavy battery of brass cannon forming part of the yacht's equipment. The

formaba parte del equipo del yate. Los hombres del Emma combatieron, dice el sobreviviente, y aunque la goleta comenzó a hundirse por los disparos recibidos debajo de su línea de flotación, lograron acercarse a su enemigo y abordarlo. En la pelea con la salvaje tripulación en la cubierta del yate, se vieron obligados a matarlos a todos, debido a su modo de lucha particularmente abominable y desesperado aunque bastante torpe.

Tres de los hombres del Emma, incluido el capitán Collins y el primer oficial Green, fueron asesinados; y los ocho restantes, bajo el segundo oficial Johansen continuaron navegando en el yate capturado, siguiendo su curso original, para descubrir porqué les habían ordenado volver para atrás. Al día siguiente, al parecer encontraron e hicieron pie en una pequeña isla, aunque no se sabe que exista isla alguna en esa parte del océano; seis de los hombres murieron allí, aunque Johansen se muestra extrañamente reticente sobre esta parte de su historia, y solo dijo que cayeron en un grieta entre las rocas. Más tarde, al parecer, él y un compañero abordaron el yate e intentaron navegarlo, pero fueron vencidos por la tormenta del 2 de abril. Desde ese momento hasta su rescate el 12, el hombre recuerda poco, y ni siquiera sabe cuando murió William Briden, su compañero. La causa de la muerte de Briden se ignora, aunque probablemente se debió a la excitación o la exposición. Cables recibidos de Dunedin informan que el Alert era bien conocido como un barco de carga y tenía una muy mala reputación a lo largo de la costa. Era propiedad de un curioso grupo de mestizos, cuyas frecuentes reuniones y viajes nocturnos al bosque llamaban mucho la atención; y había zarpado a toda prisa justo después de la tormenta y los temblores de tierra del 1 de marzo. Nuestro corresponsal de Auckland afirma que el Emma y su tripulación tenían una excelente reputación, y Johansen es descrito como un hombre sobrio y dignificado. El Almirantazgo iniciará una investigación sobre todo el asunto a partir de mañana, y harán todo lo posible para inducir a Johansen a hablar más libremente que lo que ha hecho hasta ahora.

Esto era todo, junto con la foto de la estatuilla infernal. ¡Pero qué aluvión de ideas despertó en mi mente! Aquí había nuevas preciosas noticias sobre el Culto

Emma's men shewed fight, says the survivor, and though the schooner began to sink from shots beneath the waterline they managed to heave alongside their enemy and board her, grappling with the savage crew on the yacht's deck, and being forced to kill them all, the number being slightly superior, because of their particularly abhorrent and desperate though rather clumsy mode of fighting.

Three of the Emma's men, including Capt. Collins and First Mate Green, were killed; and the remaining eight under Second Mate Johansen proceeded to navigate the captured yacht, going ahead in their original direction to see if any reason for their ordering back had existed. The next day, it appears, they raised and landed on a small island, although none is known to exist in that part of the ocean; and six of the men somehow died ashore, though Johansen is queerly reticent about this part of his story, and speaks only of their falling into a rock chasm. Later, it seems, he and one companion boarded the yacht and tried to manage her, but were beaten about by the storm of April 2nd. From that time till his rescue on the 12th the man remembers little, and he does not even recall when William Briden, his companion, died. Briden's death reveals no apparent cause, and was probably due to excitement or exposure. Cable advices from Dunedin report that the Alert was well known there as an island trader, and bore an evil reputation along the waterfront. It was owned by a curious group of half-castes whose frequent meetings and night trips to the woods attracted no little curiosity; and it had set sail in great haste just after the storm and earth tremors of March 1st. Our Auckland correspondent gives the Emma and her crew an excellent reputation, and Johansen is described as a sober and worthy man. The admiralty will institute an inquiry on the whole matter beginning tomorrow, at which every effort will be made to induce Johansen to speak more freely than he has done hitherto.

This was all, together with the picture of the hellish image; but what a train of ideas it started in my mind! Here were new treasuries of data on the Cthulhu

de Cthulhu, y demostraba que tenía intereses extraños tanto en el mar como en la tierra. ¿Qué razón motivó a la tripulación mestiza a ordenar al Emma que se volviera para atrás, mientras navegaban con su horrible ídolo? ¿Cuál era la isla desconocida en la que habían muerto seis miembros de la tripulación del Emma y sobre la cual Johansen era tan reservado? ¿Qué había sacado a la luz la investigación del vicealmirante y qué se sabía del culto nocivo en Dunedin? Y lo más maravilloso de todo, ¿qué profunda y extraña vinculación de las fechas era esta, que le indicaba un significado maligno y confirmaba los diversos acontecimientos tan cuidadosamente anotados por mi tío?

El 1 de marzo, nuestro 28 de febrero de acuerdo con la línea de fecha internacional, el terremoto y la tormenta habían llegado. Desde Dunedin, el Alert y su ruidosa tripulación partieron ansiosamente, como si fueran convocados imperiosamente, y en el otro lado de la tierra, los poetas y artistas habían comenzado a soñar con una extraña ciudad ciclópea y húmeda, mientras un joven escultor había moldeado mientras dormía, la forma del temido Cthulhu. El 23 de marzo, la tripulación del Emma desembarcó en una isla desconocida, perdiendo allí seis hombres; y en esa fecha, los sueños de los hombres sensibles asumieron una mayor intensidad y se ensombrecieron con el temor de la persecución maligna de un monstruo gigante, mientras que un arquitecto se había vuelto loco y un escultor había caído repentinamente en el delirio. ¿Y qué hay de la tormenta del 2 de abril, la fecha en que cesaron todos los sueños de la ciudad húmeda, y Wilcox se repuso de la extraña fiebre? ¿Qué hay de todo eso y de los indicios del viejo Castro sobre los Antiguos hundidos, nacidos en las estrellas, y su reinado venidero? ¿Su culto fiel y su dominio de los sueños? ¿Estaba tambaleándome al borde de los horrores cósmicos más allá de lo que el hombre puede soportar? Si es

Cult, and evidence that it had strange interests at sea as well as on land. What motive prompted the hybrid crew to order back the Emma as they sailed about with their hideous idol? What was the unknown island on which six of the Emma's crew had died, and about which the mate Johansen was so secretive? What had the vice-admiralty's investigation brought out, and what was known of the noxious cult in Dunedin? And most marvellous of all, what deep and more than natural linkage of dates was this which gave a malign and now undeniable significance to the various turns of events so carefully noted by my uncle?

March 1st—our February 28th according to the International Date Line— the earthquake and storm had come. From Dunedin the Alert and her noisome crew had darted eagerly forth as if imperiously summoned, and on the other side of the earth poets and artists had begun to dream of a strange, dank Cyclopean city whilst a young sculptor had moulded in his sleep the form of the dreaded Cthulhu. March 23d the crew of the Emma landed on an unknown island and left six men dead; and on that date the dreams of sensitive men assumed a heightened vividness and darkened with dread of a giant monster's malign pursuit, whilst an architect had gone mad and a sculptor had lapsed suddenly into delirium! And what of this storm of April 2nd—the date on which all dreams of the dank city ceased, and Wilcox emerged unharmed from the bondage of strange fever? What of all this—and of those hints of old Castro about the sunken, star-born Old Ones and their coming reign; their faithful cult and their mastery of dreams? Was I tottering on the brink of cosmic horrors beyond man's power to bear? If so, they must be horrors of the mind alone, for in some way the second of April had put a stop to whatever mon-

así, deben ser solo horrores de la mente, ya que de alguna manera el segundo de abril, la amenaza monstruosa que había comenzado a asediar el alma de la humanidad, había sido detenida.

Esa noche, después haberme dedicado todo el día a enviar telegramas y hacer urgentes preparativos, me despedí de mi anfitrión y tomé un tren para San Francisco. En menos de un mes había llegado a Dunedin; donde, sin embargo, descubrí que poco se sabía de los extraños miembros del culto, los cuales habían frecuentado las antiguas tabernas de los marinos. La escoria de los muelles era demasiado común para mencionarla en especial; aunque hubo vagas conversaciones acerca de un viaje por el interior que habían hecho esos mestizos, durante el cual se escucharon débiles tambores y se vieron llamas rojizas en las colinas distantes. En Auckland me enteré de que Johansen había regresado con su cabello amarillo completamente blanco, después de un interrogatorio superficial, que no sacó nuevas conclusiones, en Sydney, y que luego vendió su cabaña en la calle West y navegó con su esposa a su antigua casa en Oslo. De su conmovedora experiencia, no les contó a sus amigos más de lo que les había dicho a los funcionarios del Almirantazgo, y todo lo que pudieron hacer fue darme su dirección en Oslo.

Después de eso fui a Sydney y hablé, sin aprender nada nuevo, con marinos y miembros del Tribunal del Vicealmirantazgo. Vi el Alert, ahora vendido y en uso comercial, en Circular Quay, en la bahía de Sydney, pero verlo no me sirvió de nada. La imagen en cuclillas con su cabeza de sepia, cuerpo de dragón, alas escamosas y pedestal jeroglífico, estaba en el Museo de Hyde Park; donde la estudié a fondo durante un buen tiempo. Descubrí que se trataba de una artesanía exquisita, pero maligna, y que tenía el mismo misterio: la terrible antigüedad y la extraña rareza del material que había observado en el ejemplar más pequeño de Legrasse.

strous menace had begun its siege of mankind's soul.

That evening, after a day of hurried cabling and arranging, I bade my host adieu and took a train for San Francisco. In less than a month I was in Dunedin; where, however, I found that little was known of the strange cult-members who had lingered in the old sea-taverns. Waterfront scum was far too common for special mention; though there was vague talk about one inland trip these mongrels had made, during which faint drumming and red flame were noted on the distant hills. In Auckland I learned that Johansen had returned with yellow hair turned white after a perfunctory and inconclusive questioning at Sydney, and had thereafter sold his cottage in West Street and sailed with his wife to his old home in Oslo. Of his stirring experience he would tell his friends no more than he had told the admiralty officials, and all they could do was to give me his Oslo address.

After that I went to Sydney and talked profitlessly with seamen and members of the vice-admiralty court. I saw the Alert, now sold and in commercial use, at Circular Quay in Sydney Cove, but gained nothing from its non-committal bulk. The crouching image with its cuttlefish head, dragon body, scaly wings, and hieroglyphed pedestal, was preserved in the Museum at Hyde Park; and I studied it long and well, finding it a thing of balefully exquisite workmanship, and with the same utter mystery, terrible antiquity, and unearthly strangeness of material which I had noted in Legrasse's smaller specimen. Geologists, the curator told me, had found

Los geólogos, me dijo el curador, lo consideraban un rompecabezas monstruoso; porque juraban que no existía una roca de ese tipo en ninguna parte del planeta. Entonces pensé, con un estremecimiento, en lo que el viejo Castro le había contado a Legrasse acerca de los Grandes Seres primarios: "Habían venido de las estrellas y habían traído sus imágenes con ellos".

Agitado por una revolución mental como nunca antes había experimentado, resolví visitar al oficial Johansen en Oslo. Navegué hasta Londres, y allí volví a embarcarme hacia la capital noruega; y un día de otoño desembarqué en los muelles, a la sombra del Egeberg. Descubrí que la dirección de Johansen estaba en el casco antiguo de la Ciudad Vieja del rey Harold Haardrada, que mantuvo vivo el nombre de Oslo durante todos los siglos que la ciudad más grande adoptó el nombre de Cristianía. Hice un breve viaje en taxi y llamé con el corazón palpitante a la puerta de un edificio limpio y antiguo, con frente enyesado. Una mujer de cara triste, vestida de negro respondió a mi convocatoria, y me sentí tristemente decepcionado cuando me contó, en un inglés entrecortado, que Gustaf Johansen había muerto.

No había sobrevivido a su regreso, dijo su esposa, porque los hechos en el mar en 1925, lo habían quebrado. No le había contado nada más de lo que le había dicho antes al público, pero me enteré había dejado un largo manuscrito, de "asuntos técnicos", como había dicho, escrito en inglés, evidentemente para salvaguardarla del peligro de una lectura casual. Durante un paseo por un camino estrecho cerca del muelle de Gotemburgo, un paquete de papeles que cayeron de una ventana del ático, lo había derribado. Dos marineros de Lascar lo ayudaron a ponerse de pie, pero antes que la ambulancia pudiera recogerlo, estaba muerto. Los médicos no encontraron ningún motivo para su muerte, y la atribuyeron a problemas cardíacos y una constitución debilitada.

it a monstrous puzzle; for they vowed that the world held no rock like it. Then I thought with a shudder of what old Castro had told Legrasse about the primal Great Ones: "They had come from the stars, and had brought Their images with Them."

Shaken with such a mental revolution as I had never before known, I now resolved to visit Mate Johansen in Oslo. Sailing for London, I reembarked at once for the Norwegian capital; and one autumn day landed at the trim wharves in the shadow of the Egeberg. Johansen's address, I discovered, lay in the Old Town of King Harold Haardrada, which kept alive the name of Oslo during all the centuries that the greater city masqueraded as "Christiana". I made the brief trip by taxicab, and knocked with palpitant heart at the door of a neat and ancient building with plastered front. A sad-faced woman in black answered my summons, and I was stung with disappointment when she told me in halting English that Gustaf Johansen was no more.

He had not survived his return, said his wife, for the doings at sea in 1925 had broken him. He had told her no more than he had told the public, but had left a long manuscript—of "technical matters" as he said—written in English, evidently in order to safeguard her from the peril of casual perusal. During a walk through a narrow lane near the Gothenburg dock, a bundle of papers falling from an attic window had knocked him down. Two Lascar sailors at once helped him to his feet, but before the ambulance could reach him he was dead. Physicians found no adequate cause for the end, and laid it to heart trouble and a weakened constitution.

Ahora sentía en mi interior, ese terror oscuro que nunca me dejará hasta que yo también reciba el eterno reposo, "accidentalmente", o de otra manera. Convencí a la viuda de que mi conexión con los "asuntos técnicos" de su marido era suficiente como para tener derecho a su manuscrito, me llevé el documento y comencé a leerlo en el barco durante el viaje de vuelta a Londres. Era un relato simple y desordenado, el ingenuo esfuerzo de un marinero por anotar lo sucedido en retrospectiva, donde se esforzó por registrar, día a día, su último y terrible viaje. No puedo transcribirlo textualmente en todo su desorden y redundancia, pero diré lo suficiente como para explicar porqué el sonido del agua contra los costados de la embarcación se volvió tan insoportable para mí que tuve que tapar mis oídos con algodón.

Johansen, gracias a Dios, no lo sabía todo, aunque vio la ciudad y la cosa, pero nunca volveré a dormir tranquilo cuando piense en los horrores que se esconden permanentemente, detrás de la vida, el tiempo y el espacio. Y esas abominaciones profanas, los Antiguos venidos de las estrellas, que sueñan bajo el mar, conocidos y favorecidos por un culto de pesadilla, que está preparado y ansioso por liberarlos sobre el mundo, cuando otro terremoto levante de nuevo su monstruosa ciudad de piedra hacia la luz del sol y el aire.

El viaje de Johansen había comenzado tal y como se lo contó al vicealmirante. Emma, con lastre, había partido de Auckland el 20 de febrero y había sentido toda la fuerza de esa tempestad nacida del terremoto, que debió haber levantado del fondo del mar los horrores que llenaban los sueños de los hombres. Después de recobrar el control, el barco avanzaba a buen ritmo cuando se encontró con el Alert el 22 de marzo, y pude sentir la pena de oficial mientras escribía sobre el bombardeo y el hundimiento de la goleta. Describió con horror a los malvados mestizos del

I now felt gnawing at my vitals that dark terror which will never leave me till I, too, am at rest; "accidentally" or otherwise. Persuading the widow that my connexion with her husband's "technical matters" was sufficient to entitle me to his manuscript, I bore the document away and began to read it on the London boat. It was a simple, rambling thing—a naive sailor's effort at a post-facto diary—and strove to recall day by day that last awful voyage. I cannot attempt to transcribe it verbatim in all its cloudiness and redundance, but I will tell its gist enough to shew why the sound of the water against the vessel's sides became so unendurable to me that I stopped my ears with cotton.

Johansen, thank God, did not know quite all, even though he saw the city and the Thing, but I shall never sleep calmly again when I think of the horrors that lurk ceaselessly behind life in time and in space, and of those unhallowed blasphemies from elder stars which dream beneath the sea, known and favoured by a nightmare cult ready and eager to loose them on the world whenever another earthquake shall heave their monstrous stone city again to the sun and air.

Johansen's voyage had begun just as he told it to the vice-admiralty. The Emma, in ballast, had cleared Auckland on February 20th, and had felt the full force of that earthquake-born tempest which must have heaved up from the sea-bottom the horrors that filled men's dreams. Once more under control, the ship was making good progress when held up by the Alert on March 22nd, and I could feel the mate's regret as he wrote of her bombardment and sinking. Of the swarthy cult-fiends on the Alert he speaks with significant horror. There was some peculiarly abomi-

Alert. Tenían una cualidad peculiarmente abominable que hizo que su destrucción pareciera casi un deber, y Johansen se asombró ante el cargo de implacabilidad, levantado contra él, durante los procedimientos del tribunal de investigación. Luego, conducidos por la curiosidad, en el yate capturado, bajo el mando de Johansen, los hombres vieron una gran columna de piedra que sobresale del mar, a los 47°9' de latitud sur y 126°43' de longitud oeste. La línea costera mostraba barro, cieno y una mampostería ciclópea cubierta por algas, que no podía ser otra cosa que la sustancia tangible del terror supremo de la tierra, la ciudad-pesadilla de R'lyeh, construida hace eones sin medida, precediendo a la historia humana, por las vastas y repugnantes formas que se infiltraron desde las estrellas oscuras. Allí yacían el gran Cthulhu y sus hordas, ocultos en húmedas bóvedas verdes, proyectando, después de ciclos incalculables, pensamientos que esparcían el miedo en los sueños de los sensibles y convocaban imperiosamente a sus fieles a realizar una peregrinación para liberarlos y restaurarlos. Johansen ignoraba todo eso ¡pero Dios sabe que él vio lo suficiente!

Supongo que solo una cima de la montaña, la horrible ciudadela coronada de monolitos en la que fue enterrado el gran Cthulhu, lo que emergió de las aguas. Cuando pienso en la extensión de todo lo que puede estar acechando allí, casi deseo acabar con mi vida de inmediato. Johansen y sus hombres estaban asombrados por la majestuosidad cósmica de esta húmeda Babilonia de los antiguos demonios, y debieron haber adivinado, sin que nadie se los dijera, que no era parte de la normalidad de este planeta ni ningún otro planeta similar. El asombro ante el increíble tamaño de los bloques de piedra verdosa, la vertiginosa altura del gran monolito tallado y la asombrosa identidad de las estatuas colosales y los bajorrelieves con la imagen extraña que se encontró en el santuario del

nable quality about them which made their destruction seem almost a duty, and Johansen shews ingenuous wonder at the charge of ruthlessness brought against his party during the proceedings of the court of inquiry. Then, driven ahead by curiosity in their captured yacht under Johansen's command, the men sight a great stone pillar sticking out of the sea, and in S. Latitude 47° 9', W. Longitude 126° 43' come upon a coast-line of mingled mud, ooze, and weedy Cyclopean masonry which can be nothing less than the tangible substance of earth's supreme terror—the nightmare corpse-city of R'lyeh, that was built in measureless aeons behind history by the vast, loathsome shapes that seeped down from the dark stars. There lay great Cthulhu and his hordes, hidden in green slimy vaults and sending out at last, after cycles incalculable, the thoughts that spread fear to the dreams of the sensitive and called imperiously to the faithful to come on a pilgrimage of liberation and restoration. All this Johansen did not suspect, but God knows he soon saw enough!

I suppose that only a single mountain-top, the hideous monolith-crowned citadel whereon great Cthulhu was buried, actually emerged from the waters. When I think of the extent of all that may be brooding down there I almost wish to kill myself forthwith. Johansen and his men were awed by the cosmic majesty of this dripping Babylon of elder daemons, and must have guessed without guidance that it was nothing of this or of any sane planet. Awe at the unbelievable size of the greenish stone blocks, at the dizzying height of the great carven monolith, and at the stupefying identity of the colossal statues and bas-reliefs with the queer image found in the shrine on the Alert, is poignantly visible in every line of the mate's frightened description.

Alert, se hacen notar en forma conmovedora en cada línea de la descripción, que refleja el miedo que sentía el oficial.

Sin saber cómo es el futurismo, Johansen logró algo muy cercano, cuando habló de la ciudad; porque en lugar de describir una estructura o edificios definidos, solo brindó descripciones amplias de vastos ángulos y superficies de piedra, superficies demasiado grandes para pertenecer a cualquier cosa correcta o apropiada para esta tierra, con imágenes impías y jeroglíficos horribles. Menciono los ángulos, porque esa referencia me recuerda algo que Wilcox me había contado sobre sus terribles sueños. Había dicho que la geometría del lugar que vio en su sueño era anormal, no euclidiana, y repulsivamente impregnada de esferas y dimensiones distintas de la nuestra. Ahora, un marinero sin mucha educación, sintió lo mismo mientras contemplaba la terrible realidad.

Johansen y sus hombres desembarcaron en una pendiente lodosa en esa monstruosa Acrópolis, y treparon resbalando sobre bloques titánicos resbaladizos, que formaban una escalera que no fue hecha para seres humanos. El sol mismo parecía distorsionado cuando se veía a través del miasma polarizante que brotaba de esta perversión empapada por el mar; amenaza e incertidumbre parecían brotar de los ángulos locamente esquivos de la roca tallada, donde una segunda mirada mostraba una concavidad donde, inicialmente, habían visto una convexidad.

Algo muy parecido al miedo había invadido a todos los exploradores, aún antes de ver algo más definitivo que las rocas, el fango y la maleza. Habrían huido si no hubieran temido el desprecio de los demás, y buscaron, en vano, sin mucha determinación, tratando de encontrar algún recuerdo que pudieran llevarse de ahí.

Fue Rodríguez, el portugués, quien trepó por el pie del monolito y gritó que había encontrado algo. Los otros lo siguie-

Without knowing what futurism is like, Johansen achieved something very close to it when he spoke of the city; for instead of describing any definite structure or building, he dwells only on broad impressions of vast angles and stone surfaces—surfaces too great to belong to anything right or proper for this earth, and impious with horrible images and hieroglyphs. I mention his talk about angles because it suggests something Wilcox had told me of his awful dreams. He had said that the geometry of the dream-place he saw was abnormal, non-Euclidean, and loathsomely redolent of spheres and dimensions apart from ours. Now an unlettered seaman felt the same thing whilst gazing at the terrible reality.

Johansen and his men landed at a sloping mud-bank on this monstrous Acropolis, and clambered slipperily up over titan oozy blocks which could have been no mortal staircase. The very sun of heaven seemed distorted when viewed through the polarising miasma welling out from this sea-soaked perversion, and twisted menace and suspense lurked leeringly in those crazily elusive angles of carven rock where a second glance shewed concavity after the first shewed convexity.

Something very like fright had come over all the explorers before anything more definite than rock and ooze and weed was seen. Each would have fled had he not feared the scorn of the others, and it was only half-heartedly that they searched—vainly, as it proved—for some portable souvenir to bear away.

It was Rodriguez the Portuguese who climbed up the foot of the monolith and shouted of what he had found. The

ron, y miraron con curiosidad la inmensa puerta tallada con el ya familiar bajorrelieve del calamar-dragón. Era, dijo Johansen, como una gran puerta de granero; y todos pensaron que era una puerta debido al adorno del dintel, el umbral y las jambas que la rodeaban, aunque no podían decidir si estaba situada horizontalmente, como la puerta de una trampa, o inclinada, como la puerta exterior de una bodega. Como Wilcox había dicho, la geometría del lugar estaba mal. Uno no podía estar seguro de que el mar y el suelo estuvieran horizontales, por lo tanto, la posición relativa de todo lo demás parecía fantásticamente variable.

Briden empujó la piedra en varios lugares, sin resultado. Luego Donovan la palpó delicadamente alrededor del borde, presionando cada punto por separado mientras avanzaba. Subió interminablemente a lo largo de la grotesca moldura de piedra, es decir, uno lo llamaría escalar si la cosa no fuera completamente horizontal, y los hombres se preguntaban cómo cualquier puerta en el universo podría ser tan vasta. Luego, muy suave y lentamente, el gran panel comenzó a inclinarse hacia adentro en su parte superior, y vieron que la puerta se balanceaba.

Donovan se deslizó, o de alguna manera se propulsó hacia abajo, a lo largo de la jamba y se reunió con sus compañeros, y todos observaron la recesión extraña del portal monstruosamente esculpido. En esta fantástica distorsión prismática, se movía de forma anómala en diagonal, de modo que todas las reglas de la materia y la perspectiva parecían alteradas.

La abertura era negra, mostrando una negrura que parecía tener substancia. Esa oscuridad tenía ciertamente una cualidad positiva; porque ocultaba algunas partes de las paredes internas, que deberían de haber sido visibles, y en realidad brotó como humo de su prisión milenaria, tanto que oscureció visiblemente el sol, mientras se elevaba hacia el cielo, empe-

rest followed him, and looked curiously at the immense carved door with the now familiar squid-dragon bas-relief. It was, Johansen said, like a great barn-door; and they all felt that it was a door because of the ornate lintel, threshold, and jambs around it, though they could not decide whether it lay flat like a trap-door or slantwise like an outside cellar-door. As Wilcox would have said, the geometry of the place was all wrong. One could not be sure that the sea and the ground were horizontal, hence the relative position of everything else seemed phantasmally variable.

Briden pushed at the stone in several places without result. Then Donovan felt over it delicately around the edge, pressing each point separately as he went. He climbed interminably along the grotesque stone moulding—that is, one would call it climbing if the thing was not after all horizontal—and the men wondered how any door in the universe could be so vast. Then, very softly and slowly, the acre-great panel began to give inward at the top; and they saw that it was balanced.

Donovan slid or somehow propelled himself down or along the jamb and rejoined his fellows, and everyone watched the queer recession of the monstrously carven portal. In this phantasy of prismatic distortion it moved anomalously in a diagonal way, so that all the rules of matter and perspective seemed upset.

The aperture was black with a darkness almost material. That tenebrousness was indeed a positive quality; for it obscured such parts of the inner walls as ought to have been revealed, and actually burst forth like smoke from its aeon-long imprisonment, visibly darkening the sun as it slunk away into the shrunken and gibbous sky on flapping membraneous wings.

queñecido y arrugado, como alas ondula-
das y membranosas. El olor que emanaba
de las profundidades recién abiertas era
intolerable y, por fin, Hawkins, de oídos
sensibles, creyó oír un sonido desagradable, de algo que estaba subiendo. Todos escucharon, y aún seguían escucharon cuando el monstruo se bamboleó pesadamente, a la vista de todos, y escurrió a tientas
su gelatinosa inmensidad verde a través de
la puerta negra hacia el contaminado aire
exterior de esa ciudad envenenada por la
locura.

La escritura del pobre Johansen casi
no puede entenderse en esta parte. De los
seis hombres que nunca llegaron a la nave,
cree que dos murieron de puro miedo en
ese maldito instante. La cosa no puede
ser descrita, no hay un lenguaje para tales abismos de chillidos y locuras inme-
moriales, tales contradicciones de todo
tipo de materia, fuerza y orden cósmico.
Una montaña que caminaba y tropezaba.
¡Dios!

¿Qué motivo hay para sorprenderse
de que, medio mundo aparte, un gran arquitecto se hubiera vuelto loco, y que en
aquel telepático instante, el pobre Wilcox
cayera aquejado por la fiebre? El monstruo de los ídolos, el engendro verde y
pegajoso de las estrellas, se había despertado para reclamar lo que le correspondía. Las estrellas estaban en la posición
correcta, y lo que un viejo culto no había
podido hacer intencionalmente, una ban-
da de marineros inocentes lo había hecho
por accidente.

Después de millones y millones de
años, el gran Cthulhu estaba otra vez libre,
y hambriento de placeres.

Tres hombres fueron barridos por
las flácidas garras, antes de que nadie pudiera moverse. Que Dios les de reposo, si
hay algún descanso en el universo. Eran
Donovan, Guerrera y Ångstrom. Parker se
resbaló cuando los otros tres se lanzaban
frenéticamente sobre las infinitas vistas
de la roca verde hacia el bote, y Johansen

The odour arising from the newly opened
depths was intolerable, and at length the
quick-eared Hawkins thought he heard a
nasty, slopping sound down there. Everyone listened, and everyone was listening
still when It lumbered slobberingly into
sight and gropingly squeezed Its gelati-
nous green immensity through the black
doorway into the tainted outside air of
that poison city of madness.

Poor Johansen's handwriting almost gave out when he wrote of this. Of
the six men who never reached the ship,
he thinks two perished of pure fright in
that accursed instant. The Thing cannot be
described—there is no language for such
abysms of shrieking and immemorial lu-
nacy, such eldritch contradictions of all
matter, force, and cosmic order. A mountain walked or stumbled. God!

What wonder that across the earth a
great architect went mad, and poor Wilcox raved with fever in that telepathic instant? The Thing of the idols, the green,
sticky spawn of the stars, had awaked to
claim his own. The stars were right again,
and what an age-old cult had failed to do
by design, a band of innocent sailors had
done by accident.

After vigintillions of years great
Cthulhu was loose again, and ravening for
delight.

Three men were swept up by the flabby claws before anybody turned. God rest
them, if there be any rest in the universe.
They were Donovan, Guerrera, and Ångstrom. Parker slipped as the other three
were plunging frenziedly over endless
vistas of green-crusted rock to the boat,
and Johansen swears he was swallowed up

jura que fue tragado por un ángulo de la mampostería que no debería haber estado allí; un ángulo que era agudo, pero que se comportaba como si fuera obtuso. Así que solo Briden y Johansen llegaron hasta el bote, y remaron desesperadamente hacia el Alert, cuando la monstruosidad montañosa se desplomó sobre las piedras fangosas y vaciló en el borde del agua.

La caldera todavía tenía un poco de presión de vapor, a pesar de la partida de todos los tripulantes hacia la costa; y solo les llevó unos pocos momentos de trabajo febril, subiendo y bajando entre el timón y los motores, poner en marcha el Alert. Lentamente, en medio de los horrores distorsionados de esa escena indescriptible, la hélice del barco comenzó a batir las aguas letales; mientras que en la orilla de la costa oscura, sobre construcciones que no eran de este mundo, el monstruo gigantesco venido de las estrellas, se babeaba y balbuceaba como Polifemo, maldiciendo a la nave de Odiseo que huía. Luego, más atrevido que el famoso Cíclope, el gran Cthulhu se deslizó groseramente en el agua y comenzó a perseguir la nave con vastos golpes de potencia cósmica que agitaban las olas. Briden miró hacia atrás y se volvió loco, riendo a carcajadas, y siguió riendo a intervalos hasta que la muerte lo encontró una noche en la cabina del barco, mientras Johansen vagaba delirando.

Pero Johansen no se había rendido todavía. Sabiendo que el Alert no podía dejar atrás a el monstruo hasta que el vapor tuviera más presión, tomó una decisión desesperada; y, acelerando el motor a su velocidad máxima, corrió como un rayo sobre cubierta e hizo girar el timón. Hubo un fuerte remolino espumoso en la superficie de las aguas, y a medida que la presión de vapor subía cada vez más, el valiente noruego dirigió su barco contra el monstruo gelatinoso que se alzaba sobre la impura espuma, como la popa de un galeón demoníaco. La horrible cabeza de calamar con tentáculos se acercó al

by an angle of masonry which shouldn't have been there; an angle which was acute, but behaved as if it were obtuse. So only Briden and Johansen reached the boat, and pulled desperately for the Alert as the mountainous monstrosity flopped down the slimy stones and hesitated floundering at the edge of the water.

Steam had not been suffered to go down entirely, despite the departure of all hands for the shore; and it was the work of only a few moments of feverish rushing up and down between wheel and engines to get the Alert under way. Slowly, amidst the distorted horrors of that indescribable scene, she began to churn the lethal waters; whilst on the masonry of that charnel shore that was not of earth the titan Thing from the stars slavered and gibbered like Polypheme cursing the fleeing ship of Odysseus. Then, bolder than the storied Cyclops, great Cthulhu slid greasily into the water and began to pursue with vast wave-raising strokes of cosmic potency. Briden looked back and went mad, laughing shrilly as he kept on laughing at intervals till death found him one night in the cabin whilst Johansen was wandering deliriously.

But Johansen had not given out yet. Knowing that the Thing could surely overtake the Alert until steam was fully up, he resolved on a desperate chance; and, setting the engine for full speed, ran lightning-like on deck and reversed the wheel. There was a mighty eddying and foaming in the noisome brine, and as the steam mounted higher and higher the brave Norwegian drove his vessel head on against the pursuing jelly which rose above the unclean froth like the stern of a daemon galleon. The awful squid-head with writhing feelers came nearly up to the bowsprit of the sturdy yacht, but Johansen

bauprés del robusto navío, pero Johansen siguió adelante implacablemente. Hubo un estallido como el de una vejiga que explota, un líquido inmundo como el que sale de un pez luna al ser cortado, un hedor como el de mil tumbas abiertas, y un sonido que el cronista no pudo reproducir sobre el papel. Por un instante, la nave estuvo contaminada por una nube verde, acre y cegadora, y luego sólo hubo una venenosa efervescencia a popa del banco; ¡Dios en el cielo! La plasticidad dispersa de ese engendro cósmico sin nombre se estaba combinando nebulosamente para recrear su odiosa forma original, mientras que la distancia se ampliaba cada segundo a medida que el Alert era impulsado más velozmente, cada vez más lejos.

Eso fue todo. Después de eso, Johansen solo meditó sobre el ídolo en la cabina y preparó la comida para él y el maníaco sonriente que lo acompañaba. Después de su audaz maniobra ya no intentó navegar, porque los sucedido le había quitado algo a su alma. Luego vino la tormenta del 2 de abril, que terminó de nublar su conciencia. Tuvo una sensación de giros espectrales a través de los abismos líquidos del infinito, de giros vertiginosos a través de universos, en la cola de un cometa, y de zambullidas histéricas del abismo a la luna y de la luna de nuevo al abismo, todo ello animado por el coro maquiavélico de los dioses antiguos, distorsionados, hilarantes y los demonios verdes del Tártaro, burlones, con alas de murciélago.

Luego de ese sueño vino el rescate, el Vigilant, el Tribunal del Vicealmirantazgo, las calles de Dunedin y el largo viaje de regreso a casa, a la antigua casa, junto al Egeberg. No podía decirlo, lo creerían loco. Escribiría lo que sabía antes de morir, pero su esposa no debía adivinar nada. La muerte sería una bendición si solo pudiera borrar los recuerdos.

Ese fue el documento que leí, y ahora lo he colocado en la caja de lata al lado del bajorrelieve y los papeles del profesor

drove on relentlessly. There was a bursting as of an exploding bladder, a slushy nastiness as of a cloven sunfish, a stench as of a thousand opened graves, and a sound that the chronicler would not put on paper. For an instant the ship was befouled by an acrid and blinding green cloud, and then there was only a venomous seething astern; where—God in heaven!—the scattered plasticity of that nameless sky-spawn was nebulously recombining in its hateful original form, whilst its distance widened every second as the Alert gained impetus from its mounting steam.

That was all. After that Johansen only brooded over the idol in the cabin and attended to a few matters of food for himself and the laughing maniac by his side. He did not try to navigate after the first bold flight, for the reaction had taken something out of his soul. Then came the storm of April 2nd, and a gathering of the clouds about his consciousness. There is a sense of spectral whirling through liquid gulfs of infinity, of dizzying rides through reeling universes on a comet's tail, and of hysterical plunges from the pit to the moon and from the moon back again to the pit, all livened by a cachinnating chorus of the distorted, hilarious elder gods and the green, bat-winged mocking imps of Tartarus.

Out of that dream came rescue—the Vigilant, the vice-admiralty court, the streets of Dunedin, and the long voyage back home to the old house by the Egeberg. He could not tell—they would think him mad. He would write of what he knew before death came, but his wife must not guess. Death would be a boon if only it could blot out the memories.

That was the document I read, and now I have placed it in the tin box beside the bas-relief and the papers of Profes-

Angell. Junto a él pondré este escrito mío, esta prueba de mi propia cordura, donde reconstruyo lo que espero que nunca pueda reconstruirse nuevamente. He visto todos los horrores que contiene el universo, y ahora el cielo primaveral y las flores del verano, me dan la sensación de estar impregnados de veneno. Pero no creo que mi vida vaya a ser larga. Tal como mi tío se fue, como el pobre Johansen se fue, así yo me iré. Sé demasiado, y el culto aún existe.

Cthulhu todavía vive, supongo, que se encuentra otra vez en ese abismo de piedra que lo ha protegido desde que el sol era joven. Su maldita ciudad está hundida una vez más, porque el Vigilant navegó por el lugar después de la tormenta de abril; pero sus ministros en la tierra aún braman, saltan y matan alrededor de monolitos con ídolos en lugares solitarios. Debió de haber sido atrapado por el hundimiento, dentro de su abismo negro, o de lo contrario el mundo ya estaría aullando con miedo y frenesí. ¿Quién conoce el final? Lo que ha subido puede hundirse, y lo que se hundió puede subir. La abominación espera y sueña en lo profundo, y la decadencia se extiende sobre las tambaleantes ciudades de los hombres. Llegará el día..., ¡pero no debo ni puedo pensarlo! Permítanme orar para que, si no sobrevivo a este manuscrito, mis ejecutores puedan anteponer la prudencia a la audacia y evitar que sea leído por otros ojos.

sor Angell. With it shall go this record of mine—this test of my own sanity, wherein is pieced together that which I hope may never be pieced together again. I have looked upon all that the universe has to hold of horror, and even the skies of spring and the flowers of summer must ever afterward be poison to me. But I do not think my life will be long. As my uncle went, as poor Johansen went, so I shall go. I know too much, and the cult still lives.

Cthulhu still lives, too, I suppose, again in that chasm of stone which has shielded him since the sun was young. His accursed city is sunken once more, for the Vigilant sailed over the spot after the April storm; but his ministers on earth still bellow and prance and slay around idol-capped monoliths in lonely places. He must have been trapped by the sinking whilst within his black abyss, or else the world would by now be screaming with fright and frenzy. Who knows the end? What has risen may sink, and what has sunk may rise. Loathsomeness waits and dreams in the deep, and decay spreads over the tottering cities of men. A time will come—but I must not and cannot think! Let me pray that, if I do not survive this manuscript, my executors may put caution before audacity and see that it meets no other eye.

Esa maldita cosa /
The Damned Thing

Ambrose Bierce

I
Uno no siempre come lo que está sobre la mesa

A la luz de una vela de sebo que había sido colocada en un extremo de una mesa tosca, un hombre estaba leyendo algo escrito en un libro. Era un viejo libro de contabilidad, muy usado; y la escritura no era, al parecer, muy legible, ya que el hombre a veces sostenía la página cerca de la llama de la vela para poder iluminarla mejor. La sombra del libro dejaba en la oscuridad la mitad de la habitación, oscureciendo varias caras y figuras; porque además del lector, otros ocho hombres estaban presentes. Siete de ellos estaban sentados contra las toscas paredes de troncos, silenciosos, sin moverse, y, dado que la habitación era pequeña, no estaban muy lejos de la mesa. Extendiendo un brazo cualquiera de ellos podría haber tocado al octavo hombre, que yacía en la mesa, boca arriba, parcialmente cubierto por una sábana, con los brazos a los costados. Él estaba muerto.

El hombre del libro no estaba leyendo en voz alta, y nadie habló; todos parecían estar esperando que algo ocurriera; solo el hombre muerto no tenía expecta-

I
One Does Not Always Eat What Is on the Table

By the light of a tallow candle which had been placed on one end of a rough table a man was reading something written in a book. It was an old account book, greatly worn; and the writing was not, apparently, very legible, for the man sometimes held the page close to the flame of the candle to get a stronger light on it. The shadow of the book would then throw into obscurity a half of the room, darkening a number of faces and figures; for besides the reader, eight other men were present. Seven of them sat against the rough log walls, silent, motionless, and the room being small, not very far from the table. By extending an arm any one of them could have touched the eighth man, who lay on the table, face upward, partly covered by a sheet, his arms at his sides. He was dead.

The man with the book was not reading aloud, and no one spoke; all seemed to be waiting for something to occur; the dead man only was without expectation.

tivas. Desde la oscuridad exterior, a través de la abertura que servía como ventana, entraban todos los ruidos desconocidos de la noche en el desierto –el largo aullido sin nombre de un coyote lejano; el suave zumbido de los incansables insectos en los árboles; gritos extraños de pájaros nocturnos, tan diferentes a los de los pájaros del día; el zumbido de grandes escarabajos errantes, y todo ese coro misterioso de pequeños sonidos que siempre parecen cesar, antes de haber sido escuchados completamente, como si estuvieran conscientes de una indiscreción. Pero nada de todo esto se notaba en esa compañía; sus miembros no eran muy adictos a interesarse ociosamente en asuntos sin importancia práctica; eso era obvio en cada línea de sus hoscos rostros, obvio incluso en la penumbra de la única vela. Evidentemente eran hombres de los alrededores, agricultores y leñadores.

La persona que leía era un poco diferente; uno podría pensar que era un hombre de mundo, aunque su vestimenta indicaba cierta relación con los demás. Su abrigo difícilmente habría sido aceptado en San Francisco; su calzado no era de origen urbano, y el sombrero que yacía a su lado –era el único que se había sacado el sombrero– tenía tal aspecto que de haberlo considerado como un mero artículo de adorno personal, habría perdido su significado. Su semblante era bastante agradable, con solo un toque de severidad; que puede haber sido asumida o cultivada, según corresponde a alguien con autoridad. Porque era un juez. Fue en virtud de su cargo que tomó posesión del libro que estaba leyendo; se había encontrado entre los efectos del hombre muerto, en su cabaña, donde se estaba llevando a cabo la investigación.

Cuando el juez terminó de leer, se guardó el libro en el bolsillo del pecho. En ese momento se abrió la puerta y entró un joven. Él, claramente, no había nacido ni

From the blank darkness outside came in, through the aperture that served for a window, all the ever unfamiliar noises of night in the wilderness — the long nameless note of a distant coyote; the stilly pulsing thrill of tireless insects in trees; strange cries of night birds, so different from those of the birds of day; the drone of great blundering beetles, and all that mysterious chorus of small sounds that seem always to have been but half heard when they have suddenly ceased, as if conscious of an indiscretion. But nothing of all this was noted in that company; its members were not overmuch addicted to idle interest in matters of no practical importance; that was obvious in every line of their rugged faces — obvious even in the dim light of the single candle. They were evidently men of the vicinity — farmers and woodsmen.

The person reading was a trifle different; one would have said of him that he was of the world, worldly, albeit there was that in his attire which attested a certain fellowship with the organisms of his environment. His coat would hardly have passed muster in San Francisco; his footgear was not of urban origin, and the hat that lay by him on the floor (he was the only one uncovered) was such that if one had considered it as an article of mere personal adornment he would have missed its meaning. In countenance the man was rather prepossessing, with just a hint of sternness; though that he may have assumed or cultivated, as appropriate to one in authority. For he was a coroner. It was by virtue of his office that he had possession of the book in which he was reading; it had been found among the dead man's effects — in his cabin, where the inquest was now taking place.

When the coroner had finished reading he put the book into his breast pocket. At that moment the door was pushed open and a young man entered. He, clearly,

se había criado en la montaña; estaba vestido con ropa de ciudad, aunque su ropa estaba polvorienta, como si fuera un viajero. De hecho, había estado cabalgando duro para llegar a la investigación.

El juez asintió; nadie más lo saludó.

"Lo esperábamos", dijo el juez. "Es necesario terminar con este negocio esta noche".

El joven sonrió. "Lamento haberlo hecho esperar", dijo. "Me fui, no para evadir su convocatoria, sino para publicar en mi periódico un relato de lo que supongo ahora debo declarar".

El juez sonrió.

"El relato que publicó en su periódico", dijo, "posiblemente difiera de la que dirá aquí bajo juramento".

"Eso", respondió el otro, con bastante entusiasmo y enrojeciendo visiblemente, "será como usted quiera. Usé papel carbónico y tengo una copia de lo que envié. No fue escrito como noticia, porque es increíble, sino como ficción. Puede formar parte de mi testimonio bajo juramento".

"Pero dice que es increíble".

"Eso no es problema, señor, si juro que es verdad".

El juez se quedó en silencio por un tiempo, sus ojos clavados en el suelo. Los otros hombres, a los lados del cuarto, hablaban en susurros, pero rara vez apartaban la vista de la cara del cadáver. En ese momento, el juez levantó los ojos y dijo "Retomaremos la investigación".

Los hombres se quitaron los sombreros. El testigo fue juramentado.

"¿Cómo se llama?" Preguntó el juez.

"William Harker".

"¿Años?"

"Veintisiete."

"¿Conocía al difunto, Hugh Morgan?"

"Sí."

"¿Estaba con él cuando murió?".

was not of mountain birth and breeding: he was clad as those who dwell in cities. His clothing was dusty, however, as from travel. He had, in fact, been riding hard to attend the inquest.

The coroner nodded; no one else greeted him.

"We have waited for you," said the coroner. "It is necessary to have done with this business to-night."

The young man smiled. "I am sorry to have kept you," he said. "I went away, not to evade your summons, but to post to my newspaper an account of what I suppose I am called back to relate."

The coroner smiled.

"The account that you posted to your newspaper," he said, "differs, probably, from that which you will give here under oath."

"That," replied the other, rather hotly and with a visible flush, "is as you please. I used manifold paper and have a copy of what I sent. It was not written as news, for it is incredible, but as fiction. It may go as a part of my testimony under oath."

"But you say it is incredible."

"That is nothing to you, sir, if I also swear that it is true."

The coroner was silent for a time, his eyes upon the floor. The men about the sides of the cabin talked in whispers, but seldom withdrew their gaze from the face of the corpse. Presently the coroner lifted his eyes and said: "We will resume the inquest."

The men removed their hats. The witness was sworn.

"What is your name?" the coroner asked.

"William Harker."

"Age?"

"Twenty-seven."

"You knew the deceased, Hugh Morgan?"

"Yes."

"You were with him when he died?"

"Cerca de él."

"¿Cómo sucedió eso –su presencia, quiero decir?".

"Lo estaba visitando en su lugar, para cazar y pescar. En parte mis intenciones, sin embargo, eran estudiarlo a él y su extraño y solitario modo de vida. Parecía un buen modelo para un personaje de ficción. A veces escribo cuentos".

"A veces los leo".

"Gracias."

"Cuentos en general, no los suyos".

Algunos de los jurados se rieron. Sobre un fondo sombrío el humor muestra luces altas. Los soldados se ríen fácilmente en los intervalos de batalla, y una broma en la cámara de la muerte conquista por sorpresa.

"Describa las circunstancias de la muerte de este hombre", dijo el juez. "Puede usar cualquier nota o papeles que tenga".

El testigo entendió. Sacó un manuscrito del bolsillo de su pecho, lo sostuvo cerca de la vela y giró las hojas hasta que encontró el pasaje que quería leer.

II

Lo que puede pasar en un campo de avena silvestre

...El sol apenas había salido cuando salimos de la casa. Buscábamos codornices, cada uno llevaba una escopeta, pero solo teníamos un perro. Morgan dijo que el mejor lugar estaba más allá de un cerro que él señaló, y lo cruzamos por un sendero a través del chaparral. El terreno del otro lado era bastante llano, cubierto de avena silvestre. Cuando salimos del chaparral, Morgan estaba adelantado solo unos pocos metros. De repente oímos, a poca distancia, a nuestra derecha y parcialmente al frente, un ruido como el de un animal que se revolcaba en los arbustos, que, según pudimos ver, se agitaban violentamente.

"Near him."

"How did that happen — your presence, I mean?"

"I was visiting him at this place to shoot and fish. A part of my purpose, however, was to study him and his odd, solitary way of life. He seemed a good model for a character in fiction. I sometimes write stories."

"I sometimes read them."

"Thank you."

"Stories in general — not yours."

Some of the jurors laughed. Against a somber background humor shows high lights. Soldiers in the intervals of battle laugh easily, and a jest in the death chamber conquers by surprise.

"Relate the circumstances of this man's death," said the coroner. "You may use any notes or memoranda that you please."

The witness understood. Pulling a manuscript from his breast pocket he held it near the candle and turning the leaves until he found the passage that he wanted began to read.

II

What May Happen in a Field of Wild Oats

"...The sun had hardly risen when we left the house. We were looking for quail, each with a shotgun, but we had only one dog. Morgan said that our best ground was beyond a certain ridge that he pointed out, and we crossed it by a trail through the chaparral. On the other side was comparatively level ground, thickly covered with wild oats. As we emerged from the chaparral Morgan was but a few yards in advance. Suddenly we heard, at a little distance to our right and partly in front, a noise as of some animal thrashing about in the bushes, which we could see were violently agitated.

"Hemos asustado a un ciervo", le dije. "Ojalá hubiéramos traído un rifle".

Morgan, que se había detenido y estaba observando atentamente el chaparral agitado, no dijo nada, pero había amartillado los dos cañones de su arma y la tenía preparada para disparar. Pensé que estaba un poco excitado, lo que me sorprendió, porque tenía una reputación de mucha sangre fría, incluso en momentos de peligro repentino e inminente.

"Vamos" dije. "No vas a llenar a un ciervo con perdigones para codornices, ¿verdad?".

No me respondió; pero vi su rostro cuando lo giró un poco hacia mí, y me sorprendió la intensidad de su mirada. Entonces entendí que era algo serio, y mi primera conjetura fue que nos habíamos topado con un oso grizzly. Me puse al lado de Morgan, amartillando mi escopeta mientras avanzaba.

Los arbustos ahora estaban tranquilos y los ruidos habían cesado, pero Morgan estaba tan atento como antes.

"¿Qué es? ¿Qué diablos es?", pregunté.

"¡Esa maldita cosa!", respondió, sin volver la cabeza. Su voz sonaba ronca y extraña. Temblaba visiblemente.

Estaba a punto de seguir hablando, cuando observé que la avena salvaje cerca del lugar de la perturbación se movía de la manera más inexplicable. Apenas puedo describirlo. Parecía como si estuviera agitada por una racha de viento, que no solo la doblaba, sino que la presionaba, la aplastaba para que no se levantara; y este movimiento se iba prolongando lentamente hacia nosotros.

Nada de lo que había visto nunca antes me había afectado tan extrañamente como este fenómeno desconocido e inexplicable, sin embargo, no puedo recordar ningún sentimiento de miedo. Recuerdo, y lo digo aquí porque, precisamente, lo recordé entonces, que una vez que miré descuidadamente por una ventana abier-

"We've started a deer,' I said. 'I wish we had brought a rifle.'

"Morgan, who had stopped and was intently watching the agitated chaparral, said nothing, but had cocked both barrels of his gun and was holding it in readiness to aim. I thought him a trifle excited, which surprised me, for he had a reputation for exceptional coolness, even in moments of sudden and imminent peril.

"'O, come,' I said. 'You are not going to fill up a deer with quail-shot, are you?'

"Still he did not reply; but catching a sight of his face as he turned it slightly toward me I was struck by the intensity of his look. Then I understood that we had serious business in hand and my first conjecture was that we had 'jumped' a grizzly. I advanced to Morgan's side, cocking my piece as I moved.

"The bushes were now quiet and the sounds had ceased, but Morgan was as attentive to the place as before.

"'What is it? What the devil is it?' I asked.

"'That Damned Thing!' he replied, without turning his head. His voice was husky and unnatural. He trembled visibly.

"I was about to speak further, when I observed the wild oats near the place of the disturbance moving in the most inexplicable way. I can hardly describe it. It seemed as if stirred by a streak of wind, which not only bent it, but pressed it down — crushed it so that it did not rise; and this movement was slowly prolonging itself directly toward us.

"Nothing that I had ever seen had affected me so strangely as this unfamiliar and unaccountable phenomenon, yet I am unable to recall any sense of fear. I remember — and tell it here because, singularly enough, I recollected it then — that once in looking carelessly out of an open window I momentarily mistook a small tree

ta, confundí momentáneamente un árbol pequeño que estaba cerca de la casa, con de uno de un grupo de árboles más grandes, situados a cierta distancia. Parecía del mismo tamaño que los otros, pero al estar definido en forma más clara y precisa en masa y detalle, parecía estar en disarmonía con los otros. Fue un simple error de perspectiva, pero me sobresaltó, casi me aterrorizó. Confiamos tanto en el funcionamiento ordenado de las leyes naturales, que cualquier suspensión aparente de las mismas la vemos como una amenaza para nuestra seguridad, como advertencia de una calamidad impensable. Así que ahora, el movimiento aparentemente sin causa de las hierbas y el acercamiento lento e inexorables de esa perturbación, eran claramente inquietantes. Mi compañero parecía realmente asustado, y casi no podía dar crédito a mis sentidos cuando lo vi, de repente, poner su arma al hombro y disparar ambos barriles al grano agitado. Antes de que el humo de la descarga se hubiera disipado, escuché un fuerte grito, como el de un animal salvaje; entonces, arrojando su arma al suelo, Morgan se escapó rápidamente. En el mismo instante, fui arrojado violentamente al suelo por el impacto de algo que el humo del disparo no me dejó ver, una sustancia suave y pesada que me embistió con gran fuerza.

Antes de que pudiera ponerme de pie y recuperar mi arma, que parecía haber sido arrancada de mis manos, escuché a Morgan gritar como si estuviera en una agonía mortal, sus gritos se mezclaban con sonidos ásperos y salvajes como los que se escuchan en una lucha de perros. Aterrorizado más allá de lo puedo explicar, me puse de pie y miré hacia donde Morgan había huido. ¡Y que el cielo miseriordioso me guarde de otra visión como esa! A una distancia de menos de treinta metros estaba mi amigo, apoyado en una rodilla, con la cabeza echada hacia atrás en un ángulo espantoso, sin sombrero, su largo cabello en desorden y todo su cuerpo moviéndose

close at hand for one of a group of larger trees at a little distance away. It looked the same size as the others, but being more distinctly and sharply defined in mass and detail seemed out of harmony with them. It was a mere falsification of the law of aerial perspective, but it startled, almost terrified me. We so rely upon the orderly operation of familiar natural laws that any seeming suspension of them is noted as a menace to our safety, a warning of unthinkable calamity. So now the apparently causeless movement of the herbage and the slow, undeviating approach of the line of disturbance were distinctly disquieting. My companion appeared actually frightened, and I could hardly credit my senses when I saw him suddenly throw his gun to his shoulder and fire both barrels at the agitated grain! Before the smoke of the discharge had cleared away I heard a loud savage cry — a scream like that of a wild animal — and flinging his gun upon the ground Morgan sprang away and ran swiftly from the spot. At the same instant I was thrown violently to the ground by the impact of something unseen in the smoke — some soft, heavy substance that seemed thrown against me with great force.

"Before I could get upon my feet and recover my gun, which seemed to have been struck from my hands, I heard Morgan crying out as if in mortal agony, and mingling with his cries were such hoarse, savage sounds as one hears from fighting dogs. Inexpressibly terrified, I struggled to my feet and looked in the direction of Morgan's retreat; and may Heaven in mercy spare me from another sight like that! At a distance of less than thirty yards was my friend, down upon one knee, his head thrown back at a frightful angle, hatless, his long hair in disorder and his whole body in violent movement from side to side, backward and forward. His right arm

violentamente, de lado a lado, hacia atrás y hacia adelante. Su brazo derecho estaba levantado y parecía haber perdido su mano; al menos, no podía verla. El otro brazo no se veía. Recuerdo que a veces solo podía discernir una parte de su cuerpo; era como si hubiera sido parcialmente borrado (no puedo expresarlo de otra manera) entonces un cambio de su posición lo hacía visible nuevamente.

Todo esto debe haber ocurrido en unos pocos segundos, pero en ese tiempo, Morgan asumió todas las posturas de un luchador determinado, vencido por un peso y una fuerza superiores. Solo lo vi a él, y no siempre claramente. Durante todo el incidente se escucharon sus gritos y maldiciones, ¡como si pasara a través de un alboroto envolvente de tales sonidos de rabia y furia como nunca antes había escuchado salir de la garganta de un hombre o una bestia!

Permanecí indeciso solo por un momento, luego, arrojando mi arma, corrí para ayudar a mi amigo. Tenía la vaga idea de que estaba sufriendo un ataque, o alguna forma de convulsión. Pero antes de que pudiera llegar a su lado, él se había quedado inmóvil, tirado sobre el suelo. Todos los sonidos habían cesado, pero con un sentimiento de terror aún mayor, volví a ver el misterioso movimiento en los tallos de la avena salvaje, que se prolongaba desde el área pisoteada donde estaba el hombre postrado, dirigiéndose hacia el borde del bosque. Solo cuando llegó hasta el bosque, pude dejar de mirarlo, y al volver a mirar a mi compañero vi que estaba muerto.

was lifted and seemed to lack the hand — at least, I could see none. The other arm was invisible. At times, as my memory now reports this extraordinary scene, I could discern but a part of his body; it was as if he had been partly blotted out — I cannot otherwise express it — then a shifting of his position would bring it all into view again.

"All this must have occurred within a few seconds, yet in that time Morgan assumed all the postures of a determined wrestler vanquished by superior weight and strength. I saw nothing but him, and him not always distinctly. During the entire incident his shouts and curses were heard, as if through an enveloping uproar of such sounds of rage and fury as I had never heard from the throat of man or brute!

"For a moment only I stood irresolute, then throwing down my gun I ran forward to my friend's assistance. I had a vague belief that he was suffering from a fit, or some form of convulsion. Before I could reach his side he was down and quiet. All sounds had ceased, but with a feeling of such terror as even these awful events had not inspired I now saw again the mysterious movement of the wild oats, prolonging itself from the trampled area about the prostrate man toward the edge of a wood. It was only when it had reached the wood that I was able to withdraw my eyes and look at my companion. He was dead."

III
Aunque esté desnudo, un hombre puede estar en harapos

El juez se levantó de su asiento y se paró junto al hombre muerto. Levantan-

III
A Man Though Naked May Be in Rags

The coroner rose from his seat and stood beside the dead man. Lifting an edge of the sheet he pulled it away, exposing the entire body, altogether naked and show-

do un borde de la sábana, la retiró, expo-
niendo todo el cuerpo, completamente
desnudo y mostrando a la luz de las velas
un color amarillo claro. Sin embargo, tenía
amplias magulladuras, de color negro azu-
lado, obviamente causadas por la sangre
coagulada en las contusiones. El pecho y
los costados lucían como si hubieran sido
golpeados con un garrote. Había lacera-
ciones terribles; la piel estaba rasgada en
tiras y jirones.

El juez se movió hasta el final de la
mesa y desabrochó un pañuelo de seda
que había pasado bajo la barbilla del cadáver, y anudado en la parte superior de
su cabeza. Cuando el pañuelo fue retira-
do, expuso lo que había sido la garganta.
Algunos de los miembros del jurado, que
se habían levantado para tener una mejor
vista, se arrepintieron de su curiosidad y
apartaron sus rostros. El testigo Harker
se acercó a la ventana abierta y se inclinó
sobre el alféizar, mareado y descompuesto.
Dejando caer el pañuelo sobre el cuello del
muerto, el juez se acercó a un ángulo de la
habitación, y de una pila de ropa sacó una
prenda tras otra, sosteniéndolas para ins-
peccionarlas. Todas estaban desgarradas, y
rígidas con sangre coagulada. Los jurados
no hicieron una inspección más cercana.
Parecían bastante desinteresados. En verdad, ya habían visto todo eso; lo único que
era nuevo para ellos era el testimonio de
Harker.

"Caballeros", dijo el juez, "creo que
no tenemos más pruebas. Ya conocen su
deber. Si quieren decir algo más, pueden
salir y considerar su veredicto".

El capataz se levantó: un hombre alto
y barbudo de sesenta años, vestido tosca-
mente.

"Me gustaría hacer una pregunta, señor juez", dijo. "¿De qué asilo escapó este
último testigo?".

"Señor. Harker ", dijo el juez, con
seriedad y tranquilidad, "¿de qué manico-
mio se escapó usted?".

ing in the candle-light a claylike yellow. It
had, however, broad maculations of bluish
black, obviously caused by extravasated
blood from contusions. The chest and
sides looked as if they had been beaten
with a bludgeon. There were dreadful lac-
erations; the skin was torn in strips and
shreds.

The coroner moved round to the end
of the table and undid a silk handkerchief
which had been passed under the chin and
knotted on the top of the head. When the
handkerchief was drawn away it exposed
what had been the throat. Some of the
jurors who had risen to get a better view
repented their curiosity and turned away
their faces. Witness Harker went to the
open window and leaned out across the
sill, faint and sick. Dropping the handkerchief upon the dead man's neck the coroner stepped to an angle of the room and
from a pile of clothing produced one gar-
ment after another, each of which he held
up a moment for inspection. All were torn,
and stiff with blood. The jurors did not
make a closer inspection. They seemed
rather uninterested. They had, in truth,
seen all this before; the only thing that was
new to them being Harker's testimony.

"Gentlemen," the coroner said, "we
have no more evidence, I think. Your duty
has been already explained to you; if there
is nothing you wish to ask you may go outside and consider your verdict."

The foreman rose — a tall, bearded
man of sixty, coarsely clad.

"I should like to ask one question,
Mr. Coroner," he said. "What asylum did
this yer last witness escape from?"

"Mr. Harker," said the coroner,
gravely and tranquilly, "from what asylum
did you last escape?"

Harker se ruborizó de nuevo, pero no dijo nada, y los siete miembros del jurado se levantaron y salieron solemnemente de la cabaña.

"Si ya terminaron de insultarme, señor", dijo Harker, tan pronto como él y el oficial se quedaron a solas con el hombre muerto, "¿supongo que estoy en libertad de irme?".

"Sí".

Harker comenzó a irse, pero se detuvo, con la mano en el pestillo de la puerta. El hábito de su profesión era más fuerte que él, más fuerte que su sentido de la dignidad personal. Se volvió y dijo:

Sé que el libro que tiene es el diario de Morgan. Parecía muy interesado en él; lo estaba leyendo mientras yo testificaba. ¿Puedo verlo? Al público le gustaría...

"El libro no tendrá ninguna parte en este asunto", respondió el funcionario, metiéndolo en el bolsillo de su abrigo; "Todas las entradas fueron hechas antes de la muerte del escritor".

Cuando Harker salió de la casa, los jurados volvieron a entrar y se quedaron al lado la mesa, en la que el cadáver, ahora cubierto, se mostraba debajo de la sábana con una forma bien marcada. El capataz se sentó cerca de la vela, sacó del bolsillo de su pecho un lápiz y un trozo de papel y escribió laboriosamente el siguiente veredicto, que con distintos grados de dificultad, todos los miembros del jurado firmaron:

"Nosotros, los jurados, encontramos que murió a manos de un puma, aunque algunos de nosotros pensamos que tuvo un ataque".

Harker flushed crimson again, but said nothing, and the seven jurors rose and solemnly filed out of the cabin.

"If you have done insulting me, sir," said Harker, as soon as he and the officer were left alone with the dead man, "I suppose I am at liberty to go?"

"Yes."

Harker started to leave, but paused, with his hand on the door latch. The habit of his profession was strong in him — stronger than his sense of personal dignity. He turned about and said:

"The book that you have there — I recognize it as Morgan's diary. You seemed greatly interested in it; you read in it while I was testifying. May I see it? The public would like —"

"The book will cut no figure in this matter," replied the official, slipping it into his coat pocket; "all the entries in it were made before the writer's death."

As Harker passed out of the house the jury reentered and stood about the table, on which the now covered corpse showed under the sheet with sharp definition. The foreman seated himself near the candle, produced from his breast pocket a pencil and scrap of paper and wrote rather laboriously the following verdict, which with various degrees of effort all signed:

"We, the jury, do find that the remains come to their death at the hands of a mountain lion, but some of us thinks, all the same, they had fits."

IV

Una explicación desde la tumba

En el diario del difunto Hugh Morgan hay algunas entradas interesantes que

IV

An Explanation from the Tomb

In the diary of the late Hugh Morgan are certain interesting entries having, pos-

tienen, posiblemente, cierto valor científico como sugerencias. El diario no fue usado como evidencia en la investigación sobre su muerte; posiblemente el juez pensó que no valía la pena confundir al jurado. La fecha de la primera de las entradas mencionadas no se puede determinar; porque la parte superior de la hoja fue arrancada; la entrada que sigue se lee así:

...corría formando un semicírculo, siempre mirando hacia el centro, cada tanto se detenía, ladrando furiosamente. Por fin, corrió hacia el matorral, tan rápido como podía. Al principio pensé que se había vuelto loco, pero cuando volvió a casa no encontré ningún cambio de su comportamiento, seguramente por miedo al castigo.

¿Puede un perro ver con su nariz? ¿Los olores impresionan algún centro cerebral con imágenes de la cosa que los emitió?...

Septiembre 2. – Al mirar las estrellas anoche, mientras se elevaban sobre el cerro, al este de la casa, las vi desaparecer sucesivamente, de izquierda a derecha. Cada una se iba eclipsando, solo por un instante, y solo unas pocas al mismo tiempo, pero a lo largo de toda la cresta del cerro, todas lo que estaba dentro de un grado o dos de la cresta se borraban. Era como si algo, que yo no podía ver, se hubiera interpuesto delante de las estrellas, y las estrellas estaban demasiado espaciadas como para definir su contorno. Uf! Esto no me gusta nada.

Faltan entradas de varias semanas, tres hojas fueron arrancadas del diario.

Septiembre 27. – Ha estado por aquí otra vez –encuentro evidencias de su presencia todos los días. Ayer vigilé de nuevo todo la noche, desde el mismo escondite, escopeta en mano, con doble carga de perdigones gruesos. Por la mañana, las huellas frescas estaban allí, como antes. Sin embargo, habría jurado que no me dormí; de hecho, casi no duermo. ¡Es terrible, in-

sibly, a scientific value as suggestions. At the inquest upon his body the book was not put in evidence; possibly the coroner thought it not worth while to confuse the jury. The date of the first of the entries mentioned cannot be ascertained; the upper part of the leaf is torn away; the part of the entry remaining follows:

"...would run in a half-circle, keeping his head turned always toward the center, and again he would stand still, barking furiously. At last he ran away into the brush as fast as he could go. I thought at first that he had gone mad, but on returning to the house found no other alteration in his manner than what was obviously due to fear of punishment.

"Can a dog see with his nose? Do odors impress some cerebral center with images of the thing that emitted them?...

"Sept. 2. — Looking at the stars last night as they rose above the crest of the ridge east of the house, I observed them successively disappear — from left to right. Each was eclipsed but an instant, and only a few at the same time, but along the entire length of the ridge all that were within a degree or two of the crest were blotted out. It was as if something had passed along between me and them; but I could not see it, and the stars were not thick enough to define its outline. Ugh! I don't like this."...

Several weeks' entries are missing, three leaves being torn from the book.

"Sept. 27. — It has been about here again — I find evidences of its presence every day. I watched again all last night in the same cover, gun in hand, double-charged with buckshot. In the morning the fresh footprints were there, as before. Yet I would have sworn that I did not sleep — indeed, I hardly sleep at all. It is terrible, insupportable! If these amazing experi-

soportable! Si estas experiencias increíbles son reales, me volveré loco, si son fantasiosas ya estoy loco.

Octubre 3. – No me iré –no me espantará. No, esta es MI casa, MI tierra. Dios odia a un cobarde...

Octubre 5. – No lo soporto más. Invité a Harker a pasar algunas semanas conmigo, él tiene la cabeza bien puesta. Si actitud me indicará si él cree que estoy loco

Octubre 7. – Encontré la solución del misterio; me di cuenta anoche, de repente, como por revelación. ¡Qué simple, qué terriblemente simple!

Hay sonidos que no podemos escuchar. En cada extremo de la escala hay notas que no resuenan en ese instrumento imperfecto, el oído humano. Son demasiado altas o demasiado graves. He observado a una bandada de mirlos que ocupan toda la copa de un árbol, o las copas de varios árboles, y todos cantando. De repente, en un momento, todos a la vez se lanzan a volar. ¿Cómo? No todos los pájaros se podían entre sí, estando separados en las distintas copas de los árboles. En ningún momento pudo un líder haber sido visible para todos. Debe haber sido alguna señal de advertencia o una llamada, alta y aguda por encima del estruendo, pero no fue escuchada por mí. También he observado, a veces, que todos comenzaban a volar, cuando todos estaban en silencio, no solo entre los mirlos, sino también en otras aves, como las codornices, ampliamente separadas por arbustos, incluso en los lados opuestos de una colina.

Los marineros saben que una escuela de ballenas que toman el sol o se divierten en la superficie del océano, separadas entre ellas por millas de distancia, con la convexidad de la tierra de por medio, a veces se sumergen en el mismo instante, todas desaparecen en un momento. Una señal fue lanzada, demasiado grave para el oído del marinero en el mástil y sus com-

ences are real I shall go mad; if they are fanciful I am mad already.

"Oct. 3. — I shall not go — it shall not drive me away. No, this is MY house, MY land. God hates a coward...

"Oct. 5. — I can stand it no longer; I have invited Harker to pass a few weeks with me — he has a level head. I can judge from his manner if he thinks me mad.

"Oct. 7. — I have the solution of the mystery; it came to me last night — suddenly, as by revelation. How simple — how terribly simple!

"There are sounds that we cannot hear. At either end of the scale are notes that stir no chord of that imperfect instrument, the human ear. They are too high or too grave. I have observed a flock of blackbirds occupying an entire tree-top — the tops of several trees — and all in full song. Suddenly — in a moment — at absolutely the same instant — all spring into the air and fly away. How? They could not all see one another — whole tree-tops intervened. At no point could a leader have been visible to all. There must have been a signal of warning or command, high and shrill above the din, but by me unheard. I have observed, too, the same simultaneous flight when all were silent, among not only blackbirds, but other birds — quail, for example, widely separated by bushes — even on opposite sides of a hill.

"It is known to seamen that a school of whales basking or sporting on the surface of the ocean, miles apart, with the convexity of the earth between, will sometimes dive at the same instant — all gone out of sight in a moment. The signal has been sounded — too grave for the ear of the sailor at the masthead and his comrades on the deck — who nevertheless feel

pañeros en cubierta, quienes, sin embargo, sienten sus vibraciones en la nave como cuando las piedras de una catedral son agitadas por el bajo de un órgano.

Como con los sonidos, así con los colores. En cada extremo del espectro solar, el químico puede detectar la presencia de lo que se conoce como rayos "actínicos". Representan colores –colores integrales en la composición de la luz–, que no podemos discernir. El ojo humano es un instrumento imperfecto; su rango no es más que unas pocas octavas de la "escala cromática" real. No estoy loco; Hay colores que no podemos ver.

Y, Dios me ayude! ¡Esa maldita cosa tiene un color de ese tipo!

its vibrations in the ship as the stones of a cathedral are stirred by the bass of the organ.

"As with sounds, so with colors. At each end of the solar spectrum the chemist can detect the presence of what are known as 'actinic' rays. They represent colors — integral colors in the composition of light — which we are unable to discern. The human eye is an imperfect instrument; its range is but a few octaves of the real 'chromatic scale.' I am not mad; there are colors that we cannot see.

"And, God help me! the Damned Thing is of such a color!"

Descripción de las extrañas perturbaciones en la calle Aungier / An Account of Some Strange Disturbances in Aungier Street

Sheridan Le Fanu

No vale la pena contar esta historia mía –al menos, no vale la pena escribirla. Contada, en verdad, como a veces me han pedido que lo haga, a un círculo de caras inteligentes y entusiastas, iluminadas por un buen fuego, después de la cena en una noche de invierno, escuchando el viento frío aullando en el exterior, todos cómodos y abrigados adentro, ha tenido una buena recepción, aunque lo diga yo, quien no debería hacerlo. Pero es más riesgoso hacerlo como ustedes me lo piden. La pluma, la tinta y el papel son vehículos fríos para lo maravilloso, y un "lector" es decididamente un animal más crítico que un "oyente". Sin embargo, si puede inducir a sus amigos a leerlo después del anochecer, y cuando la charla alrededor de la chimenea se haya alargado durante un tiempo sobre historias emocionantes de terror informal; en resumen, si me aseguráis *la mollia tempora fandi,* cumpliré mi trabajo y contaré mi cuento, con la mejor voluntad.

It is not worth telling, this story of mine —at least, not worth writing. Told, indeed, as I have sometimes been called upon to tell it, to a circle of intelligent and eager faces, lighted up by a good after-dinner fire on a winter's evening, with a cold wind rising and wailing outside, and all snug and cosy within, it has gone off-though I say it, who should not—indifferent well. But it is a venture to do as you would have me. Pen, ink, and paper are cold vehicles for the marvellous, and a "reader" decidedly a more critical animal than a "listener." If, however, you can induce your friends to read it after nightfall, and when the fireside talk has run for a while on thrilling tales of shapeless terror; in short, if you will secure me the *mollia tempora fandi,* I will go to my work, and say my say, with better heart.

Bien, entonces, suponiendo que esas condiciones estén dadas, no desperdiciaré más palabras, sino que simplemente les contaré cómo sucedió todo.

Mi primo (Tom Ludlow) y yo estudiamos medicina juntos. Creo que habría tenido éxito si se hubiera mantenido en la profesión; pero prefirió la Iglesia, pobre hombre, y murió temprano, víctima del contagio contraído en el noble desempeño de sus funciones. Para mi propósito actual, digo lo suficiente de su carácter cuando menciono que era de naturaleza tranquila, pero franca y alegre; muy riguroso en su observancia de la verdad, y de ninguna manera como yo, de un temperamento excitable o nervioso.

Mi tío Ludlow –el padre de Tom– compró tres o cuatro casas antiguas en la calle Aungier, mientras asistíamos a los cursos, una de las cuales estaba desocupada. Él residía en el campo, y Tom propuso que deberíamos asentar nuestra morada en la casa desocupada, siempre y cuando ésta continuara sin alquilar; un movimiento que lograría el doble propósito de vivir más cerca de nuestras clases y nuestras diversiones, y de liberarnos de la obligación semanal de pagar el alquiler de nuestros alojamientos.

Nuestros muebles eran muy escasos –todo nuestro equipamiento era notablemente modesto y primitivo; y, en resumen, nuestros preparativos fueron casi tan simples como los de un campamento. Nuestro nuevo plan fue, por lo tanto, ejecutado casi tan pronto como fue concebido. El salón delantero era nuestra sala de estar. Yo tenía la habitación que estaba sobre él, y Tom la habitación trasera, en el mismo piso, que nada podría haberme inducido a ocupar.

La casa era muy antigua. Creo que habían renovado su fachada cincuenta años antes; pero, exceptuando esto, no tenía nada de moderno. El agente que la compró y cotejó los títulos de mi tío, me dijo que se vendió, junto con muchas otras propiedades decomisadas, en Chichester House, creo, en 1702; y había pertenecido a Sir

Well, then, these conditions presupposed, I shall waste no more words, but tell you simply how it all happened.

My cousin (Tom Ludlow) and I studied medicine together. I think he would have succeeded, had he stuck to the profession; but he preferred the Church, poor fellow, and died early, a sacrifice to contagion, contracted in the noble discharge of his duties. For my present purpose, I say enough of his character when I mention that he was of a sedate but frank and cheerful nature; very exact in his observance of truth, and not by any means like myself —of an excitable or nervous temperament.

My Uncle Ludlow —Tom's father— while we were attending lectures, purchased three or four old houses in Aungier Street, one of which was unoccupied. He resided in the country, and Tom proposed that we should take up our abode in the untenanted house, so long as it should continue unlet; a move which would accomplish the double end of settling us nearer alike to our lecture-rooms and to our amusements, and of relieving us from the weekly charge of rent for our lodgings.

Our furniture was very scant —our whole equipage remarkably modest and primitive; and, in short, our arrangements pretty nearly as simple as those of a bivouac. Our new plan was, therefore, executed almost as soon as conceived. The front drawing-room was our sitting-room. I had the bedroom over it, and Tom the back bedroom on the same floor, which nothing could have induced me to occupy.

The house, to begin with, was a very old one. It had been, I believe, newly fronted about fifty years before; but with this exception, it had nothing modern about it. The agent who bought it and looked into the titles for my uncle, told me that it was sold, along with much other forfeited property, at Chichester House, I think, in 1702; and had belonged to Sir Thomas

Thomas Hacket, quien fue lord alcalde de Dublín en la época de James II. Qué edad tenía entonces, no puedo decirlo; pero, en todo caso, había visto años y cambios suficientes como para haberse impregnado de esa atmósfera misteriosa y triste, y a la vez emocionante y deprimente, que tienen la mayoría de las mansiones antiguas.

Se había hecho muy poco para agregarle detalles modernos; y, tal vez, era mejor así; porque había algo extraño y arcaico en las mismas paredes y cielos rasos, en la forma de las puertas y las ventanas, en la extraña ubicación en diagonal de las piezas de la chimenea, en las vigas y cornisas pesadas, por no mencionar la singular solidez de toda la carpintería, desde las barandillas hasta los marcos de las ventanas, que habían desafiado exitosamente todo intento de modernización, y seguían proclamando enfáticamente su antigüedad a pesar de cualquier cantidad concebible de ornamentos y barnices modernos.

Se había hecho un esfuerzo, hasta el punto de empapelar la sala de estar; pero de alguna manera, el papel parecía tosco y fuera de lugar; y la anciana, que tenía una pequeña tienducha en la misma calle, y cuya hija –una mujer de cincuenta y dos años– era nuestra solitaria criada, que venía al amanecer y se retiraba castamente tan pronto como ella había dejado todo listo para tomar el té en nuestros grandiosos aposentos; esta mujer, recordaba, cuando el viejo juez Horrocks –quien, habiéndose ganado la reputación de un juez aficionado a condenar a la horca, terminó ahorcándose él mismo, como lo dictaminó el jurado, en un impulso de "locura temporal", con una cuerda de saltar de las que usan los niños, que sujetó a la antigua y maciza balaustrada– residía allí, entretenido en buena compañía, con la mejor carne de venado y un excelente oporto antiguo. En aquellos días tan cálidos, los salones estaban decorados con cuero dorado y, seguramente, tenían un excelente aspecto, ya que eran habitaciones muy espaciosas.

Hacket, who was Lord Mayor of Dublin in James II.'s time. How old it was then, I can't say; but, at all events, it had seen years and changes enough to have contracted all that mysterious and saddened air, at once exciting and depressing, which belongs to most old mansions.

There had been very little done in the way of modernising details; and, perhaps, it was better so; for there was something queer and by-gone in the very walls and ceilings—in the shape of doors and windows—in the odd diagonal site of the chimney-pieces—in the beams and ponderous cornices—not to mention the singular solidity of all the woodwork, from the banisters to the window-frames, which hopelessly defied disguise, and would have emphatically proclaimed their antiquity through any conceivable amount of modern finery and varnish.

An effort had, indeed, been made, to the extent of papering the drawing-rooms; but somehow, the paper looked raw and out of keeping; and the old woman, who kept a little dirt-pie of a shop in the lane, and whose daughter—a girl of two and fifty—was our solitary handmaid, coming in at sunrise, and chastely receding again as soon as she had made all ready for tea in our state apartment;—this woman, I say, remembered it, when old Judge Horrocks (who, having earned the reputation of a particularly "hanging judge," ended by hanging himself, as the coroner's jury found, under an impulse of "temporary insanity," with a child's skipping-rope, over the massive old bannisters) resided there, entertaining good company, with fine venison and rare old port. In those halcyon days, the drawing-rooms were hung with gilded leather, and, I dare say, cut a good figure, for they were really spacious rooms.

Aunque las paredes de las habitaciones estaban revestidas, la que daba al frente no era sombría; y en ella el confort de la antigüedad superaba sus sombrías asociaciones. Pero la habitación trasera, con sus dos ventanas melancólicas colocadas en forma extraña, mirando al pie de la cama, y con el receso sombrío que se encuentra en la mayoría de las casas antiguas de Dublín, como un gran armario fantasmal, el cual, por compatibilidad de temperamento, se había amalgamado con la alcoba, disolviendo su separación. En la noche, esta "alcoba" –como solía llamarla nuestra criada– tenía, en mi opinión, un carácter especialmente sugestivo y siniestro. La distante y solitaria vela de Tom brillaba en vano en medio de su oscuridad. Allí estaba siempre vigilándolo, siempre impenetrable. Pero esto solo era parte del efecto. Toda la habitación, de alguna manera que no puedo explicar, me repugnaba. Supongo que tenía, en sus proporciones y aspecto, una discordia latente, una cierta relación misteriosa e indescriptible, que afectaba indistintamente algún órgano secreto de lo apropiado y lo seguro, y causaba sospechas e inquietudes indefinibles en la imaginación. En general, como empecé diciendo, nada podría haberme inducido a pasar solo una noche en esa habitación.

Nunca había intentado ocultar al pobre Tom mi debilidad supersticiosa; y él, en cambio, ridiculizaba mis temores. Sin embargo, el escéptico estaba destinado a recibir una lección, como ustedes verán.

No llevábamos mucho tiempo ocupando nuestros respectivos dormitorios, cuando comencé a sufrir de noches inquietas y perturbaciones del sueño. Supongo que esta molestia me incomodaba tanto más porque generalmente yo dormía bien, y de ninguna manera era propenso a las pesadillas. Sin embargo, ahora ese era mi destino; en lugar de disfrutar de mi descanso habitual, todas mis noches es-

The bedrooms were wainscoted, but the front one was not gloomy; and in it the cosiness of antiquity quite overcame its sombre associations. But the back bedroom, with its two queerly-placed melancholy windows, staring vacantly at the foot of the bed, and with the shadowy recess to be found in most old houses in Dublin, like a large ghostly closet, which, from congeniality of temperament, had amalgamated with the bedchamber, and dissolved the partition. At night-time, this "alcove"—as our "maid" was wont to call it—had, in my eyes, a specially sinister and suggestive character. Tom's distant and solitary candle glimmered vainly into its darkness. There it was always overlooking him—always itself impenetrable. But this was only part of the effect. The whole room was, I can't tell how, repulsive to me. There was, I suppose, in its proportions and features, a latent discord—a certain mysterious and indescribable relation, which jarred indistinctly upon some secret sense of the fitting and the safe, and raised indefinable suspicions and apprehensions of the imagination. On the whole, as I began by saying, nothing could have induced me to pass a night alone in it.

I had never pretended to conceal from poor Tom my superstitious weakness; and he, on the other hand, most unaffectedly ridiculed my tremors. The sceptic was, however, destined to receive a lesson, as you shall hear.

We had not been very long in occupation of our respective dormitories, when I began to complain of uneasy nights and disturbed sleep. I was, I suppose, the more impatient under this annoyance, as I was usually a sound sleeper, and by no means prone to nightmares. It was now, however, my destiny, instead of enjoying my customary repose, every night to "sup full of horrors." After a preliminary course of dis-

taban llenas de pesadillas. Después de un preludio de sueños desagradables y espantosos, mis pesadillas tomaban una forma definitiva, y la misma visión, sin variación apreciable en ningún detalle, me visitaba por lo menos –en promedio– una de cada dos noches.

Ahora bien, este sueño, pesadilla o ilusión infernal –como sea que lo llame– del cual yo era la víctima desgraciada, se desarrollaba de la siguiente manera:

Veía, o creía, ver, con la claridad más abominable, aunque la oscuridad era absoluta, todos los muebles y los objetos en la habitación en la que me encontraba. Esto, como saben, suele suceder en las pesadillas comunes. Bueno, mientras estaba en esta condición de clarividencia, que parecía no ser más que la iluminación del teatro en el que se exhibía el monótono escenario del horror que hacía insoportables mis noches, mi atención invariablemente se fijaba, no sé por qué, en las ventanas opuestas al pie de mi cama y, de manera uniforme con el mismo efecto, una sensación de terrible anticipación tomaba posesión, lenta pero segura, de mis nervios. Era consciente, de alguna manera, de una especie de preparación horrible, pero indefinida, que se realizaba en algún lugar desconocido, y por alguna agencia desconocida, para mi tormento; y, después de un intervalo, que siempre parecía ser de la misma duración, una imagen volaba repentinamente hacia la ventana, donde quedaba pegada, como atraída por una atracción eléctrica, y luego comenzaba mi disciplina del horror, que posiblemente duraba horas. La imagen, que quedaba misteriosamente pegada al cristal de la ventana, era el retrato de un anciano, vestido con una bata de seda con flores carmesí, cuyos pliegues podría describir, con un semblante que encarnaba una extraña mezcla de intelecto, sensualidad y poder, pero siniestro y lleno de malignos presagios. Su nariz era aguileña, como el pico de un buitre; sus ojos grandes, grises y pro-

agreeable and frightful dreams, my troubles took a definite form, and the same vision, without an appreciable variation in a single detail, visited me at least (on an average) every second night in the week.

Now, this dream, nightmare, or infernal illusion—which you please—of which I was the miserable sport, was on this wise:

I saw, or thought I saw, with the most abominable distinctness, although at the time in profound darkness, every article of furniture and accidental arrangement of the chamber in which I lay. This, as you know, is incidental to ordinary nightmare. Well, while in this clairvoyant condition, which seemed but the lighting up of the theatre in which was to be exhibited the monotonous tableau of horror, which made my nights insupportable, my attention invariably became, I know not why, fixed upon the windows opposite the foot of my bed; and, uniformly with the same effect, a sense of dreadful anticipation always took slow but sure possession of me. I became somehow conscious of a sort of horrid but undefined preparation going forward in some unknown quarter, and by some unknown agency, for my torment; and, after an interval, which always seemed to me of the same length, a picture suddenly flew up to the window, where it remained fixed, as if by an electrical attraction, and my discipline of horror then commenced, to last perhaps for hours. The picture thus mysteriously glued to the window-panes, was the portrait of an old man, in a crimson flowered silk dressing-gown, the folds of which I could now describe, with a countenance embodying a strange mixture of intellect, sensuality, and power, but withal sinister and full of malignant omen. His nose was hooked, like the beak of a vulture; his eyes large, grey, and prominent, and lighted up with a more than mortal cruelty and coldness.

minentes, se iluminaban con una crueldad y frialdad más que mortales. Estas características eran acentuadas por una gorra de terciopelo carmesí; el cabello que asomaba por debajo de la gorra era blanco por la edad, mientras que las cejas conservaban su negrura original. ¡Qué bien recuerdo todas las líneas, matices y sombras de ese hosco semblante, y vaya si tengo motivos para ello! La mirada de ese rostro infernal se fijaba sobre mí, y yo se la devolvía con la inexplicable fascinación de una pesadilla, durante lo que a mí me parecían horas de agonía. Al final...

Cuando el gallo cantaba, el demonio que me había esclavizado durante la espantosa vigilia nocturna se iba. Entonces, acosado y nervioso, me levantaba para enfrentar mis deberes diurnos.

Tenía, no puedo decir exactamente por qué, pero posiblemente debido a la exquisita angustia y las profundas impresiones de horror terrenal, con las que asociaba esta extraña fantasmagoría, una antipatía insuperable que me impedía describir la naturaleza exacta de mis problemas nocturnos a mi amigo y camarada. En general, sin embargo, le conté que estaba obsesionado por sueños abominables; y, fiel al proverbial materialismo de la medicina, buscamos como disipar mis horrores, no con un exorcismo, sino con un tónico.

Haré justicia al tónico y admitiré francamente que, bajo su influencia, el retrato maldito comenzó a interrumpir sus visitas. ¿Qué significaba eso? ¿Esta aparición singular, tan llena de carácter como de terror, era una criatura de mi fantasía, o la invención de mi pobre estómago? ¿Era, por lo tanto, algo subjetivo –tomando prestada la jerga técnica del día– y no la agresión e intrusión palpables de un agente externo? Eso, mi buen amigo, como ambos bien sabemos, de ninguna manera era así. El espíritu maligno que cautivó mis sentidos en la forma de ese retrato, podía seguir tan cerca de mí, igual de enérgico, igual de maligno, aunque yo no lo viera.

These features were surmounted by a crimson velvet cap, the hair that peeped from under which was white with age, while the eyebrows retained their original blackness. Well I remember every line, hue, and shadow of that stony countenance, and well I may! The gaze of this hellish visage was fixed upon me, and mine returned it with the inexplicable fascination of nightmare, for what appeared to me to be hours of agony. At last...

The cock he crew, away then flew the fiend who had enslaved me through the awful watches of the night; and, harassed and nervous, I rose to the duties of the day.

I had—I can't say exactly why, but it may have been from the exquisite anguish and profound impressions of unearthly horror, with which this strange phantasmagoria was associated—an insurmountable antipathy to describing the exact nature of my nightly troubles to my friend and comrade. Generally, however, I told him that I was haunted by abominable dreams; and, true to the imputed materialism of medicine, we put our heads together to dispel my horrors, not by exorcism, but by a tonic.

I will do this tonic justice, and frankly admit that the accursed portrait began to intermit its visits under its influence. What of that? Was this singular apparition—as full of character as of terror—therefore the creature of my fancy, or the invention of my poor stomach? Was it, in short, subjective (to borrow the technical slang of the day) and not the palpable aggression and intrusion of an external agent? That, good friend, as we will both admit, by no means follows. The evil spirit, who enthralled my senses in the shape of that portrait, may have been just as near me, just as energetic, just as malignant, though I saw him not. What means the

¿Qué significa todo el código moral de la religión, en relación con el debido mantenimiento de nuestros propios cuerpos, sobriedad, templanza, etc.? Aquí había una conexión obvia entre lo material y lo invisible. El tono saludable del nuestro organismo, y su energía intacta, pueden, por lo que podemos saber, protegernos contra influencias que de otra manera harían nuestra vida insoportable. Los hipnotizadores y los electro-biólogos fallarán, en promedio con nueve pacientes de cada diez, y lo mismo se aplica a los espíritus malignos. Para la producción de ciertos fenómenos espirituales, se requieren ciertas condiciones especiales del sistema corporal. A veces la operación tiene éxito, a veces falla, eso es todo.

Más tarde descubrí que mi supuestamente escéptico compañero, también tenía sus problemas. Pero todavía yo no sabía nada de aquellos. Una noche, por milagro, estaba durmiendo profundamente, cuando me despertó el ruido de una pisada en el vestíbulo, fuera de mi habitación, seguido por el fuerte ruido de lo que resultó ser un gran candelabro de bronce, arrojado con toda su fuerza por el pobre Tom Ludlow, sobre la balaustrada, que cayó traqueteando, rebotando en el segundo tramo de las escaleras; casi al mismo tiempo, Tom abrió la puerta de golpe y entró de espaldas en mi habitación, en un estado de extraordinaria agitación.

Salté de la cama y lo agarré del brazo antes de tener una idea clara de lo que estaba pasando. Allí estábamos, en nuestras camisas, parados frente a la puerta abierta, mirando a través de la gran balaustrada, en dirección a la ventana del vestíbulo, a través de la cual brillaba la luz enfermiza de la luna velada por las nubes.

"¿Qué te pasa, Tom? ¿Qué te pasa? ¿Qué demonios te pasa, Tom?" exigí, sacudiéndolo con nerviosa impaciencia.

whole moral code of revealed religion regarding the due keeping of our own bodies, soberness, temperance, etc.? here is an obvious connexion between the material and the invisible; the healthy tone of the system, and its unimpaired energy, may, for aught we can tell, guard us against influences which would otherwise render life itself terrific. The mesmerist and the electro-biologist will fail upon an average with nine patients out of ten—so may the evil spirit. Special conditions of the corporeal system are indispensable to the production of certain spiritual phenomena. The operation succeeds sometimes—sometimes fails—that is all.

I found afterwards that my would-be sceptical companion had his troubles too. But of these I knew nothing yet. One night, for a wonder, I was sleeping soundly, when I was roused by a step on the lobby outside my room, followed by the loud clang of what turned out to be a large brass candlestick, flung with all his force by poor Tom Ludlow over the banisters, and rattling with a rebound down the second flight of stairs; and almost concurrently with this, Tom burst open my door, and bounced into my room backwards, in a state of extraordinary agitation.

I had jumped out of bed and clutched him by the arm before I had any distinct idea of my own whereabouts. There we were—in our shirts—standing before the open door—staring through the great old banister opposite, at the lobby window, through which the sickly light of a clouded moon was gleaming.

"What's the matter, Tom? What's the matter with you? What the devil's the matter with you, Tom?" I demanded shaking him with nervous impatience.

Respiró hondo antes de responder-
me, pero no fue muy coherente.

"No es nada, nada en absoluto. ¿Hablé? ¿Qué dije? ¿Dónde está la vela, Richard? Está oscuro; yo... ¡tenía una vela!".

"Sí, está suficientemente oscuro", le
dije; "pero, ¿qué es lo que pasa? ¿Qué es?
¿Por qué no hablas, Tom? ¿Perdiste la razón? ¿Cuál es el problema?".

"¿El asunto? - oh, todo ha terminado. Debe haber sido un sueño, nada más
que un sueño, ¿no lo crees? No podía ser
nada más que un sueño".

"Por supuesto", dije, sintiéndome extraordinariamente nervioso, "fue un sueño".

"Pensé", dijo, "que había un hombre en mi habitación, y salté de la cama,
pero..., ¿dónde está la vela?".

"En tu habitación, es lo más proba-
ble", dije, "¿quieres que vaya y te la traiga?".

"No; quédate aquí, no te vayas; no
importa, no, te lo digo; todo fue un sueño.
Cierra la puerta, Dick. Me quedaré aquí
contigo. Me siento nervioso. Por lo tanto,
Dick, como un buen compañero, enciende
tu vela y abre la ventana, estoy en un estado de shock".

Hice lo que me pidió y, mientras se
vestía como Granuaile, con una de mis
mantas, se sentó junto a mi cama.

Todo el mundo sabe lo contagioso
que es el miedo de todo tipo, pero más especialmente ese tipo particular de miedo
que aquejaba al pobre Tom en ese momento. Yo no habría escuchado, ni creo que
hubiera recordado, justo en ese momento,
por medio mundo, los detalles de la visión
espantosa que tanto había descontrolado a
mi amigo.

"No te preocupes por contarme tu
sueño sin sentido, Tom", dije, simulando que no le daba importancia, aunque
realmente estaba aterrado. "Hablemos de
otra cosa. Es bastante claro que esta vieja y
sucia casa no es compatible con nosotros,
y que me cuelguen si me quedo aquí por

He took a long breath before he answered me, and then it was not very coher-
ently.

"It's nothing, nothing at all—did I
speak?—what did I say?—where's the candle, Richard? It's dark; I—I had a candle!"

"Yes, dark enough," I said; "but
what's the matter?—what is it?—why don't
you speak, Tom?—have you lost your
wits?—what is the matter?"

"The matter?—oh, it is all over. It
must have been a dream—nothing at all
but a dream—don't you think so? It could
not be anything more than a dream."

"Of course" said I, feeling uncom-
monly nervous, "it was a dream."

"I thought," he said, "there was a
man in my room, and—and I jumped out
of bed; and—and—where's the candle?"

"In your room, most likely," I said,
"shall I go and bring it?"

"No; stay here—don't go; it's no matter—don't, I tell you; it was all a dream.
Bolt the door, Dick; I'll stay here with
you—I feel nervous. So, Dick, like a good
fellow, light your candle and open the window—I am in a shocking state."

I did as he asked me, and robing
himself like Granuaile in one of my blan-
kets, he seated himself close beside my
bed.

Every body knows how contagious is
fear of all sorts, but more especially that
particular kind of fear under which poor
Tom was at that moment labouring. I
would not have heard, nor I believe would
he have recapitulated, just at that moment,
for half the world, the details of the hideous vision which had so unmanned him.

"Don't mind telling me anything
about your nonsensical dream, Tom," said
I, affecting contempt, really in a panic; "let
us talk about something else; but it is quite
plain that this dirty old house disagrees
with us both, and hang me if I stay here
any longer, to be pestered with indigestion

más tiempo, para que me molesten con indigestión y malas noches, así que podríamos buscar otro alojamiento, ¿no te parece?, de inmediato".

Tom estuvo de acuerdo, y, después de un intervalo, dijo:

"He estado pensando, Richard, que hace mucho tiempo que no veo a mi padre, y he decidido ir a verlo mañana mismo a la mañana y regresar en uno o dos días, mientras tanto tú podrías buscar alojamiento para nosotros".

Imaginé que esa resolución, obviamente era el resultado de la visión que lo había asustado tan profundamente, probablemente se desvanecería a la mañana siguiente, junto con la humedad y las sombras de la noche. Pero me equivoqué, Tom partió al rayar el alba, después de haber acordado que tan pronto como yo consiguiera un alojamiento adecuado, le mandaría una carta a la casa de mi tío Ludlow, para decirle que ya podía volver.

Ahora, aunque estaba ansioso por cambiar de alojamiento, sucedió, debido a una serie de pequeñas demoras y accidentes, que transcurrió casi una semana antes de que lo consiguiera y le enviara una carta a Tom; y, mientras tanto, una o dos aventuras insignificantes le ocurrieron a este humilde servidor, las que, por absurdas que ahora parezcan, disminuidas por la distancia, ciertamente sirvieron para estimular considerablemente mi apetito por el cambio.

Una o dos noches después de la partida de mi camarada, estaba sentado junto al fuego, en mi habitación, la puerta cerrada con llave y los ingredientes de un vaso de ponche caliente de whisky sobre la mesita. Porque, para poder mantener los

Espíritus negros y blancos,
Espíritus azules y grises,

que me rodeaban, a raya, había adoptado la práctica recomendada por la sabiduría de mis antepasados y "mantenía el ánimo elevado vertiendo los espíritus". Había de-

and—and—bad nights, so we may as well look out for lodgings—don't you think so?—at once."

Tom agreed, and, after an interval, said----

"I have been thinking, Richard, that it is a long time since I saw my father, and I have made up my mind to go down to-morrow and return in a day or two, and you can take rooms for us in the meantime."

I fancied that this resolution, obviously the result of the vision which had so profoundly scared him, would probably vanish next morning with the damps and shadows of night. But I was mistaken. Off went Tom at peep of day to the country, having agreed that so soon as I had secured suitable lodgings, I was to recall him by letter from his visit to my Uncle Ludlow.

Now, anxious as I was to change my quarters, it so happened, owing to a series of petty procrastinations and accidents, that nearly a week elapsed before my bargain was made and my letter of recall on the wing to Tom; and, in the meantime, a trifling adventure or two had occurred to your humble servant, which, absurd as they now appear, diminished by distance, did certainly at the time serve to whet my appetite for change considerably.

A night or two after the departure of my comrade, I was sitting by my bedroom fire, the door locked, and the ingredients of a tumbler of hot whisky-punch upon the crazy spider-table; for, as the best mode of keeping the

Black spirits and white,
Blue spirits and grey,

with which I was environed, at bay, I had adopted the practice recommended by the wisdom of my ancestors, and "kept my spirits up by pouring spirits down." I had

jado a un lado mi volumen de anatomía y me estaba tratando a mí mismo por medio de un tónico, preparando mi ponche y mi cama, y media docena de páginas del Espectador, cuando escuché unos pasos en el tramo de las escaleras que bajaban del ático. Eran las dos en punto, y las calles estaban tan silenciosas como el cementerio de una iglesia; por lo tanto, los sonidos se escuchaban con perfecta claridad. Era pasos lentos y pesados, caracterizados por el énfasis y la deliberación de la edad, que descendían por la estrecha escalera desde arriba; y, lo que hizo que el sonido fuera más singular, era evidente que los pies que los producían estaban perfectamente desnudos, indicando su descenso con algo intermedio entre un golpe sordo y un chasquido, muy desagradable de escuchar.

Sabía muy bien que mi asistente se había ido muchas horas antes y que nadie más que yo tenía algo que hacer en la casa. También era bastante claro que la persona que bajaba las escaleras no tenía la menor intención de ocultar sus movimientos; pero, por el contrario, parecía dispuesta a hacer aún más ruido y proceder de manera más deliberada de lo que era necesario. Cuando los pasos llegaron al pie de las escaleras, fuera de mi habitación, parecieron detenerse; y yo esperaba que, en cualquier momento mi puerta se abriría espontáneamente para admitir al original de mi detestado retrato. Sin embargo, me sentí aliviado, cuando en unos pocos segundos, escuché que el descenso continuaba, de la misma manera, por la escalera que conducía a los salones, y de allí, después de otra pausa, en el siguiente tramo, y así sucesivamente hasta llegar a la sala; a partir de ahí no oí más.

Después que el sonido hubo terminado, quedé excesivamente perturbado. Escuché, pero sin captar ningún movimiento. Finalmente, junté coraje para realizar un experimento decisivo: abrí la puerta y, con voz estentórea, grité sobre las barandillas: "¿Quién está ahí?". No hubo

thrown aside my volume of Anatomy, and was treating myself by way of a tonic, preparatory to my punch and bed, to half-a-dozen pages of the Spectator, when I heard a step on the flight of stairs descending from the attics. It was two o'clock, and the streets were as silent as a churchyard—the sounds were, therefore, perfectly distinct. There was a slow, heavy tread, characterised by the emphasis and deliberation of age, descending by the narrow staircase from above; and, what made the sound more singular, it was plain that the feet which produced it were perfectly bare, measuring the descent with something between a pound and a flop, very ugly to hear.

I knew quite well that my attendant had gone away many hours before, and that nobody but myself had any business in the house. It was quite plain also that the person who was coming down stairs had no intention whatever of concealing his movements; but, on the contrary, appeared disposed to make even more noise, and proceed more deliberately, than was at all necessary. When the step reached the foot of the stairs outside my room, it seemed to stop; and I expected every moment to see my door open spontaneously, and give admission to the original of my detested portrait. I was, however, relieved in a few seconds by hearing the descent renewed, just in the same manner, upon the staircase leading down to the drawing-rooms, and thence, after another pause, down the next flight, and so on to the hall, whence I heard no more.

Now, by the time the sound had ceased, I was wound up, as they say, to a very unpleasant pitch of excitement. I listened, but there was not a stir. I screwed up my courage to a decisive experiment—opened my door, and in a stentorian voice

respuesta, solo el eco de mi propia voz reverberando a través de la vieja casa vacía, sin escuchar más movimientos; nada, en definitiva, para dar a mis sensaciones desagradables una dirección definida. Creo que hay algo desagradablemente descorazonador en el sonido de la propia voz en tales circunstancias, ejercido en soledad y en vano. Esto redobló mi sensación de aislamiento, y mis dudas aumentaron al percibir que la puerta, que ciertamente creía haber dejado abierta, estaba cerrada detrás de mí. Con una vaga alarma, para que mi retiro no se bloqueara, volví a entrar en mi habitación lo más rápido que pude, donde permanecí en un estado de sitio imaginario, muy incómodo, hasta la mañana.

La noche siguiente no trajo el regreso de mi compañero descalzo; pero la siguiente noche, estando en mi cama, en la oscuridad; en algún lugar, supongo, casi a la misma hora de antes, oí claramente que el viejo descendía de nuevo desde de las buhardillas.

Esta vez había bebido mi ponche, y la moral de la guarnición era excelente. Salté de la cama, agarré el atizador, cuando pasé junto al fuego que expiraba, y en un momento estaba en el vestíbulo. Para entonces el sonido había cesado; la oscuridad y el frío eran desalentadores; y, adivinen mi horror, cuando vi, o creí ver, un monstruo negro, ya fuera en forma de hombre o de oso, no podía decirlo, de pie, con la espalda contra la pared, en el vestíbulo, frente a mí, con un par de grandes ojos verdosos brillando tenuemente. Ahora, debo ser franco y confesar que el armario que contenía nuestros platos y tazas estaba justo allí, aunque en este momento no lo recordaba. Al mismo tiempo, honestamente, debo decir que, haciendo toda concesión a una imaginación excitada, nunca pude convencerme de que fui embobado por mi propia fantasía en este asunto; porque esta aparición, después de uno o dos cambios de forma, como en el acto de una transfor-

bawled over the banisters, "Who's there?" There was no answer but the ringing of my own voice through the empty old house,—no renewal of the movement; nothing, in short, to give my unpleasant sensations a definite direction. There is, I think, something most disagreeably disenchanting in the sound of one's own voice under such circumstances, exerted in solitude, and in vain. It redoubled my sense of isolation, and my misgivings increased on perceiving that the door, which I certainly thought I had left open, was closed behind me; in a vague alarm, lest my retreat should be cut off, I got again into my room as quickly as I could, where I remained in a state of imaginary blockade, and very uncomfortable indeed, till morning.

Next night brought no return of my barefooted fellow-lodger; but the night following, being in my bed, and in the dark—somewhere, I suppose, about the same hour as before, I distinctly heard the old fellow again descending from the garrets.

This time I had had my punch, and the morale of the garrison was consequently excellent. I jumped out of bed, clutched the poker as I passed the expiring fire, and in a moment was upon the lobby. The sound had ceased by this time—the dark and chill were discouraging; and, guess my horror, when I saw, or thought I saw, a black monster, whether in the shape of a man or a bear I could not say, standing, with its back to the wall, on the lobby, facing me, with a pair of great greenish eyes shining dimly out. Now, I must be frank, and confess that the cupboard which displayed our plates and cups stood just there, though at the moment I did not recollect it. At the same time I must honestly say, that making every allowance for an excited imagination, I never could satisfy myself that I was made the dupe of my own fancy in this matter; for this apparition, after one or two shiftings of shape, as if in the act of incipient transformation,

mación incipiente, comenzó, o así lo parecía, a avanzar sobre mí en su forma original. Motivado por un instinto de terror en lugar de coraje, lancé el atizador, con toda mi fuerza, hacia su cabeza; y acompañado por la música de un horrible estruendo, entré en mi habitación y cerré la puerta con doble llave. Luego, un minuto después, escuché a los horribles pies descalzos bajar las escaleras, hasta que el sonido cesó en el vestíbulo, como en la ocasión anterior.

Si la aparición de la noche anterior fue una ilusión ocular, ocasionada por mi fantasía que confundió los contornos oscuros de nuestro armario, y sus horribles ojos no fueron más que un par de tazas de té invertidas, tuve, en todo caso, la satisfacción de haber lanzado el atizador con una admirable precisión, como lo mostraban los fragmentos dispersos de nuestro servicio de té. Hice mi mejor esfuerzo para sacar consuelo y coraje de estas evidencias; pero no lo logré. Y luego, ¿qué podía decir de esos horribles pies descalzos, y el clap, clap, clap metódico, que recorría la distancia de toda la escalera, cruzando la soledad de mi morada embrujada, en una hora en que no se movía ninguna buena influencia? ¡Maldición! Todo el asunto era abominable. Me había quedado sin ánimo y temía el acercamiento de la noche.

La noche llegó, acompañada siniestramente por una tormenta de truenos y sombríos torrentes de lluvia deprimente. Las calles se silenciaron antes de lo habitual; y a las doce en punto, solo se oía el golpeteo desconsolador de la lluvia.

Me puse tan cómodo como pude. Encendí dos velas en lugar de una. Abandoné la cama y me preparé para una salida, vela en mano; porque estaba resuelto a ver al ser –costara lo que costara, y si es que podía verse– que perturbaba la quietud nocturna de mi mansión. Estaba nervioso y excitado e intenté en vano interesarme en mis libros. Caminé arriba y abajo por mi habitación, silbando una

began, as it seemed on second thoughts, to advance upon me in its original form. From an instinct of terror rather than of courage, I hurled the poker, with all my force, at its head; and to the music of a horrid crash made my way into my room, and double-locked the door. Then, in a minute more, I heard the horrid bare feet walk down the stairs, till the sound ceased in the hall, as on the former occasion.

If the apparition of the night before was an ocular delusion of my fancy sporting with the dark outlines of our cupboard, and if its horrid eyes were nothing but a pair of inverted teacups, I had, at all events, the satisfaction of having launched the poker with admirable effect, and in true "fancy" phrase, "knocked its two daylights into one," as the commingled fragments of my tea-service testified. I did my best to gather comfort and courage from these evidences; but it would not do. And then what could I say of those horrid bare feet, and the regular tramp, tramp, tramp, which measured the distance of the entire staircase through the solitude of my haunted dwelling, and at an hour when no good influence was stirring? Confound it!--the whole affair was abominable. I was out of spirits, and dreaded the approach of night.

It came, ushered ominously in with a thunder-storm and dull torrents of depressing rain. Earlier than usual the streets grew silent; and by twelve o'clock nothing but the comfortless pattering of the rain was to be heard.

I made myself as snug as I could. I lighted two candles instead of one. I forswore bed, and held myself in readiness for a sally, candle in hand; for, coûte qui coûte, I was resolved to see the being, if visible at all, who troubled the nightly stillness of my mansion. I was fidgetty and nervous and tried in vain to interest myself with my books. I walked up and down my room, whistling in turn martial and

música, a la vez marcial e hilarante, y escuchando a cada rato, para detectar el temido ruido. Me senté y miré fijamente la etiqueta cuadrada de la botella negra, de aspecto solemne y reservado, hasta que "FLANAGAN & CO. EL MEJOR WHISKY DE MALTA" se convirtió en una especie de acompañamiento sutil a todas las especulaciones fantásticas y horribles que se sucedían a través de mi cerebro.

Mientras tanto, el silencio se hizo más ominoso y la oscuridad más oscura. Trataba de escuchar, en vano, el rumor de un vehículo o el ruido sordo de un ruido lejano. Solo escuchaba el rugido de un viento creciente, que había sucedido a la tormenta de truenos que había viajado sobre las montañas de Dublín sin ser oída. En medio de esta gran ciudad, comencé a sentirme solo con la naturaleza, y Dios sabe que más. Mi coraje iba menguando. Sin embargo, el ponche, que hace que muchos se conviertan en bestias, me convirtió en un hombre; justo a tiempo de escuchar con nervios tolerablemente firmes los pies desnudos, flácidos y abultados, descender de nuevo por las escaleras.

No sin temblar, tomé una vela. Cuando crucé el piso traté de improvisar una oración, pero me quedé quieto para escuchar, y nunca la terminé. Los pasos continuaron. Confieso que vacilé unos segundos, frente a la puerta, antes de sacar fuerzas de la flaqueza y abrirla. Cuando miré hacia fuera, el vestíbulo estaba perfectamente vacío: no había ningún monstruo parado en la escalera; y cuando cesó el detestable sonido, me tranquilicé lo suficiente como para aventurarme cerca de la balaustrada. ¡Horror de los horrores! Uno o dos tramos de escalera debajo de donde yo estaba parado, la pisada sobrenatural golpeó el suelo. Mi ojo captó un movimiento; era aproximadamente del tamaño del pie de Goliat, gris, pesado y colgaba como un peso muerto de un paso a otro. Era, como que estoy vivo, la rata gris más monstruosa que he visto o imaginado.

hilarious music, and listening ever and anon for the dreaded noise. I sate down and stared at the square label on the solemn and reserved-looking black bottle, until "FLANAGAN & CO'S BEST OLD MALT WHISKY" grew into a sort of subdued accompaniment to all the fantastic and horrible speculations which chased one another through my brain.

Silence, meanwhile, grew more silent, and darkness darker. I listened in vain for the rumble of a vehicle, or the dull clamour of a distant row. There was nothing but the sound of a rising wind, which had succeeded the thunder-storm that had travelled over the Dublin mountains quite out of hearing. In the middle of this great city I began to feel myself alone with nature, and Heaven knows what beside. My courage was ebbing. Punch, however, which makes beasts of so many, made a man of me again—just in time to hear with tolerable nerve and firmness the lumpy, flabby, naked feet deliberately descending the stairs again.

I took a candle, not without a tremour. As I crossed the floor I tried to extemporise a prayer, but stopped short to listen, and never finished it. The steps continued. I confess I hesitated for some seconds at the door before I took heart of grace and opened it. When I peeped out the lobby was perfectly empty—there was no monster standing on the staircase; and as the detested sound ceased, I was reassured enough to venture forward nearly to the banisters. Horror of horrors! within a stair or two beneath the spot where I stood the unearthly tread smote the floor. My eye caught something in motion; it was about the size of Goliah's foot—it was grey, heavy, and flapped with a dead weight from one step to another. As I am alive, it was the most monstrous grey rat I ever beheld or imagined.

Shakespeare dice: "Hay algunos hombres que no pueden soportar un cerdo con las fauces abiertas y otros que se enojan cuando ven un gato". Me volví loco de remate cuando contemplé esta rata; porque, ríanse de mí como quieran, se miró con una expresión perfectamente humana de maldad; y, mientras se movía de un lado al otro, me miraba a la cara casi desde entre mis pies. Lo vi, podría jurarlo; entonces lo sentí y ahora lo sé, la mirada infernal y el rostro maldito de mi viejo amigo del retrato, transfundido en el rostro del bicho hinchado que tenía frente a mí.

Volví a entrar en mi habitación otra vez con un sentimiento de odio y horror que no puedo describir, y cerré la puerta con llave como si hubiera un león al otro lado. Maldito fuera él o eso. ¡Maldito el retrato y su original! Sentí en mi alma que la rata... sí, la rata, la RATA que acababa de ver, era ese ser malvado disfrazado, vagando por la casa como una alondra nocturna infernal.

A la mañana siguiente, estaba caminando por las calles embarradas; y, entre otras cosas, le envié una nota perentoria a Tom, solicitando su presencia. A mi regreso, sin embargo, encontré una nota de mi amigo ausente, que anunciaba su intención de regresar al día siguiente. Me regocijé doblemente por esto, porque había logrado conseguir habitaciones; y porque el cambio de escena y el regreso de mi camarada eran especialmente agradables, comparados con la aventura, en parte horrible y en parte ridícula, de la noche anterior.

Esa noche dormí en forma improvisada en mis nuevos aposentos en la calle Digges, y a la mañana siguiente regresé a la mansión encantada para desayunar, porque estaba seguro de que Tom se presentaria allí de inmediato, a su llegada.

Tenía toda la razón. Él se presentó; y casi lo primero que me preguntó se refería al objeto principal de nuestro cambio de residencia.

Shakespeare says—"Some men there are cannot abide a gaping pig, and some that are mad if they behold a cat." I went well-nigh out of my wits when I beheld this rat; for, laugh at me as you may, it fixed upon me, I thought, a perfectly human expression of malice; and, as it shuffled about and looked up into my face almost from between my feet, I saw, I could swear it—I felt it then, and know it now, the infernal gaze and the accursed countenance of my old friend in the portrait, transfused into the visage of the bloated vermin before me.

I bounced into my room again with a feeling of loathing and horror I cannot describe, and locked and bolted my door as if a lion had been at the other side. D—n him or it; curse the portrait and its original! I felt in my soul that the rat—yes, the rat, the RAT I had just seen, was that evil being in masquerade, and rambling through the house upon some infernal night lark.

Next morning I was early trudging through the miry streets; and, among other transactions, posted a peremptory note recalling Tom. On my return, however, I found a note from my absent "chum," announcing his intended return next day. I was doubly rejoiced at this, because I had succeeded in getting rooms; and because the change of scene and return of my comrade were rendered specially pleasant by the last night's half ridiculous half horrible adventure.

I slept extemporaneously in my new quarters in Digges' Street that night, and next morning returned for breakfast to the haunted mansion, where I was certain Tom would call immediately on his arrival.

I was quite right—he came; and almost his first question referred to the primary object of our change of residence.

"Gracias a Dios", dijo con genuino fervor, al oír que todo estaba arreglado. "Estoy contento por tí. En cuanto a mí, te aseguro que ninguna consideración terrenal podría haberme inducido a pasar una noche más en esta desastrosa vieja casa".

"Condenada casa!", proferí, con una mezcla genuina de miedo y desilusión, "no hemos tenido una hora agradable desde que vinimos a vivir aquí"; y seguí en la misma vena, contando incidentalmente mi aventura con la vieja rata pletórica.

"Bueno, si eso fue todo", dijo mi primo, simulando tomar el asunto a la ligera, "creo que a mí no me habría preocupado demasiado".

"Ah, pero sus ojos, su semblante, mi querido Tom", insistí; "Si la hubieras visto, habrías sentido que podía ser cualquier cosa menos lo que parecía".

"Pienso que el mejor conjurador, en tal caso sería un buen gato", dijo, con una risa provocadora.

"Pero escuchemos tu propia aventura", dije con aspereza.

Ante este desafío miró inquieto a su alrededor. Yo había removido un recuerdo muy desagradable.

"La escucharás, Dick; te lo diré", dijo. "Por Dios, debería sentirme bastante raro, sin embargo, contándolo aquí; creo que en este momento estamos demasiado fuertes como para que los fantasmas se entrometan".

Aunque dijo esto como una broma, creo que fue un cálculo serio. Nuestra Hebe estaba en un rincón de la habitación, empacando nuestro servicio de té y los platos agrietados en una canasta. Pronto suspendió su trabajo, y con la boca y los ojos bien abiertos se convirtió en un oyente absorto. Tom contó sus experiencias con estas palabras:

"Lo vi tres veces, Dick, tres veces distintas; y estoy perfectamente seguro de que pretendía causarme un daño infernal. Creo que estaba en peligro, en un peli-

"Thank God," he said with genuine fervour, on hearing that all was arranged. "On your account I am delighted. As to myself, I assure you that no earthly consideration could have induced me ever again to pass a night in this disastrous old house."

"Confound the house!" I ejaculated, with a genuine mixture of fear and detestation, "we have not had a pleasant hour since we came to live here"; and so I went on, and related incidentally my adventure with the plethoric old rat.

"Well, if that were all," said my cousin, affecting to make light of the matter, "I don't think I should have minded it very much."

"Ay, but its eye—its countenance, my dear Tom," urged I; "if you had seen that, you would have felt it might be anything but what it seemed."

"I inclined to think the best conjurer in such a case would be an able-bodied cat," he said, with a provoking chuckle.

"But let us hear your own adventure," I said tartly.

At this challenge he looked uneasily round him. I had poked up a very unpleasant recollection.

"You shall hear it, Dick; I'll tell it to you," he said. "Begad, sir, I should feel quite queer, though, telling it here, though we are too strong a body for ghosts to meddle with just now."

Though he spoke this like a joke, I think it was serious calculation. Our Hebe was in a corner of the room, packing our cracked delft tea and dinner-services in a basket. She soon suspended operations, and with mouth and eyes wide open became an absorbed listener. Tom's experiences were told nearly in these words:

"I saw it three times, Dick—three distinct times; and I am perfectly certain it meant me some infernal harm. I was, I say, in danger—in extreme danger; for, if noth-

gro extremo, porque, aunque nada más hubiera sucedido, me habría vuelto loco, a menos que hubiera podido escapar tan pronto. Gracias a Dios, escapé.

"La primera noche de esa odiosa perturbación, estaba acostado, como si estuviera durmiendo, en esa vieja y pesada cama. Odio pensar en eso. Estaba completamente despierto, aunque había apagado la vela y estaba acostado tan tranquilamente como si hubiera estado dormido, y aunque estaba un poco inquieto, mis pensamientos eran alegres y agradables.

"Creo que eran las dos en punto por lo menos, cuando creí escuchar un sonido en ese odioso receso oscuro en el otro extremo del dormitorio. Era como si alguien estuviera arrastrando un trozo de cuerda lentamente, a lo largo del piso, levantándolo y dejándolo caer de nuevo, suavemente, formando una espiral. Me senté una o dos veces en mi cama, pero no pude ver nada, así que llegué a la conclusión de que debía de haber ratones dentro del revestimiento de la pared. No sentí ninguna emoción más grave que la curiosidad, y después de unos pocos minutos dejé de notarlo.

"Mientras yacía en ese estado, es extraño decirlo; sin sospechar al principio nada sobrenatural, de repente vi a un anciano, bastante corpulento y rechoncho, con una especie de bata roja y con una gorra negra sobre su cabeza, moviéndose rígida y lentamente en dirección diagonal, desde el receso de la ventana, a través del piso de la habitación, pasando cerca del pie de mi cama y entrando en la leñera a la izquierda. Tenía algo debajo del brazo; colgado un poco a un lado, y, Dios misericordioso, cuando vi su rostro...".

Tom se detuvo por un rato, y luego dijo:

"Ese horrible rostro, que muriendo o viviendo nunca podré olvidar, revelaba lo que era. Sin girar a la derecha ni a la izquierda, pasó a mi lado y entró en el armario junto a la cabecera de la cama.

ing else had happened, my reason would most certainly have failed me, unless I had escaped so soon. Thank God. I did escape.

"The first night of this hateful disturbance, I was lying in the attitude of sleep, in that lumbering old bed. I hate to think of it. I was really wide awake, though I had put out my candle, and was lying as quietly as if I had been asleep; and although accidentally restless, my thoughts were running in a cheerful and agreeable channel.

"I think it must have been two o'clock at least when I thought I heard a sound in that—that odious dark recess at the far end of the bedroom. It was as if someone was drawing a piece of cord slowly along the floor, lifting it up, and dropping it softly down again in coils. I sate up once or twice in my bed, but could see nothing, so I concluded it must be mice in the wainscot. I felt no emotion graver than curiosity, and after a few minutes ceased to observe it.

"While lying in this state, strange to say; without at first a suspicion of anything supernatural, on a sudden I saw an old man, rather stout and square, in a sort of roan-red dressing-gown, and with a black cap on his head, moving stiffly and slowly in a diagonal direction, from the recess, across the floor of the bedroom, passing my bed at the foot, and entering the lumber-closet at the left. He had something under his arm; his head hung a little at one side; and, merciful God! when I saw his face."

Tom stopped for a while, and then said----

"That awful countenance, which living or dying I never can forget, disclosed what he was. Without turning to the right or left, he passed beside me, and entered the closet by the bed's head.

"Mientras esta terrible e indescriptible encarnación de la muerte y la culpa pasaba junto a mí, sentí que no tenía más poder para hablar o moverme que si yo mismo hubiera sido un cadáver. Aún horas después de que hubiera desaparecido, estaba demasiado aterrorizado y débil como para moverme. Tan pronto como llegó la luz del día, junté coraje y examiné la habitación, y especialmente el rumbo que parecía haber tomado el temible intruso, pero no había ningún vestigio que indicara que alguien hubiera pasado por allí, ninguna señal de una agencia perturbadora visible, entre la leña que llenaba la leñera.

"Ahora comencé a recuperarme un poco. Estaba mareado y agotado, y al final me dominó un sueño febril. Bajé tarde y te encontré sin ánimos, a causa de tus sueños sobre el retrato, cuyo original, estoy seguro, se me había revelado. No quería hablar de la visión infernal. De hecho, estaba tratando de convencerme de que todo había sido una ilusión, y no me gustaba revivir, en toda su intensidad, las horribles impresiones de la noche pasada, o arriesgarme a debilitar mi escepticismo, contando la historia de mis sufrimientos.

"Necesité un poco de valor, puedo decirte, para volver a mi alcoba encantada la noche siguiente y acostarme tranquilamente en la misma cama", continuó Tom. "Lo hice con cierto grado de temor, y, no me avergüenzo de decirlo, no habría requerido mucha estimulación para aterrorizarme. Sin embargo esa noche pasó tranquilamente, en silencio, como también la siguiente; y también dos o tres más. Recuperé la confianza y comencé a imaginarme que creía en la teoría de las ilusiones espectrales, con la que al principio había tratado en vano de convencerme a mí mismo.

"En realidad, la aparición había sido totalmente anómala. Había cruzado la habitación sin reconocer mi presencia; yo no

"While this fearful and indescribable type of death and guilt was passing, I felt that I had no more power to speak or stir than if I had been myself a corpse. For hours after it had disappeared, I was too terrified and weak to move. As soon as daylight came, I took courage, and examined the room, and especially the course which the frightful intruder had seemed to take, but there was not a vestige to indicate anybody's having passed there; no sign of any disturbing agency visible among the lumber that strewed the floor of the closet.

"I now began to recover a little. I was fagged and exhausted, and at last, overpowered by a feverish sleep. I came down late; and finding you out of spirits, on account of your dreams about the portrait, whose original I am now certain disclosed himself to me, I did not care to talk about the infernal vision. In fact, I was trying to persuade myself that the whole thing was an illusion, and I did not like to revive in their intensity the hated impressions of the past night—or to risk the constancy of my scepticism, by recounting the tale of my sufferings.

"It required some nerve, I can tell you, to go to my haunted chamber next night, and lie down quietly in the same bed," continued Tom. "I did so with a degree of trepidation, which, I am not ashamed to say, a very little matter would have sufficed to stimulate to downright panic. This night, however, passed off quietly enough, as also the next; and so too did two or three more. I grew more confident, and began to fancy that I believed in the theories of spectral illusions, with which I had at first vainly tried to impose upon my convictions.

"The apparition had been, indeed, altogether anomalous. It had crossed the room without any recognition of my pres-

la había perturbado, y ella no tuvo nada que ver conmigo. Entonces, ¿para qué había cruzado la habitación en forma visible? Por supuesto, podría haberse quedado en el armario en lugar de ir de acá para allá, tan fácilmente como se introdujo en el receso sin entrar en la cámara en una forma perceptible por los sentidos. Además, ¿cómo lo había podido ver? Era una noche oscura, no tenía velas, no había fuego, y, sin embargo, ¡lo vi con colores y detalles, como siempre he visto las formas humanas! Un sueño cataléptico lo explicaría todo, y había decidido que había sido un sueño.

"Uno de los fenómenos más notables relacionados con la práctica de la mendacidad es la gran cantidad de mentiras deliberadas que nos decimos a nosotros mismos, a quienes, de todas las personas, menos podemos esperar engañar. En todo esto, apenas necesito decirte, Dick, que yo simplemente me mentía a mí mismo y no creía ni una sola palabra de mi propia explicación. Sin embargo, seguí adelante, como los perseverantes charlatanes e impostores, que convencen por cansancio, por la mera fuerza de la reiteración; de la misma forma, yo esperaba inculcarme a mí mismo un cómodo escepticismo sobre el fantasma.

"No había aparecido por segunda vez, eso sí que era un consuelo; y después de todo, ¿qué me importaba ese fantasma con sus viejos, excéntricos ropajes y su extraño aspecto? ¡Ni un higo! No había perdido nada por haberlo visto, y encima tenía una buena historia. Así que me dejé caer en la cama, apagué mi vela y, reconfortado por los ruidos de una fuerte pelea de borrachos en la calle de atrás, me dormí rápidamente.

"Desperté sobresaltado de mi profundo sueño. Sabía que había tenido un sueño horrible; pero no podía recordar lo que fue. Mi corazón latía con fuerza; me sentía desconcertado y febril; me senté en la cama y miré a mi alrededor. Un amplio rayo de luz de luna entraba por la venta-

ence: I had not disturbed it, and it had no mission to me. What, then, was the imaginable use of its crossing the room in a visible shape at all? Of course it might have been in the closet instead of going there, as easily as it introduced itself into the recess without entering the chamber in a shape discernible by the senses. Besides, how the deuce had I seen it? It was a dark night; I had no candle; there was no fire; and yet I saw it as distinctly, in colouring and outline, as ever I beheld human form! A cataleptic dream would explain it all; and I was determined that a dream it should be.

"One of the most remarkable phenomena connected with the practice of mendacity is the vast number of deliberate lies we tell ourselves, whom, of all persons, we can least expect to deceive. In all this, I need hardly tell you, Dick, I was simply lying to myself, and did not believe one word of the wretched humbug. Yet I went on, as men will do, like persevering charlatans and impostors, who tire people into credulity by the mere force of reiteration; so I hoped to win myself over at last to a comfortable scepticism about the ghost.

"He had not appeared a second time—that certainly was a comfort; and what, after all, did I care for him, and his queer old toggery and strange looks? Not a fig! I was nothing the worse for having seen him, and a good story the better. So I tumbled into bed, put out my candle, and, cheered by a loud drunken quarrel in the back lane, went fast asleep.

"From this deep slumber I awoke with a start. I knew I had had a horrible dream; but what it was I could not remember. My heart was thumping furiously; I felt bewildered and feverish; I sate up in the bed and looked about the room. A broad flood of moonlight came in through the curtainless window; everything was as

na sin cortinas, todo estaba como lo había visto por última vez, y aunque la disputa doméstica en la calle de atrás estaba, desafortunadamente para mí, disipada, todavía podía escuchar el canto de un alegre compañero, camino de vuelta a su casa, la divertida y popular cancioncilla llamada "Murphy Delany". Aprovechando esta distracción, me acosté de nuevo, con la cara orientada hacia la chimenea, y cerrando los ojos, hice todo lo posible por no pensar en otra cosa que no fuera la canción, que se iba debilitando en la distancia:

"Murphy Delany era tan gracioso y juguetón,

que se metió en una taberna clandestina para llenar su pellejo;

Salió tambaleándose bastante bien forrado con whisky,

Tan fresco como un trébol, tan ciego como un toro.

"El cantante, cuya condición, me atrevo a decir, se asemejaba a la de su héroe, pronto estuvo demasiado lejos como para regalar mis oídos; y cuando su música se fue apagando, yo mismo me hundí en un adormecimiento, ni profundo ni refrescante. De alguna manera, la canción se había metido en mi cabeza, y yo seguí los meandros de las aventuras de mi respetable compatriota, quien, al salir de la taberna clandestina, cayó a un río, desde el que fue capturado para ser presentado ante un jurado forense, que, siguiendo el diagnóstico de un veterinario, que dijo que él estaba muerto como un "clavo de la puerta", emitió el veredicto correspondiente, justo cuando Murphy recuperaba el conocimiento; al mismo tiempo, un altercado violento, o más bien una batalla campal se libró entre el cuerpo y el forense, poniendo así fin a la canción con la pizca justa de animación y desenfado.

"Seguí recapitulando esta balada, con una monotonía cansina, hasta llegar a la última estrofa, y después volví al comienzo, y así sucesivamente, en mi

I had last seen it; and though the domestic squabble in the back lane was, unhappily for me, allayed, I yet could hear a pleasant fellow singing, on his way home, the then popular comic ditty called, 'Murphy Delany.' Taking advantage of this diversion I lay down again, with my face towards the fireplace, and closing my eyes, did my best to think of nothing else but the song, which was every moment growing fainter in the distance:

"'Twas Murphy Delany, so funny and frisky,

Stept into a shebeen shop to get his skin full;

He reeled out again pretty well lined with whiskey,

As fresh as a shamrock, as blind as a bull.

"The singer, whose condition I dare say resembled that of his hero, was soon too far off to regale my ears any more; and as his music died away, I myself sank into a doze, neither sound nor refreshing. Somehow the song had got into my head, and I went meandering on through the adventures of my respectable fellow-countryman, who, on emerging from the 'shebeen shop,' fell into a river, from which he was fished up to be 'sat upon' by a coroner's jury, who having learned from a 'horse-doctor' that he was 'dead as a door-nail, so there was an end,' returned their verdict accordingly, just as he returned to his senses, when an angry altercation and a pitched battle between the body and the coroner winds up the lay with due spirit and pleasantry.

"Through this ballad I continued with a weary monotony to plod, down to the very last line, and then da capo, and so on, in my uncomfortable half-sleep, for how long, I can't conjecture. I found

incómodo medio sueño, no sé durante cuánto tiempo. Finalmente me encontré murmurando, "muerto como un clavo de la puerta, de modo que había un final", y algo parecido a otra voz dentro de mí, parecía decir, muy débil, pero bruscamente, '¡muerto, muerto, muerto, y que el Señor tenga piedad de tu alma!', e instantáneamente me desperté por completo, y miré al frente, desde la almohada.

"Entonces, ¿me creerás, Dick? Vi la misma maldita figura de pie frente a mí, mirándome con su rostro pétreo y diabólico, situado a menos de dos metros de la cama".

Tom se detuvo aquí y se limpió la transpiración de la cara. Me sentí muy raro. La mujer estaba tan pálida como Tom; y, reunidos como estábamos en el escenario mismo de esas aventuras, nos atrevimos a decir que todos estábamos igualmente agradecidos por la clara luz del día y el bullicio que venía de la calle.

"Solo lo vi claramente por unos pocos segundos; luego se volvió indistinto; pero, durante mucho tiempo, perduró algo parecido a una columna de vapor oscuro donde había estado, entre la pared y mi cama, y estaba seguro de que él todavía estaba allí. Después de un buen rato, esta aparición también desapareció. Llevé mi ropa al vestíbulo, me vestí con la puerta entreabierta, salí a la calle y caminé por la ciudad hasta que llegó la mañana, cuando regresé, en un estado miserable de nerviosismo y agotamiento. Fui tan tonto, Dick, como para tener vergüenza de contarte lo que me había alterado tanto. Temí que te reirías de mí, especialmente porque siempre había hablado de filosofía, y traté a tus fantasmas con desprecio. Llegué a la conclusión de que no me darías tregua, y por eso me guardé para mí mismo mi historia de horror.

"Ahora, Dick, apenas me creerás, cuando te asegure, que durante muchas noches después de esta última experiencia, no fui a mi habitación en absoluto.

myself at last, however, muttering, 'dead as a door-nail, so there was an end'; and something like another voice within me, seemed to say, very faintly, but sharply, 'dead! dead! dead! and may the Lord have mercy on your soul!' and instantaneously I was wide awake, and staring right before me from the pillow.

"Now—will you believe it, Dick?—I saw the same accursed figure standing full front, and gazing at me with its stony and fiendish countenance, not two yards from the bedside."

Tom stopped here, and wiped the perspiration from his face. I felt very queer. The girl was as pale as Tom; and, assembled as we were in the very scene of these adventures, we were all, I dare say, equally grateful for the clear daylight and the resuming bustle out of doors.

"For about three seconds only I saw it plainly; then it grew indistinct; but, for a long time, there was something like a column of dark vapour where it had been standing, between me and the wall; and I felt sure that he was still there. After a good while, this appearance went too. I took my clothes downstairs to the hall, and dressed there, with the door half open; then went out into the street, and walked about the town till morning, when I came back, in a miserable state of nervousness and exhaustion. I was such a fool, Dick, as to be ashamed to tell you how I came to be so upset. I thought you would laugh at me; especially as I had always talked philosophy, and treated your ghosts with contempt. I concluded you would give me no quarter; and so kept my tale of horror to myself.

"Now, Dick, you will hardly believe me, when I assure you, that for many nights after this last experience, I did not go to my room at all. I used to sit up for a

Solía sentarme un rato en el salón después que subías a tu cama y luego bajaba silenciosamente y salía por la puerta del vestíbulo, y me sentaba en la taberna 'Robin Hood' hasta que se iba el último cliente, y luego pasaba la noche como un centinela, caminando por las calles hasta la mañana.

"Durante más de una semana nunca dormí en la cama. Algunas veces dormía un poco en 'Robin Hood', y otras veces tomaba una siesta en una silla durante el día; pero no dormí normalmente ni una vez.

"Estaba bastante convencido de que debíamos irnos a otra casa; pero no me atrevía a explicarte el motivo, y de alguna manera lo fui posponiendo de un día para el otro, aunque mi vida, durante cada minuto, era tan dura como la de un delincuente perseguido por la policía. Ese modo de vida miserable me estaba enfermando de pies a cabeza.

"Una tarde decidí disfrutar de una hora de sueño en tu cama. Odiaba la mía; de modo que nunca, excepto cuando efectuaba visitas sigilosas a mi nefasta habitación, todos los días, para deshacer la cama, para que Marta no descubriera el secreto de mis ausencias nocturnas.

"Para peor, tú habías cerrado tu habitación con llave y tenías la única llave contigo. Entré en la mía, como de costumbre, para desarmar la ropa de cama, y darle la apariencia de haber dormido en la cama. Ahora, una variedad de circunstancias concurrieron para provocar la terrible escena a través de la cual pasé esa noche. En primer lugar, fui literalmente dominado por la fatiga y el deseo de dormir, y por otro lado, el efecto de ese agotamiento extremo de mis nervios se parecía al de un narcótico, y me hizo menos susceptible de lo que habría sido, quizás, en cualquier otra condición, a los terribles temores que se habían vuelto habituales en mí. Por otra parte, la ventana estaba abierta un poco, una agradable frescura llenaba la habitación y, para colmo, el alegre sol del día hacía que la habitación fuera bastante agra-

while in the drawing-room after you had gone up to your bed; and then steal down softly to the hall-door, let myself out, and sit in the 'Robin Hood' tavern until the last guest went off; and then I got through the night like a sentry, pacing the streets till morning.

"For more than a week I never slept in bed. I sometimes had a snooze on a form in the 'Robin Hood,' and sometimes a nap in a chair during the day; but regular sleep I had absolutely none.

"I was quite resolved that we should get into another house; but I could not bring myself to tell you the reason, and I somehow put it off from day to day, although my life was, during every hour of this procrastination, rendered as miserable as that of a felon with the constables on his track. I was growing absolutely ill from this wretched mode of life.

"One afternoon I determined to enjoy an hour's sleep upon your bed. I hated mine; so that I had never, except in a stealthy visit every day to unmake it, lest Martha should discover the secret of my nightly absence, entered the ill-omened chamber.

"As ill-luck would have it, you had locked your bedroom, and taken away the key. I went into my own to unsettle the bedclothes, as usual, and give the bed the appearance of having been slept in. Now, a variety of circumstances concurred to bring about the dreadful scene through which I was that night to pass. In the first place, I was literally overpowered with fatigue, and longing for sleep; in the next place, the effect of this extreme exhaustion upon my nerves resembled that of a narcotic, and rendered me less susceptible than, perhaps, I should in any other condition have been, of the exciting fears which had become habitual to me. Then again, a little bit of the window was open, a pleasant freshness pervaded the room, and, to crown all, the cheerful sun of day was making the room quite pleasant. What

dable. ¿Qué era lo que me impedía disfrutar de una siesta de una hora aquí? Todo el aire resonaba con el alegre zumbido de la vida y la luz del día llenaba todos los rincones de la habitación.

"Me rendí a la tentación casi abrumadora, ignorando mis temores; y simplemente quitándome el abrigo y aflojándome la corbata, me acosté, con la idea de dormitar solo un rato, y gozar del inusitado disfrute de un colchón de plumas, un cobertor y una almohada.

"Fue terriblemente insidioso; y el demonio, sin duda vigiló mis seductores preparativos. Como un buen tonto, pensé que –a pesar de tener la mente y el cuerpo agotados por la falta de sueño, y un retraso de una semana completa de descanso– tomar una siesta de media hora era posible en tal situación. Dormí como los muertos, largamente y sin sueños.

"Sin ningún sobresalto ni sensación de miedo de cualquier tipo, me desperté suave, pero completamente. Era, como tengo buenas razones para recordar, pasada la medianoche, creo que alrededor de las dos. Cuando el sueño es lo suficientemente profundo y duradero como para satisfacer a la naturaleza a fondo, a menudo uno se despierta de esta manera, repentina, tranquila y completamente.

"Había una figura sentada en ese pesado y viejo sofá-silla, cerca de la chimenea. Estaba sentado, parcialmente de espaldas hacia mí, pero no podía equivocarme; se giró lentamente y, ¡santo cielo! Allí estaba la cara de piedra, con sus infernales rasgos de malignidad y desesperación, regodeándose en mí terror. Ya no tenía ninguna duda de que era consciente de mi presencia y de la malicia infernal que lo animaba, porque se levantó y se acercó a la cama. Tenía una cuerda alrededor de su cuello, y sostenía rígidamente en su mano el otro extremo de la cuerda.

"Mi ángel de la guarda me ayudó a sobrellevar esa horrible crisis. Permanecí unos segundos paralizado por la mirada

was to prevent my enjoying an hour's nap here? The whole air was resonant with the cheerful hum of life, and the broad matter-of-fact light of day filled every corner of the room.

"I yielded—stifling my qualms—to the almost overpowering temptation; and merely throwing off my coat, and loosening my cravat, I lay down, limiting myself to half-an-hour's doze in the unwonted enjoyment of a feather bed, a coverlet, and a bolster.

"It was horribly insidious; and the demon, no doubt, marked my infatuated preparations. Dolt that I was, I fancied, with mind and body worn out for want of sleep, and an arrear of a full week's rest to my credit, that such measure as half-an-hour's sleep, in such a situation, was possible. My sleep was death-like, long, and dreamless.

"Without a start or fearful sensation of any kind, I waked gently, but completely. It was, as you have good reason to remember, long past midnight—I believe, about two o'clock. When sleep has been deep and long enough to satisfy nature thoroughly, one often wakens in this way, suddenly, tranquilly, and completely.

"There was a figure seated in that lumbering, old sofa-chair, near the fireplace. Its back was rather towards me, but I could not be mistaken; it turned slowly round, and, merciful heavens! there was the stony face, with its infernal lineaments of malignity and despair, gloating on me. There was now no doubt as to its consciousness of my presence, and the hellish malice with which it was animated, for it arose, and drew close to the bedside. There was a rope about its neck, and the other end, coiled up, it held stiffly in its hand.

"My good angel nerved me for this horrible crisis. I remained for some seconds transfixed by the gaze of this tremen-

de ese terrible fantasma. Se acercó a la cama y parecía a punto de subirse sobre ella. Al instante siguiente, yo estaba en el suelo, del otro lado, y en un momento más, no sé cómo, llegué al vestíbulo.

"Pero el hechizo aún no se había roto; todavía no había atravesado el valle sombrío de la muerte. El aborrecido fantasma estaba allí, ante mí; parado cerca de la balaustrada, inclinándose un poco, y con un extremo de la cuerda alrededor de su propio cuello, estaba armando un lazo con la otra punta, como si quisiera lanzarlo sobre mi cuello, y mientras estaba ocupado en esta funesta pantomima, mostraba una sonrisa tan sensual, tan indeciblemente terrible, que mis sentidos estaban casi avasallados. No vi ni recordé nada más hasta que me encontré en tu habitación.

"Tuve un escape maravilloso, Dick, no hay duda de eso, un escape por el cual, mientras viva, bendeciré la misericordia del cielo. Nadie puede concebir ni imaginar qué es para la carne y la sangre estar en la presencia de tal cosa, excepto alguien que ha tenido una experiencia terrorífica como la mía. Dick, Dick, una sombra pasó sobre mí, un escalofrío cruzó mi sangre y mi médula, y nunca volveré a ser el mismo, nunca, Dick, ¡nunca!".

Nuestra criada, una mujer madura de cincuenta y dos años, como ya he dicho, detuvo su mano, a medida que avanzaba la historia de Tom, y poco a poco se acercó a nosotros, con la boca abierta, y sus cejas contraídas sobre sus pequeños ojos negros saltones, que de tanto en tanto echaban un vistazo por encima de su hombro. Ella se había posicionado detrás de nosotros durante el relato, e hizo varios comentarios circunspectos, en voz baja; pero tanto estos como sus interjecciones, los omití de mi narración para simplificarla y hacerla más concisa.

"Escuché contar esa historia a menudo", dijo entonces la mujer, "pero nunca la creí hasta ahora, sin embargo, ¿por qué no debería de hacerlo? Mi madre, calle abajo,

dous phantom. He came close to the bed, and appeared on the point of mounting upon it. The next instant I was upon the floor at the far side, and in a moment more was, I don't know how, upon the lobby.

"But the spell was not yet broken; the valley of the shadow of death was not yet traversed. The abhorred phantom was before me there; it was standing near the banisters, stooping a little, and with one end of the rope round its own neck, was poising a noose at the other, as if to throw over mine; and while engaged in this baleful pantomime, it wore a smile so sensual, so unspeakably dreadful, that my senses were nearly overpowered. I saw and remember nothing more, until I found myself in your room.

"I had a wonderful escape, Dick—there is no disputing that—an escape for which, while I live, I shall bless the mercy of heaven. No one can conceive or imagine what it is for flesh and blood to stand in the presence of such a thing, but one who has had the terrific experience. Dick, Dick, a shadow has passed over me—a chill has crossed my blood and marrow, and I will never be the same again—never, Dick—never!"

Our handmaid, a mature girl of two-and-fifty, as I have said, stayed her hand, as Tom's story proceeded, and by little and little drew near to us, with open mouth, and her brows contracted over her little, beady black eyes, till stealing a glance over her shoulder now and then, she established herself close behind us. During the relation, she had made various earnest comments, in an undertone; but these and her ejaculations, for the sake of brevity and simplicity, I have omitted in my narration.

"It's often I heard tell of it," she now said, "but I never believed it rightly till now—though, indeed, why should not I? Does not my mother, down there in the

conoce muchas historias extrañas, Dios nos bendiga, imposibles de contar". Pero usted no debería de haber dormido en el cuarto de atrás. Ella no quería que entrara y saliera de esa habitación ni siquiera durante el día, y mucho menos que un cristiano pasara la noche allí; ella dice que era su propio dormitorio".

"¿De quién era el dormitorio?", le preguntamos, en un suspiro.

"Era el suyo, el del viejo Juez, el Juez Horrock, por supuesto, que Dios le de reposo a su alma"; y ella miró temerosamente a su alrededor.

"¡Amén!", murmuré. "¿Pero murió allí?".

"¡Morir allí! No, no del todo", dijo. "¿Acaso el viejo pecador no se colgó de la balaustrada? Dios tenga piedad de todos nosotros. Y no fue en la alcoba donde encontraron las empuñaduras de la cuerda cortada, y el cuchillo con el que había preparado la cuerda, Dios nos bendiga, para colgarse a sí mismo? La hija de su ama de llaves era la dueña de la cuerda para saltar, nos decía mi madre a menudo, y la niña nunca se desarrolló normalmente, y solía despertarse gritando, en medio de su sueño nocturno, con pesadillas y terrores que la cogían por sorpresa; y decían que era el espíritu del viejo juez que la estaba atormentando, y ella solía rugir y gritar para rechazar al gran hombre con el cuello torcido; y luego gritaba: '¡Oh, el amo! ¡El amo! ¡Me ataca y me llama! Madre, querida, ¡no me sueltes!'. Y así, por fin, murió la pobre criatura, y los médicos dijeron que tenía agua en el cerebro, porque era todo lo que podían decir".

"¿Hace cuánto tiempo pasó todo esto?", yo pregunté.

"Oh, entonces, ¿cómo podría yo saberlo?", respondió ella. "Pero debe de haber pasado hace mucho tiempo, porque el ama de llaves era una mujer mayor, con una pipa en la boca, no le quedaba un diente y tenía más de ochenta años, cuan-

lane, know quare stories, God bless us, beyant telling about it? But you ought not to have slept in the back bedroom. She was loath to let me be going in and out of that room even in the day time, let alone for any Christian to spend the night in it; for sure she says it was his own bedroom."

"Whose own bedroom?" we asked, in a breath.

"Why, his—the ould Judge's—Judge Horrock's, to be sure, God rest his sowl"; and she looked fearfully round.

"Amen!" I muttered. "But did he die there?"

"Die there! No, not quite there," she said. "Shure, was not it over the banisters he hung himself, the ould sinner, God be merciful to us all? and was not it in the alcove they found the handles of the skipping-rope cut off, and the knife where he was settling the cord, God bless us, to hang himself with? It was his housekeeper's daughter owned the rope, my mother often told me, and the child never throve after, and used to be starting up out of her sleep, and screeching in the night time, wid dhrames and frights that cum an her; and they said how it was the speerit of the ould Judge that was tormentin' her; and she used to be roaring and yelling out to hould back the big ould fellow with the crooked neck; and then she'd screech 'Oh, the master! the master! he's stampin' at me, and beckoning to me! Mother, darling, don't let me go!' And so the poor crath-ure died at last, and the docthers said it was wather on the brain, for it was all they could say."

"How long ago was all this?" I asked.

"Oh, then, how would I know?" she answered. "But it must be a wondherful long time ago, for the housekeeper was an ould woman, with a pipe in her mouth, and not a tooth left, and better nor eighty years ould when my mother was first mar-

do mi madre se casó por primera vez; y decían que era una mujer elegante, bien vestida, cuando el viejo Juez llegó a su fin; y, por cierto, mi madre no está muy lejos de los ochenta años de edad hoy en día; y lo que lo hizo aún peor, es que ese villano, Dios le de reposo a su alma, que asustó a la pequeña criatura hasta su muerte de esa manera; fue aún peor, porque toda la gente creía y pensaba que la niña era su propia hija. Mi madre dice que la pobre criatura era su propia hija, porque él era un viejo villano, no importa como se viera, y el juez más inclinado a ahorcar que se haya conocido en Irlanda".

"Por lo que dijiste sobre el peligro de dormir en esa habitación", dije yo, "supongo que hubo historias de apariciones del fantasma ante otras personas".

"Bueno, se dijeron cosas, cosas raras, seguramente", contestó ella, aparentemente con cierta reticencia. "¿Y por qué no estaría allí? Acaso no era la misma habitación en la que durmió durante más de veinte años? ¿Y no fue en su receso donde preparó la cuerda que usó para colgarse, de la misma forma que lo había hecho a mejores hombres en su vida? ¿Y su cuerpo no fue acostado en esa misma cama después de su muerte, y puesto allí en el ataúd, y fue llevado a su tumba desde allí, en el cementerio de Pether, después de que el juez de instrucción terminó su tarea? Pero hubo extrañas historias –mi madre las conoce todas– acerca de cómo un tal Nicholas Spaight tuvo grandes problemas en esta casa.

"¿Y qué dijeron de este Nicholas Spaight?", pregunté.

"Oh, eso es fácil de contar", respondió ella.

Y ciertamente contó una historia muy extraña, que despertó tanto mi curiosidad, que me decidí a visitar a su anciana madre, de quien aprendí muchos detalles muy curiosos. De hecho, me siento tentado a contar la historia, pero mis dedos están cansados y debo postergarlo. Pero si

ried; and they said she was a rale buxom, fine-dressed woman when the ould Judge come to his end; an', indeed, my mother's not far from eighty years ould herself this day; and what made it worse for the unnatural ould villain, God rest his soul, to frighten the little girl out of the world the way he did, was what was mostly thought and believed by every one. My mother says how the poor little crathure was his own child; for he was by all accounts an ould villain every way, an' the hangin'est judge that ever was known in Ireland's ground."

"From what you said about the danger of sleeping in that bedroom," said I, "I suppose there were stories about the ghost having appeared there to others."

"Well, there was things said—quare things, surely," she answered, as it seemed, with some reluctance. "And why would not there? Sure was it not up in that same room he slept for more than twenty years? and was it not in the alcove he got the rope ready that done his own business at last, the way he done many a betther man's in his lifetime?—and was not the body lying in the same bed after death, and put in the coffin there, too, and carried out to his grave from it in Pether's churchyard, after the coroner was done? But there was quare stories—my mother has them all—about how one Nicholas Spaight got into trouble on the head of it."

"And what did they say of this Nicholas Spaight?" I asked.

"Oh, for that matther, it's soon told," she answered.

And she certainly did relate a very strange story, which so piqued my curiosity, that I took occasion to visit the ancient lady, her mother, from whom I learned many very curious particulars. Indeed, I am tempted to tell the tale, but my fingers are weary, and I must defer it. But if you

desean escucharlo en otro momento, haré lo mejor que pueda.

Cuando escuchamos la extraña historia que no les conté, le hicimos una o dos preguntas más sobre las supuestas visitas espectrales, que habían acosado la casa, después de la muerte del malvado viejo juez.

"Nadie tuvo suerte en ella", nos dijo. "Siempre hubo accidentes graves, muertes súbitas y ocupaciones breves. Los primeros que la alquilaron fueron una familia, cuyo nombre no recuerdo, pero al menos había dos señoritas y su papá, que tenía unos sesenta años, y era un caballero sano y robusto, como ustedes desearían ser a esa edad. Bueno, él durmió en esa desafortunada habitación trasera, y, ¡Dios nos salve de todo mal! una mañana lo encontraron muerto, con medio cuerpo fuera de la cama; su cabeza estaba tan negra como un endrino, y se hinchó como un budín, colgando cerca del piso. Dijeron que era un ataque. Estaba tan muerto como una caballa, por lo que no pudo explicar lo que le pasó; la gente de edad estaba segura de que el responsable era, ni más ni menos que el viejo juez, ¡Dios nos bendiga! quien lo asustó hasta causarle la muerte.

"Algún tiempo después una solterona anciana y rica fue a vivir a la casa, no sé en qué habitación dormía, pero vivía sola; de todas formas, una mañana, los sirvientes que comenzaban temprano su trabajo, la encontraron sentada en las escaleras, temblando y hablando consigo misma, completamente loca, y nunca pudieron sacar una palabra más de ella, ni ellos ni sus amigas, excepto "no me pidan que vaya, porque prometí esperarlo". Nunca les dijo a quién se refería, pero, por supuesto, aquellos que conocían todo lo relacionado con la vieja casa, entendían bien lo que le había sucedido.

"Luego, cuando convirtieron la casa en una pensión, Micky Byrne, alquiló la misma habitación, con su esposa y tres niños pequeños; y recuerdo que la seño-

wish to hear it another time, I shall do my best.

When we had heard the strange tale I have not told you, we put one or two further questions to her about the alleged spectral visitations, to which the house had, ever since the death of the wicked old Judge, been subjected.

"No one ever had luck in it," she told us. "There was always cross accidents, sudden deaths, and short times in it. The first that tuck, it was a family—I forget their name—but at any rate there was two young ladies and their papa. He was about sixty, and a stout healthy gentleman as you'd wish to see at that age. Well, he slept in that unlucky back bedroom; and, God between us an' harm! sure enough he was found dead one morning, half out of the bed, with his head as black as a sloe, and swelled like a puddin', hanging down near the floor. It was a fit, they said. He was as dead as a mackerel, and so he could not say what it was; but the ould people was all sure that it was nothing at all but the ould Judge, God bless us! that frightened him out of his senses and his life together.

"Some time after there was a rich old maiden lady took the house. I don't know which room she slept in, but she lived alone; and at any rate, one morning, the servants going down early to their work, found her sitting on the passage-stairs, shivering and talkin' to herself, quite mad; and never a word more could any of them or her friends get from her ever afterwards but, 'Don't ask me to go, for I promised to wait for him.' They never made out from her who it was she meant by him, but of course those that knew all about the ould house were at no loss for the meaning of all that happened to her.

"Then afterwards, when the house was let out in lodgings, there was Micky Byrne that took the same room, with his wife and three little children; and sure I

ra Byrne me contó cómo los niños, por la noche, eran levantados de la cama, sin que ella pudiera ver como o porqué, y que se sobresaltaban y gritaban a cada hora, igual que lo había hecho la niñita del ama de llaves que murió, hasta que por fin, una noche, el pobre Micky, que había tomado unos tragos, como lo hacía de vez en cuando, y en medio de la noche, creyó escuchar un ruido en las escaleras, y al estar embriagado, no se le ocurrió nada mejor que ir él mismo para ver qué pasaba. Después de eso, todo lo que ella escuchó fue que él dijo '¡Oh, Dios!' y una caída que sacudió toda la casa; y por supuesto, él yacía en las escaleras inferiores, con el cuello retorcido, debajo del vestíbulo, donde fue arrojado sobre la balaustrada".

Entonces la criada agregó:

"Iré a la calle y enviaré a Joe Gavvey para que empaque el resto de vuestras cosas, y los lleve a vuestro nuevo alojamiento".

Y así todos salimos juntos, cada uno de nosotros respirando más libremente, no tengo ninguna duda, una vez que cruzamos ese maldito umbral por última vez.

Y ahora puedo agregar algo más, en conformidad con el uso inmemorial del reino de la ficción, que ve al héroe no solo a través de sus aventuras, sino también hasta que se va de este mundo. Se habrán dado cuenta de que lo que el héroe de carne, sangre y huesos del romance propiamente dicho es para el escritor de historias de ficción, esta antigua casa de ladrillos, madera y mortero es para el humilde escriba de esta historia verídica. Por lo tanto, contaré, como es mi deber, la catástrofe que finalmente le sobrevino, que fue simplemente esto: unos dos años después de mi historia, fue alquilada por un curandero, quien se llamaba a sí mismo Barón Duhlstoerf, quien llenó las ventanas de la sala con botellas de horrores indescriptibles conservados en brandy, y los periódicos con los habituales anuncios grandilocuen-

heard Mrs. Byrne myself telling how the children used to be lifted up in the bed at night, she could not see by what mains; and how they were starting and screeching every hour, just all as one as the housekeeper's little girl that died, till at last one night poor Micky had a dhrop in him, the way he used now and again; and what do you think in the middle of the night he thought he heard a noise on the stairs, and being in liquor, nothing less id do him but out he must go himself to see what was wrong. Well, after that, all she ever heard of him was himself sayin', 'Oh, God!' and a tumble that shook the very house; and there, sure enough, he was lying on the lower stairs, under the lobby, with his neck smashed double undher him, where he was flung over the banisters."

Then the handmaiden added----

"I'll go down to the lane, and send up Joe Gavvey to pack up the rest of the taythings, and bring all the things across to your new lodgings."

And so we all sallied out together, each of us breathing more freely, I have no doubt, as we crossed that ill-omened threshold for the last time.

Now, I may add thus much, in compliance with the immemorial usage of the realm of fiction, which sees the hero not only through his adventures, but fairly out of the world. You must have perceived that what the flesh, blood, and bone hero of romance proper is to the regular compounder of fiction, this old house of brick, wood, and mortar is to the humble recorder of this true tale. I, therefore, relate, as in duty bound, the catastrophe which ultimately befell it, which was simply this— that about two years subsequently to my story it was taken by a quack doctor, who called himself Baron Duhlstoerf, and filled the parlour windows with bottles of indescribable horrors preserved in brandy, and the newspapers with the usual grandiloquent and mendacious advertisements. This gentleman among his virtues did

tes y mendaces. Este caballero, entre cuyas virtudes no entraba la sobriedad, una noche, bajo los efectos del vino, prendió fuego a las cortinas de su cama, se quemó parcialmente y consumió totalmente la casa. Posteriormente fue reconstruida y, durante un tiempo, se estableció allí una empresa de pompas fúnebres.

Ya les he contado mis propias aventuras y las de Tom, junto con algunos datos colaterales valiosos; y habiéndome librado de mi compromiso, le deseo muy buenas noches y agradables sueños.

not reckon sobriety, and one night, being overcome with much wine, he set fire to his bed curtains, partially burned himself, and totally consumed the house. It was afterwards rebuilt, and for a time an undertaker established himself in the premises.

I have now told you my own and Tom's adventures, together with some valuable collateral particulars; and having acquitted myself of my engagement, I wish you a very good night, and pleasant dreams.

El hombre que fue demasiado lejos / The Man Who Went Too Far

Edward Frederic Benson

El pequeño pueblo de Santa Fe está enclavado en un hueco del bosque que se extiende hasta la orilla norte del río Fawn, en el condado de Hampshire, acurrucado alrededor de su iglesia normanda gris, como si fuera para protegerse espiritualmente de las hadas, los trolls y la "gente pequeña", que se supone, todavía se esconden en los vastos espacios vacíos del Nuevo Bosque, y se presentan después del atardecer para ocuparse de sus extraños quehaceres. Saliendo de la aldea, se puede caminar en cualquier dirección (siempre y cuando se evite la carretera que conduce a Brockenhurst) durante toda la tarde de verano sin ver señales de presencia humana, o incluso sin ver a otro ser humano.

Los ponis salvajes y peludos dejan de alimentarse por un momento al ver pasar un caminante, las colas blancas de los conejos desaparecerán dentro sus madrigueras, quizás una víbora marrón se aparte de su paso, para esconderse en un grupo de brezos, y los pájaros, que no se pueden ver, graznarán entre los arbustos, pero es muy posible, que durante un largo día el caminante no vea ningún humano. Pero no se sentirá solo en lo más mínimo –al menos en verano–, las mariposas danzan en los alegres rayos del sol, y el aire vibra con

The little village of St. Faith's nestles in a hollow of wooded till up on the north bank of the river Fawn in the country of Hampshire, huddling close round its grey Norman church as if for spiritual protection against the fays and fairies, the trolls and "little people," who might be supposed still to linger in the vast empty spaces of the New Forest, and to come after dusk and do their doubtful businesses. Once outside the hamlet you may walk in any direction (so long as you avoid the high road which leads to Brockenhurst) for the length of a summer afternoon without seeing sign of human habitation, or possibly even catching sight of another human being.

Shaggy wild ponies may stop their feeding for a moment as you pass, the white scuts of rabbits will vanish into their burrows, a brown viper perhaps will glide from your path into a clump of heather, and unseen birds will chuckle in the bushes, but it may easily happen that for a long day you will see nothing human. But you will not feel in the least lonely; in summer, at any rate, the sunlight will be gay with butterflies, and the air thick with all those woodland sounds which like instruments

todos los sonidos del bosque, que como instrumentos de una orquesta, se combinan para tocar la gran sinfonía del festival anual del verano.

Los vientos susurran en los abedules y suspiran entre los abetos; las abejas están ocupadas con su trabajo redentor entre los brezos, una miríada de pájaros gorjean en los verdes templos de los árboles del bosque, y la voz del río parlotea sobre los lugares pedregosos, burbujeando en los estanques, riendo y borboteando en las curvas; da la sensación de que muchas presencias e innumerables compañeros están cerca.

Sin embargo, aunque uno hubiera pensado que estas benignas y alegres influencias del aire sano y la amplitud del bosque eran influencias muy saludables para un hombre, en la medida en que la Naturaleza puede realmente influir en este maravilloso género humano que ha aprendido a desafiar sus más violentas tormentas en sus casas bien establecidas, a refrenar sus torrentes y hacerlos iluminar sus calles, a cavar túneles en sus montañas y a arar sus mares; los habitantes de Santa Fe no se atreverían voluntariamente a adentrarse en el bosque después del anochecer. Porque a pesar del silencio y la soledad de la noche, parece que un hombre no puede estar seguro de en qué tipo de impensada compañía puede encontrarse en el bosque, y aunque es difícil obtener de estos aldeanos una historia muy clara sobre apariciones misteriosas, el temor está muy extendido. Se cuenta cierta historia, con bastantes pormenores, la historia de un chivo monstruoso que han visto saltar en los bosques y los lugares oscuros, con un regocijo infernal, la cual tal vez esté conectada con el relato que aquí intento contar. Todos recuerdan lo que le sucedió al joven artista que murió aquí, no hace mucho tiempo, un joven de gran apostura, que tenía algo que hacía que los rostros sonrieran y se iluminaran cuando lo miraban. Dicen que su fantasma "camina"

in an orchestra combine to play the great symphony of the yearly festival of June.

Winds whisper in the birches, and sigh among the firs; bees are busy with their redolent labor among the heather, a myriad birds chirp in the green temples of the forest trees, and the voice of the river prattling over stony places, bubbling into pools, chuckling and gulping round corners, gives you the sense that many presences and companions are near at hand.

Yet, oddly enough, though one would have thought that these benign and cheerful influences of wholesome air and spaciousness of forest were very healthful comrades for a man, in so far as Nature can really influence this wonderful human genus which has in these centuries learned to defy her most violent storms in its well-established houses, to bridle her torrents and make them light its streets, to tunnel her mountains and plough her seas, the inhabitants of St. Faith's will not willingly venture into the forest after dark. For in spite of the silence and loneliness of the hooded night it seems that a man is not sure in what company he may suddenly find himself, and though it is difficult to get from these villagers any very clear story of occult appearances, the feeling is widespread. One story indeed I have heard with some definiteness, the tale of a monstrous goat that has been seen to skip with hellish glee about the woods and shady places, and this perhaps is connected with the story which I have here attempted to piece together. It too is well-known to them; for all remember the young artist who died here not long ago, a young man, or so he struck the beholder, of great personal beauty, with something about him that made men's faces to smile and brighten when they looked on him. His ghost they will tell you "walks" con-

constantemente por el arroyo y por los bosques que tanto le gustaban, y especialmente por cierta casa, la última del pueblo, donde vivía, y por el jardín en el que yacen sus restos mortales. Por mi parte, me inclino a pensar que el terror del bosque se remonta, principalmente, a ese día.

Esa es la historia, como la recibí, en forma estructurada. En parte se basa en los relatos de los aldeanos, pero sobre todo en los de Darcy, un amigo mío y también amigo del hombre a quien estos acontecimientos afectaron principalmente.

Había sido un día espléndido de verano, y a medida que el sol se acercaba a su ocaso, la gloria de la noche se hacía cada vez más cristalina, más milagrosa.

Hacia el oeste de Santa Fe, el bosque de hayas que se extendía por algunos kilómetros hacia los brezos de las tierras altas, ya extendía su velo de sombras sobre los tejados rojos de la aldea, pero la aguja de la iglesia gris, que subía por encima de las otras edificaciones, todavía señalaba al cielo como un dedo anaranjado en llamas. El río Fawn, que corre más abajo, fluía en láminas de azul celeste, y serpenteaba por el borde de ese bosque, donde un áspero puente de dos tablillas lo cruzaba, conectando el bosque con el fondo del jardín de la última casa del pueblo, separada del bosque por una pequeña puerta de mimbre. No alcanzado por la sombra del bosque, el arroyo yacía en pozas ardientes de carmesí fundido, iluminadas por el atardecer, y se perdía en la neblina de las distancias del bosque.

Esta casa al final de la aldea aún estaba fuera de la sombra, y el césped que bajaba hacia el río todavía estaba salpicado de luz solar. Parterres de deslumbrantes colores bordeaban sus paseos de grava, y en medio de ellos se erguía una pérgola de ladrillo, semioculta por grupos de rosas, y cubierta de púrpura por las clemátides estrelladas que la ceñían. En su extremo inferior, entre dos de sus pilares, colgaba una

stantly by the stream and through the woods which he loved so, and in especial it haunts a certain house, the last of the village, where he lived, and its garden in which he was done to death. For my part I am inclined to think that the terror of the forest dates chiefly from that day.

So, such as the story is, I have set it forth in connected form. It is based partly on the accounts of the villagers, but mainly on that of Darcy, a friend of mine and a friend of the man with whom these events were chiefly concerned.

The day had been one of untarnished midsummer splendor, and as the sun drew near to its setting, the glory of the evening grew every moment more crystalline, more miraculous.

Westward from St. Faith's the beechwood which stretched for some miles toward the heathery upland beyond already cast its veil of clear shadow over the red roofs of the village, but the spire of the grey church, over-topping all, still pointed a flaming orange finger into the sky. The river Fawn, which runs below, lay in sheets of sky-reflected blue, and wound its dreamy devious course round the edge of this wood, where a rough two-planked bridge crossed from the bottom of the garden of the last house in the village, and communicated by means of a little wicker gate with the wood itself. Then once out of the shadow of the wood the stream lay in flaming pools of the molten crimson of the sunset, and lost itself in the haze of woodland distances.

This house at the end of the village stood outside the shadow, and the lawn which sloped down to the river was still flecked with sunlight. Garden-beds of dazzling color lined its gravel walks, and down the middle of it ran a brick pergola, half-hidden in clusters of rambler-rose and purple with starry clematis. At the bottom end of it, between two of its pil-

hamaca donde yacía una figura en mangas de camisa.

La casa estaba un poco alejada del resto del pueblo, y un sendero que atravesaba dos campos, llenos de heno perfumado bien crecido, era su única comunicación con la calle principal.

Era de construcción baja, de sólo dos pisos de altura, y al igual que el jardín, sus paredes eran una masa de rosas florecientes. Una estrecha terraza de piedra recorría la fachada del jardín, sobre ella se extendía un toldo, y en la terraza un joven sirviente, moviéndose silenciosamente, se ocupaba de poner la mesa para la cena. Era pulcro y rápido en su trabajo, y una vez que hubo terminado, regresó a la casa, volvió a aparecer con una gran toalla de baño en el brazo y se dirigió a la hamaca de la pérgola.

"Casi son las ocho, señor", dijo.

"¿Ha llegado ya el Sr. Darcy?", preguntó una voz desde la hamaca.

"No, señor."

"Si no estoy ahí para cuando llegue, dile que fui a tomar un baño antes de la cena".

El sirviente regresó a la casa, y después de un momento o dos, Frank Halton se sentó y se deslizó grácilmente sobre el césped. Era de estatura media y constitución más bien delgada, pero la facilidad y la soltura de sus movimientos daban la impresión de una gran fuerza física. Su cara y sus manos estaban muy bronceadas, ya fuera por la constante exposición al viento y al sol, o bien por su sangre sureña, que su pelo negro y sus ojos indicaban. Su cabeza era pequeña, su rostro mostraba una exquisita belleza modélica, aunque la suavidad de sus facciones podría sugerir que era un muchacho adolescente, aún sin barba, pero algo, alguna mirada que sólo la vida y la experiencia pueden dar, parecía contradecir eso, y al encontrarte completamente confundido con respecto a su edad, probablemente dejarías de pensar en eso al momento siguiente, y sólo mirarías

lars, was slung a hammock containing a shirtsleeved figure.

The house itself lay somewhat remote from the rest of the village, and a footpath leading across two fields, now tall and fragrant with hay, was its only communication with the high road.

It was low-built, only two stories in height, and like the garden, its walls were a mass of flowering roses. A narrow stone terrace ran along the garden front, over which was stretched an awning, and on the terrace a young silent-footed man-servant was busied with the laying of the table for dinner. He was neat-handed and quick with his job, and having finished it he went back into the house, and reappeared again with a large rough bath-towel on his arm. With this he went to the hammock in the pergola.

"Nearly eight, sir," he said.

"Has Mr. Darcy come yet?" asked a voice from the hammock.

"No, sir."

"If I'm not back when he comes, tell him that I'm just having a bathe before dinner."

The servant went back to the house, and after a moment or two Frank Halton struggled to a sitting posture, and slipped out on to the grass. He was of medium height and rather slender in build, but the supple ease and grace of his movements gave the impression of great physical strength: even his descent from the hammock was not an awkward performance. His face and hands were of very dark complexion, either from constant exposure to wind and sun, or, as his black hair and dark eyes tended to show, from some strain of southern blood. His head was small, his face of an exquisite beauty of modelling, while the smoothness of its contour would have led you to believe that he was a beardless lad still in his teens. But something, some look which living and experience alone can give, seemed to contradict that, and finding yourself completely puzzled as

a este glorioso espécimen de hombría joven con una satisfacción asombrosa..

Estaba vestido para la temporada estival, y sólo llevaba una camisa, abierta en el cuello, y un par de pantalones de franela. Su cabeza, cubierta por pelo corto, rebelde y rizado, estaba descubierta, mientras caminaba por el césped hasta el lugar para bañarse que había debajo. Por un momento hubo silencio, luego el sonido de salpicaduras y chapoteos, y luego un gran grito de alegría extática, mientras nadaba río arriba con el agua espumando en una franja alrededor de su cuello. Después de unos cinco minutos de combatir contra la corriente, se dio la vuelta y, con los brazos abiertos, flotó río abajo, dejándose llevar por las pequeñas olas del río. Tenía los ojos cerrados, y hablaba suavemente consigo mismo.

"Yo soy uno con él", se decía a sí mismo, "el río y yo, yo y el río. Soy parte de su frescor, salpicaduras, y también de las plantas que flotan en su corriente. Y mi fuerza y mis miembros no son míos, sino del río. Somos uno, todos somos uno, querido Fawn". Un cuarto de hora más tarde apareció de nuevo en el fondo del césped, vestido como antes, sus rizos volvían a formarse a medida que su cabello se secaba. Allí se detuvo un momento, mirando hacia el arroyo, como los hombres miran la cara de un amigo, y luego se volvió hacia la casa. En ese mismo momento su sirviente llegó a la puerta que daba a la terraza, seguido por un hombre que parecía estar a mitad de la cuarta década de su vida. Frank y él se miraron a través de los arbustos y los parterres del jardín, y ambos aceleraron sus pasos y se encontraron cara a cara cerca de un ángulo del paseo del jardín, en la fragancia de las siringas.

"Mi querido Darcy", gritó Frank, "Estoy encantado de verte". Pero el otro lo miró asombrado.

to his age, you would next moment probably cease to think about that, and only look at this glorious specimen of young manhood with wondering satisfaction.

He was dressed as became the season and the heat, and wore only a shirt open at the neck, and a pair of flannel trousers. His head, covered very thickly with a somewhat rebellious crop of short curly hair, was bare as he strolled across the lawn to the bathing-place that lay below. Then for a moment there was silence, then the sound of splashed and divided waters, and presently after, a great shout of ecstatic joy, as he swam up-stream with the foamed water standing in a frill round his neck. Then after some five minutes of limb-stretching struggle with the flood, he turned over on his back, and with arms thrown wide, floated down-stream, ripple-cradled and inert. His eyes were shut, and between half-parted lips he talked gently to himself.

"I am one with it," he said to himself, "the river and I, I and the river. The coolness and splash of it is I, and the water-herbs that wave in it are I also. And my strength and my limbs are not mine but the river's. It is all one, all one, dear Fawn." A quarter of an hour later he appeared again at the bottom of the lawn, dressed as before, his wet hair already drying into its crisp short curls again. There he paused a moment, looking back at the stream with the smile with which men look on the face of a friend, then turned towards the house. Simultaneously his servant came to the door leading on to the terrace, followed by a man who appeared to be some half-way through the fourth decade of his years. Frank and he saw each other across the bushes and garden-beds, and each quickening his step, they met suddenly face to face round an angle of the garden walk, in the fragrance of syringa.

"My dear Darcy," cried Frank, "I am charmed to see you." But the other stared at him in amazement.

"¡Frank!" exclamó.

"Sí, ese es mi nombre", dijo, riendo; "¿qué pasa?". Darcy le dio la mano.

"¿Qué te has hecho?", preguntó.

"Eres joven otra vez."

"Ah, tengo mucho que contarte", dijo Frank.

"Mucho que difícilmente creerás, pero te convenceré...".

Hizo una pausa repentina y levantó su mano.

"Silencio, ahí está mi ruiseñor", dijo.

La sonrisa de reconocimiento y bienvenida con la que había saludado a su amigo desapareció de su rostro, y una mirada de embeleso tomó su lugar, como la de un amante escuchando la voz de su amada.

Su boca se abrió ligeramente, mostrando la línea blanca de los dientes, y sus ojos se desenfocaron hasta que a Darcy le pareció que estaban enfocados en cosas más allá de la visión humana. Entonces el pájaro dejó de cantar, como si algo lo hubiera asustado.

"Sí, tengo mucho que contarte", dijo. "Realmente estoy encantado de verte. Pero te ves más bien pálido y abatido; no es de extrañar después de esa fiebre. Y tienes que aprovechar esta visita. Estamos en junio, te quedarás aquí hasta que estés en condiciones de empezar a trabajar de nuevo. Quédate por lo menos dos meses".

"Ah, no puedo abusar tanto de tu hospitalidad."

Frank tomó su brazo y lo llevó por el césped.

"¿Abusar? ¿De qué estás hablando? Cuando me canse de tu presencia te lo diré a la cara, pero cuando compartíamos el estudio, no solíamos aburrirnos el uno del otro. Sin embargo, no es bueno que hables de irte justo en el momento de tu llegada. Demos un paseo hasta el río, y luego ya será hora de cenar".

"Frank!" he exclaimed.

"Yes, that is my name," he said, laughing; "what is the matter?" Darcy took his hand.

"What have you done to yourself?" he asked.

"You are a boy again."

"Ah, I have a lot to tell you," said Frank.

"Lots that you will hardly believe, but I shall convince you —"

He broke off suddenly, and held up his hand.

"Hush, there is my nightingale," he said.

The smile of recognition and welcome with which he had greeted his friend faded from his face, and a look of rapt wonder took its place, as of a lover listening to the voice of his beloved.

His mouth parted slightly, showing the white line of teeth, and his eyes looked out and out till they seemed to Darcy to be focused on things beyond the vision of man. Then something perhaps startled the bird, for the song ceased.

"Yes, lots to tell you," he said. "Really I am delighted to see you. But you look rather white and pulled down; no wonder after that fever. And there is to be no nonsense about this visit. It is June now, you stop here till you are fit to begin work again. Two months at least."

"Ah, I can't trespass quite to that extent."

Frank took his arm and walked him down the grass.

"Trespass? Who talks of trespass? I shall tell you quite openly when I am tired of you, but you know when we had the studio together, we used not to bore each other. However, it is ill talking of going away on the moment of your arrival. Just a stroll to the river, and then it will be dinner-time."

Darcy sacó su pitillera y se la ofreció a su amigo.

Frank se rió.

"No, no para mí. Dios mío, supongo que solía fumar alguna vez. ¡Qué extraño!".

"¿Dejaste de fumar?".

"No lo sé. Supongo que debo haberlo hecho. De todos modos, ahora ya no lo hago. Preferiría pensar en comer carne".

"¿Otra víctima del altar humeante del vegetarianismo?".

"¿Víctima?" preguntó Frank. "¿Te parezco eso?".

Se detuvo al borde del arroyo y silbó suavemente. Al instante siguiente, una gallineta cruzó el río y corrió por la orilla. Frank la tomó muy suavemente en sus manos y le acarició la cabeza, mientras la criatura se apoyaba contra su camisa.

"¿Tu casa entre los juncos sigue segura?", le preguntó, medio canturreando. "¿Y la señora está bien, y los vecinos prosperan? Ahí, querido, vuelve a tu casa", y lo lanzó al aire.

"Ese pájaro es muy manso", dijo Darcy, un poco asombrado.

"Sí, bastante", dijo Frank, observando su vuelo.

Durante la cena Frank se puso al día con la vida y realizaciones de su viejo amigo, a quien no había visto por seis años. Parecía que esos seis años habían estado llenos de incidentes y éxitos para Darcy; se había hecho famoso como pintor de retratos, y eso no le dejaba mucho tiempo libre. Unos cuatro meses antes había sufrido un grave ataque de fiebre tifoidea, lo que lo había llevado a la casa de Frank, para recluirse en ese lugar aislado, hasta recuperar su buena salud.

"Sí, veo que saliste adelante", dijo Frank, cuando terminó de escuchar el relato de su amigo. "Siempre supe que lo lograrías. ¿Cómo estás de dinero? Supon-

Darcy took out his cigarette case, and offered it to the other.

Frank laughed.

"No, not for me. Dear me, I suppose I used to smoke once. How very odd!"

"Given it up?"

"I don't know. I suppose I must have. Anyhow I don't do it now. I would as soon think of eating meat."

"Another victim on the smoking altar of vegetarianism?"

"Victim?" asked Frank. "Do I strike you as such?"

He paused on the margin of the stream and whistled softly. Next moment a moor-hen made its splashing flight across the river, and ran up the bank. Frank took it very gently in his hands and stroked its head, as the creature lay against his shirt.

"And is the house among the reeds still secure?" he half-crooned to it. "And is the missus quite well, and are the neighbors flourishing? There, dear, home with you," and he flung it into the air.

"That bird's very tame," said Darcy, slightly bewildered.

"It is rather," said Frank, following its flight.

During dinner Frank chiefly occupied himself in bringing himself up-to-date in the movements and achievements of this old friend whom he had not seen for six years. Those six years, it now appeared, had been full of incident and success for Darcy; he had made a name for himself as a portrait painter which bade fair to outlast the vogue of a couple of seasons, and his leisure time had been brief. Then some four months previously he had been through a severe attack of typhoid, the result of which as concerns this story was that he had come down to this sequestered place to recruit.

"Yes, you've got on," said Frank at the end. "I always knew you would. A.R.A. with more in prospect. Money? You roll in it, I suppose, and, O Darcy, how much

go que te revuelcas en él. ¿Pero cuánta felicidad tuviste todos estos años? Esa es la única posesión imperecedera. ¿Y cuánto aprendiste? Oh, no me refiero al arte. Incluso yo podría haberlo hecho bien en ese campo".

Darcy se rió.

"¿Hecho bien? Mi querido amigo, todo lo que yo aprendí en estos últimos seis años tú ya lo sabías, por así decirlo, desde tu cuna. Tus viejas pinturas alcanzan precios muy altos. ¿Ya no pintas más?".

Frank lo negó con un gesto.

"No, estoy muy ocupado", dijo.

"¿Haciendo qué? Por favor, dímelo. Eso es lo que todos siempre me preguntan".

"¿Haciendo? Supongo que podría decirse que no hago nada".

Darcy miró al rostro joven y radiante que tenía enfrente.

"Parece que te sienta bien este estilo de vida", dijo. "Ahora, es tu turno. ¿Te dedicas a la lectura? ¿Estudias? Recuerdo que dijiste que nos haría bien a todos –a todos los artistas, quiero decir– si estudiáramos cuidadosamente un rostro humano, durante un año, sin trazar una línea en el papel".

"¿Has estado haciendo eso?".

Nuevamente Frank hizo un gesto negativo.

"Ya te lo dije claramente", dijo. "No he estado haciendo nada. Y nunca he estado tan ocupado. Mírame, ¿no me he hecho algo a mí mismo para empezar?".

"Tienes dos años menos que yo", dijo Darcy, "por lo tanto, tienes treinta y cinco años. Pero si no te hubiera visto antes, diría que sólo tenías 20 años. Pero, ¿valió la pena pasar seis años trabajando duro para parecer de veinte? Como una mujer a la moda".

Frank se rió a carcajadas.

"Es la primera vez que me comparan con ese tipo de aves de presa", dijo. "No,

happiness have you had all these years? That is the only imperishable possession. And how much have you learned? Oh, I don't mean in Art. Even I could have done well in that."

Darcy laughed.

"Done well? My dear fellow, all I have learned in these six years you knew, so to speak, in your cradle. Your old pictures fetch huge prices. Do you never paint now?"

Frank shook his head.

"No, I'm too busy," he said.

"Doing what? Please tell me. That is what everyone is for ever asking me."

"Doing? I suppose you would say I do nothing."

Darcy glanced up at the brilliant young face opposite him.

"It seems to suit you, that way of being busy," he said. "Now, it's your turn. Do you read? Do you study? I remember you saying that it would do us all — all us artists, I mean — a great deal of good if we would study any one human face carefully for a year, without recording a line."

"Have you been doing that?"

Frank shook his head again.

"I mean exactly what I say," he said. "I have been doing nothing. And I have never been so occupied. Look at me; have I not done something to myself to begin with?"

"You are two years younger than I," said Darcy, "at least you used to be. You therefore are thirty-five. But had I never seen you before I should say you were just twenty. But was it worth while to spend six years of greatly-occupied life in order to look twenty? Seems rather like a woman of fashion."

Frank laughed boisterously.

"First time I've ever been compared to that particular bird of prey," he said.

esa no ha sido mi ocupación –de hecho, muy rara vez soy consciente de que uno de los efectos de mi tarea ha sido ese. Por supuesto, pensándolo mejor, debe de haber sido. No es muy importante".

"Es cierto que mi cuerpo rejuveneció. Pero eso no tiene mucha importancia; simplemente me he vuelto joven".

Darcy echó para atrás su silla y se sentó de lado en la mesa mirando al otra.

"¿A eso te dedicaste entonces?", preguntó.

"Sí, de todos modos es un aspecto de ello. ¡Piensa en lo que significa la juventud! Es la capacidad de crecimiento de mente, cuerpo, espíritu; todos crecen, todos se fortalecen, todos alcanzan una vida más plena y más firme cada día. Eso es algo importante, considerando que cada día que pasa después de que el hombre ordinario alcanza su plenitud, su cuerpo se debilita. Un hombre llega a su plenitud, y permanece, decimos, en ese estado durante diez años, o tal vez veinte. Pero después de alcanzar su mejor momento, se debilita lenta e insensiblemente. Estos son los signos de la edad en ti, en tu cuerpo, probablemente en tu arte, en tu mente. Tienes menos energía que antes. Pero yo, cuando alcance la flor de mi vida –me estoy acercando a ella– ya verás". Las estrellas habían comenzado a aparecer en el terciopelo azul del cielo, y hacia el este el horizonte, que se veía sobre la silueta negra de la aldea, se tornaba de color paloma con la salida de la luna.

Polillas blancas flotaban tenuemente sobre el jardín, y los pasos de la noche se movían de puntillas a través de los arbustos. De repente, Frank se levantó.

"Ah, este es el momento supremo", dijo en voz baja. "Ahora más que en ningún otro momento, la corriente de la vida, la eterna corriente imperecedera corre tan cerca de mí que estoy casi envuelto en ella. Guarda silencio por un minuto".

Avanzó hasta el borde de la terraza y miró hacia afuera, de pie, estirado con los

"No, that has not been my occupation — in fact I am only very rarely conscious that one effect of my occupation has been that. Of course, it must have been if one comes to think of it. It is not very important."

"Quite true my body has become young. But that is very little; I have become young."

Darcy pushed back his chair and sat sideways to the table looking at the other.

"Has that been your occupation then?" he asked.

"Yes, that anyhow is one aspect of it. Think what youth means! It is the capacity for growth, mind, body, spirit, all grow, all get stronger, all have a fuller, firmer life every day. That is something, considering that every day that passes after the ordinary man reaches the full-blown flower of his strength, weakens his hold on life. A man reaches his prime, and remains, we say, in his prime for ten years, or perhaps twenty. But after his primmest prime is reached, he slowly, insensibly weakens. These are the signs of age in you, in your body, in your art probably, in your mind. You are less electric than you were. But I, when I reach my prime — I am nearing it — ah, you shall see." The stars had begun to appear in the blue velvet of the sky, and to the east the horizon seen above the black silhouette of the village was growing dove-colored with the approach of moonrise.

White moths hovered dimly over the garden-beds, and the footsteps of night tip-toed through the bushes. Suddenly Frank rose.

"Ah, it is the supreme moment," he said softly. "Now more than at any other time the current of life, the eternal imperishable current runs so close to me that I am almost enveloped in it. Be silent a minute."

He advanced to the edge of the terrace and looked out, standing stretched

brazos extendidos. Darcy lo oyó inspirar profundamente, llenando sus pulmones, y después de muchos segundos exhalar. Repitió eso unas seis u ocho veces, y luego volvió a la luz de la lámpara.

"Supongo que lo considerarás una locura –dijo– pero si quieres oír la verdad más pura que he dicho y que diré jamás, te contaré todo sobre mí mismo, Pero ven al jardín, si no te molesta la humedad. Nunca se lo conté a nadie, pero me gustaría contártelo a ti. Hace mucho tiempo que no intento relatar lo que he aprendido".

Se adentraron en la fragante oscuridad de la pérgola y se sentaron. Entonces Frank comenzó.

"Hace años, ¿recuerdas?", dijo, "solíamos hablar a menudo de la decadencia de la alegría en el mundo. Llegamos a decidir que esa decadencia se debía a muchos factores, algunos de los cuales eran buenos en sí mismos, otros eran completamente malos. Entre las cosas buenas, estaban lo que podríamos llamar ciertas virtudes cristianas, el renunciamiento, la resignación, la simpatía con el sufrimiento y el deseo de aliviar a los que sufren; pero de esas cualidades también brotan cosas muy malas, la renuncia inútil, el ascetismo por sí mismo, la mortificación de la carne sin motivo, es decir, sin sacar ningún provecho, y esa terrible enfermedad que devastó Inglaterra hace algunos siglos, y de la que, por herencia del espíritu, aún sufrimos ahora: el puritanismo. Era una plaga terrible, los brutos sostenían y enseñaban que la alegría, la risa y la diversión eran malas; era una doctrina muy profana y malvada. ¿Por qué? ¿Cuál es el crimen más común que uno ve? Una cara hosca. Esa es la verdad del asunto. Ahora, toda mi vida he creído que estábamos destinados a ser felices, que de todos los dones el gozo es el más divino. Y cuando dejé Londres y abandoné mi carrera, lo hice porque tenía la intención de dedicar mi vida al cultivo de la alegría, para, mediante un esfuerzo continuo e in-

with arms outspread. Darcy heard him draw a long breath into his lungs, and after many seconds expel it again. Six or eight times he did this, then turned back into the lamplight.

"It will sound to you quite mad, I expect," he said, "but if you want to hear the soberest truth I have ever spoken and shall ever speak, I will tell you about myself. But come into the garden if it is not damp for you. I have never told anyone yet, but I shall like to tell you. It is long, in fact, since I have even tried to classify what I have learned."

They wandered into the fragrant dimness of the pergola, and sat down. Then Frank began:

"Years ago, do you remember," he said, "we used often to talk about the decay of joy in the world. Many impulses, we settled, had contributed to this decay, some of which were good in themselves, others that were quite completely bad. Among the good things, I put what we may call certain Christian virtues, renunciation, resignation, sympathy with suffering, and the desire to relieve sufferers, but out of those things spring very bad ones, useless renunciation, asceticism for its own sake, mortification of the flesh with nothing to follow, no corresponding gain that is, and that awful and terrible disease which devastated England some centuries ago, and from which by heredity of spirit we suffer now, Puritanism. That was a dreadful plague, the brutes held and taught that joy and laughter and merriment were evil: it was a doctrine the most profane and wicked. Why, what is the commonest crime one sees? A sullen face. That is the truth of the matter. Now all my life I have believed that we are intended to be happy, that joy is of all gifts the most divine. And when I left London, abandoned my career, such as it was, I did so because I intended to devote my life to the cultivation of joy, and, by continuous and unsparing effort to be happy. Among people, and in constant

cansable alcanzar la felicidad. No podía lograrlo si me quedaba rodeado de gente, y en constante relación con los demás, habría sido imposible; había demasiadas distracciones en las ciudades y en las oficinas, y también demasiado sufrimiento. Así que di un paso atrás o quizás podría decir, hacia adelante, y me dirigí directamente a la naturaleza, a los árboles, a los pájaros, a los animales, a todas esas cosas que claramente persiguen un solo objetivo, que siguen ciegamente el gran instinto nativo de ser feliz sin preocuparse en absoluto de la moralidad, de la ley humana o de la ley divina. Quería, como comprenderás, obtener toda la alegría de primera mano y sin adulterar, porque creo que apenas existe entre los hombres; está obsoleta".

Darcy se volvió en su silla.

"Ah, ¿pero qué hace felices a los pájaros y a los animales?", preguntó. "Comida, comida y apareamiento".

Frank se rió suavemente en la tranquilidad de la noche.

"No creas que me volví sensualista", dijo. "Yo no cometí ese error. Porque el sensualista lleva sus miserias cargadas a la espalda, y alrededor de sus pies está atada la mortaja que pronto lo envolverá. Puede que esté loco, es cierto, pero no soy tan estúpido como para haber intentado eso. No, ¿qué es lo que hace que los cachorros jueguen con sus propias colas, lo que hace que los gatos se pongan a merodear por la noche?".

Se detuvo un momento.

"Así que me dirigí a la naturaleza", dijo. "Me senté aquí en el Bosque Nuevo, me senté con todas las de la ley y miré. Esa fue mi primera dificultad, sentarme aquí tranquilo sin aburrirme, esperando sin impacientarme, permaneciendo receptivo y alerta, aunque durante mucho tiempo no pasó nada en particular. De hecho, el cambio fue lento en esas primeras etapas".

"¿No pasó nada?", preguntó Darcy, con bastante impaciencia, con esa innata repugnancia hacia cualquier idea nueva,

intercourse with others, I did not find it possible; there were too many distractions in towns and work-rooms, and also too much suffering. So I took one step backwards or forwards, as you may choose to put it, and went straight to Nature, to trees, birds, animals, to all those things which quite clearly pursue one aim only, which blindly follow the great native instinct to be happy without any care at all for morality, or human law or divine law. I wanted, you understand, to get all joy first-hand and unadulterated, and I think it scarcely exists among men; it is obsolete."

Darcy turned in his chair.

"Ah, but what makes birds and animals happy?" he asked. "Food, food and mating."

Frank laughed gently in the stillness.

"Do not think I became a sensualist," he said. "I did not make that mistake. For the sensualist carries his miseries pick-a-back, and round his feet is wound the shroud that shall soon enwrap him. I may be mad, it is true, but I am not so stupid anyhow as to have tried that. No, what is it that makes puppies play with their own tails, that sends cats on their prowling ecstatic errands at night?"

He paused a moment.

"So I went to Nature," he said. "I sat down here in this New Forest, sat down fair and square, and looked. That was my first difficulty, to sit here quiet without being bored, to wait without being impatient, to be receptive and very alert, though for a long time nothing particular happened. The change in fact was slow in those early stages."

"Nothing happened?" asked Darcy, rather impatiently, with the sturdy revolt against any new idea which to the Eng-

que para la mente inglesa es sinónimo de tonterías. "¿Por qué? ¿Qué debería pasar?".

Ahora bien, Frank era el hombre más generoso que conocía, pero de temperamento más bien ardiente; en otras palabras, su ira se encendía con facilidad, con poca provocación, sólo para apagarse enseguida, bajo una ráfaga de no menos impulsiva amabilidad. Así que, apenas había hablado, Darcy estaba por pedir disculpas por su apresurada pregunta. Pero no había necesidad de que se hubiera molestado, porque Frank se rió de nuevo con una alegría amable y genuina.

"Oh, cómo me habría resentido eso hace unos años", dijo. "Gracias a Dios que el resentimiento es una de las cosas de las que me he librado. Ciertamente deseo que creas mi historia –de hecho, lo harás–, pero lo que insinúes en este momento no me concierne".

"Ah, tu solitario confinamiento te hizo inhumano", dijo Darcy, aún muy inglés.

"No, humano", dijo Frank. "Bastante más humano, al menos bastante menos simio".

"Bueno, esa fue mi primera búsqueda", continuó, después de un momento, "la búsqueda deliberada e inquebrantable de la alegría, y mi método, la ansiosa contemplación de la naturaleza. En cuanto al motivo, me atrevo a decir que fue puramente egoísta, pero en cuanto al efecto, me parece que es lo mejor que uno puede hacer por todas las criaturas que nos rodean, porque la felicidad es más contagiosa que la viruela. Así que, como dije, me senté y esperé; miré cosas alegres, evité prestar atención a cualquier cosa desagradable, y gradualmente un pequeño goteo de la felicidad de este mundo dichoso comenzó a filtrarse en mí. El goteo se hizo más abundante, y ahora, mi querido amigo, si pudiera desviar de mí por un momento hacia ti la mitad del torrente de alegría que se derrama a través de mí día y noche, tú tirarías a un lado el mundo, el arte, todo lo

lish mind is synonymous with nonsense. "Why, what in the world should happen?"

Now Frank as he had known him was the most generous but most quick-tempered of mortal men; in other words his anger would flare to a prodigious beacon, under almost no provocation, only to be quenched again under a gust of no less impulsive kindliness. Thus the moment Darcy had spoken, an apology for his hasty question was half-way up his tongue. But there was no need for it to have travelled even so far, for Frank laughed again with kindly, genuine mirth.

"Oh, how I should have resented that a few years ago," he said. "Thank goodness that resentment is one of the things I have got rid of. I certainly wish that you should believe my story — in fact, you are going to — but that you at this moment should imply that you do not does not concern me."

"Ah, your solitary sojournings have made you inhuman," said Darcy, still very English.

"No, human," said Frank. "Rather more human, at least rather less of an ape."

"Well, that was my first quest," he continued, after a moment, "the deliberate and unswerving pursuit of joy, and my method, the eager contemplation of Nature. As far as motive went, I daresay it was purely selfish, but as far as effect goes, it seems to me about the best thing one can do for one's follow-creatures, for happiness is more infectious than small-pox. So, as I said, I sat down and waited; I looked at happy things, zealously avoided the sight of anything unhappy, and by degrees a little trickle of the happiness of this blissful world began to filter into me. The trickle grew more abundant, and now, my dear fellow, if I could for a moment divert from me into you one half of the torrent of joy that pours through me day and night, you would throw the world, art, everything aside, and just live, exist. When a man's body dies, it passes into trees and flowers.

demás, y simplemente vivirías, existirías. Cuando el cuerpo de un hombre muere, pasa a los árboles y las flores. Bueno, eso es lo que he estado tratando de hacer con mi alma antes de morir".

El sirviente había traído a la pérgola una mesa con sifones y licores, y había puesto una lámpara sobre ella. Mientras Frank hablaba, se inclinó hacia el otro, y Darcy, a pesar de todo su sentido común, podría haber jurado que el rostro de su compañero brillaba, era luminoso por sí mismo. Sus ojos de color marrón oscuro brillaban desde adentro, la sonrisa inconsciente de un niño irradiaba y transformaba su rostro. Darcy se sintió repentinamente excitado, entusiasmado.

"Adelante", dijo. "Continúa. Puedo sentir que de alguna manera me estás diciendo la pura verdad. Me atrevo a decir que estás loco, pero no creo que eso importe".

Frank se rió de nuevo.

"¿Loco?", dijo. "Sí, por supuesto, si así lo prefieres. Pero prefiero llamarlo cordura. Sin embargo, nada importa menos que los nombres que alguien le asigne a las cosas. Dios nunca etiqueta sus dones; sólo los pone en nuestras manos; así como puso animales en el jardín del Edén, para que Adán los nombrara si se sentía dispuesto".

"Así que por la continua observancia y estudio de las cosas que eran felices", continuó Frank, "alcancé la felicidad, conseguí la alegría. Pero obteniéndola, como lo hice, de la naturaleza, obtuve mucho más, incluso aquello que no buscaba, pero que encontré por accidente. Es difícil de explicar, pero lo intentaré".

"Hace unos tres años, una mañana estaba sentado en un lugar que te mostraré mañana. Está al borde del río, es muy verde, salpicado de sombra y sol, y el río pasa por allí a través de unos pequeños grupos de juncos. Bueno, mientras estaba sentado allí, sin hacer nada, pero mirando y escuchando, escuché el sonido de un ins-

Well, that is what I have been trying to do with my soul before death."

The servant had brought into the pergola a table with syphons and spirits, and had set a lamp upon it. As Frank spoke he leaned forward towards the other, and Darcy for all his matter-of-fact common sense could have sworn that his companion's face shone, was luminous in itself. His dark brown eyes glowed from within, the unconscious smile of a child irradiated and transformed his face. Darcy felt suddenly excited, exhilarated.

"Go on," he said. "Go on. I can feel you are somehow telling me sober truth. I daresay you are mad; but I don't see that matters."

Frank laughed again.

"Mad?" he said. "Yes, certainly, if you wish. But I prefer to call it sane. However, nothing matters less than what anybody chooses to call things. God never labels his gifts; He just puts them into our hands; just as he put animals in the garden of Eden, for Adam to name if he felt disposed.

"So by the continual observance and study of things that were happy," continued he, "I got happiness, I got joy. But seeking it, as I did, from Nature, I got much more which I did not seek, but stumbled upon originally by accident. It is difficult to explain, but I will try.

"About three years ago I was sitting one morning in a place I will show you tomorrow. It is down by the river brink, very green, dappled with shade and sun, and the river passes there through some little clumps of reeds. Well, as I sat there, doing nothing, but just looking and listening, I heard the sound quite distinctly of some

trumento parecido a una flauta que tocaba una extraña e interminable melodía. Al principio pensé que era un palurdo musical en la carretera y no le presté mucha atención. Pero en poco tiempo me impactó la rareza y belleza indescriptible de la melodía".

"Nunca se repetía, pero tampoco terminaba, sus cadencias seguían su dulce curso, avanzando gradual e inevitablemente hasta llegar a un clímax, y tras alcanzarlo, venía otro clímax y otro y otro y otro. Entonces, con un súbito jadeo de asombro, localicé de dónde venía. Venía de los juncos, del cielo y de los árboles. Estaba por todas partes, era el sonido de la vida. Lo era, mi querido Darcy, como los griegos habrían dicho, era Pan tocando sus flautas, la voz de la naturaleza. Era la melodía de la vida, la melodía del mundo".

Darcy estaba demasiado interesado para interrumpir, aunque había una pregunta que le hubiera gustado hacer, y Frank continuó.

"Bueno, en ese momento entré en pánico, estaba aterrorizado como si estuviera dentro de una pesadilla; dejé de escuchar, salí corriendo del lugar y regresé a la casa jadeando, temblando. Sin saberlo, porque en ese momento sólo perseguía el gozo, que obtenía de la naturaleza, había comenzado a entrar en contacto con ella más íntimamente. La naturaleza, la fuerza, Dios, llámalo como quieras, había puesto delante de mi una pequeña trama de la esencia de la vida. Lo entendí después que me sobrepuse a mi pánico, y regresé muy humildemente a donde había oído las flautas de Pan. Pero pasaron casi seis meses antes de que las volviera a oír".

"¿Por qué fue eso?" preguntó Darcy.

"Seguramente porque me escapé, me rebelé, y lo peor de todo fue que me asusté. Porque creo que así como no hay nada en el mundo que dañe tanto al cuerpo como el miedo, así tampoco hay nada que afecte tanto al alma. Tenía miedo de la única

flute-like instrument playing a strange unending melody. I thought at first it was some musical yokel on the highway and did not pay much attention. But before long the strangeness and indescribable beauty of the tune struck me.

"It never repeated itself, but it never came to an end, phrase after phrase ran its sweet course, it worked gradually and inevitably up to a climax, and having attained it, it went on; another climax was reached and another and another. Then with a sudden gasp of wonder I localized where it came from. It came from the reeds and from the sky and from the trees. It was everywhere, it was the sound of life. It was, my dear Darcy, as the Greeks would have said, it was Pan playing on his pipes, the voice of Nature. It was the life-melody, the world-melody."

Darcy was far too interested to interrupt, though there was a question he would have liked to ask, and Frank went on:

"Well, for the moment I was terrified, terrified with the impotent horror of nightmare, and I stopped my ears and just ran from the place and got back to the house panting, trembling, literally in a panic. Unknowingly, for at that time I only pursued joy, I had begun, since I drew my joy from Nature, to get in touch with Nature. Nature, force, God, call it what you will, had drawn across my face a little gossamer web of essential life. I saw that when I emerged from my terror, and I went very humbly back to where I had heard the Pan-pipes. But it was nearly six months before I heard them again."

"Why was that?" asked Darcy.

"Surely because I had revolted, rebelled, and worst of all been frightened. For I believe that just as there is nothing in the world which so injures one's body as fear, so there is nothing that so much shuts up the soul. I was afraid, you see, of the

cosa en el mundo que tiene existencia real. No es de extrañar que su manifestación se retirara".

"¿Y después de seis meses?".

"Después de seis meses, una mañana bendita, volví a oír las flautas. Esa vez no tuve miedo".

"Y desde entonces esa conexión creció más y más, se volvió más constante. Ahora la oigo a menudo, y puedo conectarme de tal modo con la naturaleza, con mi actitud, que casi siempre que lo hago escucho las flautas de Pan. Y nunca repite la misma melodía, siempre es algo nuevo, algo más abarcador, más rico, más completo que antes".

"¿Qué quieres decir con eso de tu actitud hacia la naturaleza?", preguntó Darcy.

"No puedo explicar eso; pero, traducido en una actitud corporal sería algo así":

Frank se sentó durante un momento, bastante derecho en su silla, luego lentamente se hundió de espaldas con los brazos extendidos y la cabeza inclinada.

"Eso;" dijo, "es una actitud sin esfuerzo, pero abierta, descansada, receptiva. Es lo que debes hacer con tu alma".

Luego se sentó de nuevo.

"Una palabra más", dijo, "y no te aburriré más. Y si no me haces preguntas, no volveré a hablar de ello. Me encontrarás, de hecho, bastante cuerdo en mi modo de vida. Verás que los pájaros y las bestias se comportan íntimamente conmigo, como esa gallineta, pero eso es todo. Caminaré contigo, cabalgaré contigo, jugaré golf contigo y hablaré contigo sobre cualquier tema que quieras tocar. Pero quería, antes que ninguna otra cosa, que supieras lo que me ha pasado. Y una cosa más sucederá".

Se volvió a detener, y una leve mirada de miedo cruzó sus ojos.

"Habrá una revelación final –dijo–, un destello completo y enceguecedor que me abrirá, de una vez por todas, al pleno conocimiento, la plena realización y comprensión de que soy uno, como tú, con la vida. En realidad no hay ningún "yo", nin-

one thing in the world which has real existence. No wonder its manifestation was withdrawn."

"And after six months?"

"After six months one blessed morning I heard the piping again. I wasn't afraid that time."

"And since then it has grown louder, it has become more constant. I now hear it often, and I can put myself into such an attitude towards Nature that the pipes will almost certainly sound. And never yet have they played the same tune, it is always something new, something fuller, richer, more complete than before."

"What do you mean by 'such an attitude towards Nature'?" asked Darcy.

"I can't explain that; but by translating it into a bodily attitude it is this."

Frank sat up for a moment quite straight in his chair, then slowly sunk back with arms outspread and head drooped.

"That;" he said, "an effortless attitude, but open, resting, receptive. It is just that which you must do with your soul."

Then he sat up again.

"One word more," he said, "and I will bore you no further. Nor unless you ask me questions shall I talk about it again. You will find me, in fact, quite sane in my mode of life. Birds and beasts you will see behaving somewhat intimately to me, like that moor-hen, but that is all. I will walk with you, ride with you, play golf with you, and talk with you on any subject you like. But I wanted you on the threshold to know what has happened to me. And one thing more will happen."

He paused again, and a slight look of fear crossed his eyes.

"There will be a final revelation," he said, "a complete and blinding stroke which will throw open to me, once and for all, the full knowledge, the full realization and comprehension that I am one, just as you are, with life. In reality there is no 'me;'

gún "tú", ningún "él". Todo es parte de la única cosa que es la vida. Sé que eso es así, pero la realización completa de eso aún no la alcancé.

"Pero lo lograré, y en ese día, cuando la alcance, veré a Pan. Puede significar la muerte, la muerte de mi cuerpo, pero no me importa. También puede significar vida inmortal y eterna vivida aquí y ahora, para siempre.

"Entonces, habiendo logrado eso, ah, mi querido Darcy, predicaré tal evangelio de gozo, mostrándome como la prueba viviente de la verdad, que el Puritanismo, la lúgubre religión de los rostros agrios, se desvanecerá como un soplo de humo, y se dispersará y desaparecerá en el aire iluminado por el sol. Pero primero, todo el conocimiento debe ser mío".

Darcy miró su cara de reojo.

"Tienes miedo de ese momento", dijo. Frank le sonrió.

"Bastante cierto; eres rápido para haber visto eso. Pero cuando llegue, espero no tener miedo".

Durante algún tiempo hubo silencio; luego Darcy se levantó. "Me has hechizado, muchacho extraordinario", dijo. "Me has estado contando una historia de hadas, y me encuentro diciendo: 'júrame que es verdad' ".

"Te lo juro", dijo el otro.

"Y sé que no podré dormir", añadió Darcy.

Frank lo miró con una especie de leve asombro, como si apenas lo entendiera.

"Bueno, ¿qué importa eso?", dijo.

"Te aseguro que sí. Me sentiré mal a menos que duerma".

"Por supuesto que puedo hacerte dormir si lo quiero", dijo Frank con voz aburrida.

"Bueno, hazlo".

"Muy bien: vete a la cama. Subiré en diez minutos".

Después de que Darcy se hubiera ido, Frank movió la mesa hacia atrás bajo

no 'you,' no 'it.' Everything is part of the one and only thing which is life. I know that that is so, but the realization of it is not yet mine.

"But it will be, and on that day, so I take it, I shall see Pan. It may mean death, the death of my body, that is, but I don't care. It may mean immortal, eternal life lived here and now and for ever.

"Then having gained that, ah, my dear Darcy, I shall preach such a gospel of joy, showing myself as the living proof of the truth, that Puritanism, the dismal religion of sour faces, shall vanish like a breath of smoke, and be dispersed and disappear in the sunlit air. But first the full knowledge must be mine."

Darcy watched his face narrowly.

"You are afraid of that moment," he said. Frank smiled at him.

"Quite true; you are quick to have seen that. But when it comes I hope I shall not be afraid."

For some little time there was silence; then Darcy rose. "You have bewitched me, you extraordinary boy," he said. "You have been telling me a fairy-story, and I find myself saying, 'Promise me it is true.'"

"I promise you that," said the other.

"And I know I shan't sleep," added Darcy.

Frank looked at him with a sort of mild wonder as if he scarcely understood.

"Well, what does that matter?" he said.

"I assure you it does. I am wretched unless I sleep."

"Of course I can make you sleep if I want," said Frank in a rather bored voice.

"Well, do."

"Very good: go to bed. I'll come upstairs in ten minutes."

Frank busied himself for a little after the other had gone, moving the table

el toldo de la veranda y apagó la lámpara. Luego subió con su paso, rápido y silencioso, y entró en la habitación de Darcy. Este último ya estaba en la cama, pero despierto, con los ojos muy abiertos. Frank, con una divertida sonrisa de indulgencia, como si fuera un niño inquieto, se sentó en el borde de la cama.

"Mírame", dijo, y Darcy lo miró.

"Los pájaros duermen en los matorrales", dijo Frank suavemente, "y los vientos también duermen. El mar duerme, y las mareas no son más que la sacudida de su pecho. Las estrellas se balancean lentamente, se mecen en la gran cuna de los Cielos, y...".

Se detuvo repentinamente, sopló suavemente la vela de Darcy y lo dejó dormido.

La mañana le trajo a Darcy un torrente de duro sentido común, tan claro y nítido como el sol que llenaba su habitación. Lentamente, al despertarse, reunió los hilos rotos de los recuerdos de la noche pasada; así fue, se dijo a sí mismo, como un truco de hipnotismo común. Eso lo explicaba todo; la extraña charla que había tenido estaba teñida por un hechizo hipnótico, tejido por el extraordinario muchacho que una vez había sido un hombre; toda su propia excitación, su aceptación de lo increíble había sido meramente el efecto de una voluntad más fuerte y potente impuesta sobre sí mismo. Cuán fuerte era esa voluntad, lo adivinó por su propia obediencia instantánea a la sugerencia de Frank de dormir. Y armado con un sentido común impenetrable, bajó a desayunar. Frank ya había comenzado, y estaba disfrutando de un plato grande lleno de avena y leche con el apetito más prosaico y saludable.

"¿Dormiste bien?", preguntó.

"Sí, por supuesto. ¿Dónde aprendiste hipnotismo?".

"A la orilla del río".

back under the awning of the verandah and quenching the lamp. Then he went with his quick silent tread upstairs and into Darcy's room. The latter was already in bed, but very wide-eyed and wakeful, and Frank with an amused smile of indulgence, as for a fretful child, sat down on the edge of the bed.

"Look at me," he said, and Darcy looked.

"The birds are sleeping in the brake," said Frank softly, "and the winds are asleep. The sea sleeps, and the tides are but the heaving of its breast. The stars swing slow, rocked in the great cradle of the Heavens, and —"

He stopped suddenly, gently blew out Darcy's candle, and left him sleeping.

Morning brought to Darcy a flood of hard common sense, as clear and crisp as the sunshine that filled his room. Slowly as he woke he gathered together the broken threads of the memories of the evening which had ended, so he told himself, in a trick of common hypnotism. That accounted for it all; the whole strange talk he had had was under a spell of suggestion from the extraordinary vivid boy who had once been a man; all his own excitement, his acceptance of the incredible had been merely the effect of a stronger, more potent will imposed on his own. How strong that will was, he guessed from his own instantaneous obedience to Frank's suggestion of sleep. And armed with impenetrable common sense he came down to breakfast. Frank had already begun, and was consuming a large plateful of porridge and milk with the most prosaic and healthy appetite.

"Slept well?" he asked.

"Yes, of course. Where did you learn hypnotism?"

"By the side of the river."

"Anoche dijiste una cantidad asombrosa de tonterías", comentó Darcy, con la voz quejumbrosa de la razón.

"Ciertamente. Me sentí bastante mareado. Mira, me acordé de pedir el horrible periódico de hoy para tí. Puedes leer sobre mercados monetarios, política o partidos de cricket". Darcy lo miró de cerca. A la luz de la mañana, Frank se veía aún más fresco, más joven, más vital que la noche anterior, y verlo así, de alguna manera, atravesaba las defensas racionales de Darcy.

"Eres el tipo más extraordinario que he visto en mi vida", dijo. "Quiero hacerte más preguntas".

"Pregunta", dijo Frank.

Al día siguiente, Darcy acosó a su amigo con muchas preguntas, objeciones y críticas sobre su teoría de la vida, y poco a poco fue sacando de él un relato coherente y completo de su experiencia. En resumen, Frank creía que "tumbado desnudo", como él decía, a la fuerza que controla el paso de las estrellas, las olas rompientes, el brote de los árboles, el amor de las muchachas, había logrado, de una manera hasta entonces inimaginable, alcanzar el principio esencial de la vida. Día tras día, pensó, se acercaba y se unía cada vez más al gran poder que hacía que toda la vida existiera, el espíritu de la naturaleza, de la fuerza, o el espíritu de Dios. Confesó que él seguía lo que otros llamarían paganismo; le bastaba con que existiera un principio vital. No lo adoraba, no le rezaba, no lo alababa. Parte de ese principio existía en todos los seres humanos, así como existía en los árboles y en los animales; realizar en sí mismo ese principio, y ser parte de la unidad de todos los seres, era su único objetivo y propósito.

Aquí quizás Darcy podría interrumpir con una advertencia.

"Cuídate", dijo. "Ver a Pan significaba la muerte, ¿no es así?".

Las cejas de Frank se levantaron ante esto.

"You talked an amazing quantity of nonsense last night," remarked Darcy, in a voice prickly with reason.

"Rather prickly with reason. Look, I remembered to order a dreadful daily paper for you. You can read about money markets or politics or cricket matches." Darcy looked at him closely. In the morning light Frank looked even fresher, younger, more vital than he had done the night before, and the sight of him somehow dinted Darcy's armor of common sense.

"You are the most extraordinary fellow I ever saw," he said. "I want to ask you some more questions."

"Ask away," said Frank.

For the next day or two Darcy plied his friend with many questions, objections and criticisms on the theory of life, and gradually got out of him a coherent and complete account of his experience. In brief, then, Frank believed that "by lying naked," as he put it, to the force which controls the passage of the stars, the breaking of a wave, the budding of a tree, the love of a youth and maiden, he had succeeded in a way hitherto undreamed of in possessing himself of the essential principle of life. Day by day, so he thought, he was getting nearer to, and in closer union with, the great power itself which caused all life to be, the spirit of nature, of force, or the spirit of God. For himself, he confessed to what others would call paganism; it was sufficient for him that there existed a principle of life. He did not worship it, he did not pray to it, he did not praise it. Some of it existed in all human beings, just as it existed in trees and animals; to realize and make living to himself the fact that it was all one, was his sole aim and object.

Here perhaps Darcy would put in a word of warning.

"Take care," he said. "To see Pan meant death, did it not."

Frank's eyebrows would rise at this.

"¿Qué importa eso?", dijo. "Es cierto, los griegos siempre tenían razón, y así lo dijeron, pero hay otra posibilidad. Cuanto más me acerco a ella, más vivo, más vital y joven me vuelvo".

"¿Qué esperas de esa revelación final?".

"Ya te lo he dicho", respondió Frank, "Me hará inmortal".

Pero no fue tanto por sus palabras y su explicación, como por la conducta de su amigo, que Darcy llegó a comprender su concepción de la vida. Una mañana caminaban por la calle del pueblo, cuando una anciana, muy encorvada y decrépita, pero con un rostro extraordinariamente alegre, salió cojeando de su casa rústica. Frank se detuvo al instante cuando la vio.

"¡Vieja querida! ¿Cómo va todo?", dijo.

Pero ella no respondió, sus cansados ojos viejos estaban clavados en su rostro; parecía beber como una criatura sedienta el hermoso resplandor que allí brillaba. De repente, puso sus dos viejas manos marchitas sobre sus hombros.

"Tú eres el mismo sol", dijo; él la besó y siguió adelante.

Pero apenas cien metros más allá, pudo ver todo lo contrario a la ternura anterior. Un niño que corría por el camino hacia ellos cayó de bruces y lanzó un grito de miedo y dolor. Una mirada de horror apareció en los ojos de Frank, y, tapando sus oídos con sus dedos, huyó por la calle a toda velocidad, y no se detuvo hasta que ya no podía escuchar al niño. Darcy, habiendo comprobado que el niño no estaba realmente lastimado, lo siguió con perplejidad.

"Entonces, no tienes piedad?", preguntó. Frank agitó la cabeza con impaciencia.

"¿No lo ves?", preguntó. "¡No puedes entender que ese tipo de cosas, el dolor, la ira, cualquier cosa desagradable, me tira para atrás, retrasa la llegada de la gran

"What does that matter?" he said. "True, the Greeks were always right, and they said so, but there is another possibility. For the nearer I get to it, the more living, the more vital and young I become."

"What then do you expect the final revelation will do for you?"

"I have told you," said he. "It will make me immortal."

But it was not so much from speech and argument that Darcy grew to grasp his friend's conception, as from the ordinary conduct of his life. They were passing, for instance, one morning down the village street, when an old woman, very bent and decrepit, but with an extraordinary cheerfulness of face, hobbled out from her cottage. Frank instantly stopped when he saw her.

"You old darling! How goes it all?" he said.

But she did not answer, Ver a Pan significaba la muerte were riveted on his face; she seemed to drink in like a thirsty creature the beautiful radiance which shone there. Suddenly she put her two withered old hands on his shoulders.

"You're just the sunshine itself," she said, and he kissed her and passed on.

But scarcely a hundred yards further a strange contradiction of such tenderness occurred. A child running along the path towards them fell on its face and set up a dismal cry of fright and pain. A look of horror came into Frank's eyes, and, putting his fingers in his ears, he fled at full speed down the street, and did not pause till he was out of hearing. Darcy, having ascertained that the child was not really hurt, followed him in bewilderment.

"Are you without pity then?" he asked. Frank shook his head impatiently.

"Can't you see?" he asked. "Can't you understand that sort of thing, pain, anger, anything unlovely, throws me back, retards the coming of the great hour! Perhaps when it comes I shall be able to piece

hora! Tal vez cuando llegue ese momento, podré unir ese lado de la vida con el otro, con la verdadera religión de la alegría. En este momento no puedo".

"Pero la anciana. ¿No era fea?".

El resplandor de Frank volvió gradualmente.

"Ah, no. Ella era como yo. Anhelaba la alegría, y la reconoció cuando la vio, el viejo amor".

Se le ocurrió otra pregunta.

"¿Y qué hay del cristianismo?", preguntó Darcy.

"No puedo aceptarlo. No puedo creer en ningún credo cuya doctrina central sea que Dios, que es alegría, tuvo que sufrir. Tal vez fue así; de alguna manera inescrutable creo que pudo haber sido así, pero no entiendo cómo fue posible. Así que lo dejo en paz; mi asunto es la alegría".

Habían llegado a la presa situada sobre la aldea, y el trueno del agua fría y alborotada resonaba fuertemente. Los árboles se sumergían en el arroyo translúcido con delgadas ramas colgantes, y la pradera donde se encontraban estaba llena de los brotes florecientes del pleno verano. Las alondras se elevaban cantando villancicos en la cúpula de cristal azul, y miles de voces de junio cantaban a su alrededor. Frank, parcialmente vestido como era su costumbre, con el abrigo colgado del brazo y las mangas de la camisa enrolladas por encima del codo, se quedó allí, como un hermoso animal salvaje con los ojos medio cerrados y la boca entreabierta, aspirando el aire cálido y perfumado. Entonces, de repente, se arrojó boca abajo sobre la hierba a la orilla del arroyo, enterrando su rostro entre las margaritas y las prímulas, y yació ahí en completo éxtasis, con sus largos dedos apretando y acariciando las hierbas húmedas del campo. Nunca antes Darcy lo había visto tan plenamente poseído por su idea; sus dedos acariciantes, su cara medio enterrada, apretada contra la hierba, incluso las líneas de su

that side of life on to the other, on to the true religion of joy. At present I can't."

"But the old woman. Was she not ugly?"

Frank's radiance gradually returned.

"Ah, no. She was like me. She longed for joy, and knew it when she saw it, the old darling."

Another question suggested itself.

"Then what about Christianity?" asked Darcy.

"I can't accept it. I can't believe in any creed of which the central doctrine is that God who is Joy should have had to suffer. Perhaps it was so; in some inscrutable way I believe it may have been so, but I don't understand how it was possible. So I leave it alone; my affair is joy."

They had come to the weir above the village, and the thunder of riotous cool water was heavy in the air. Trees dipped into the translucent stream with slender trailing branches, and the meadow where they stood was starred with midsummer blossomings. Larks shot up caroling into the crystal dome of blue, and a thousand voices of June sang round them. Frank, bare-headed as was his wont, with his coat slung over his arm and his shirt sleeves rolled up above the elbow, stood there like some beautiful wild animal with eyes half-shut and mouth half-open, drinking in the scented warmth of the air. Then suddenly he flung himself face downwards on the grass at the edge of the stream, burying his face in the daisies and cowslips, and lay stretched there in wide-armed ecstasy, with his long fingers pressing and stroking the dewy herbs of the field. Never before had Darcy seen him thus fully possessed by his idea; his caressing fingers, his half-buried face pressed close to the grass, even the clothed lines of his figure were instinct with a vitality that somehow was different from that of other men. And some

figura estaban imbuidas con una vitalidad que de alguna manera era diferente a la de los otros hombres. Y un tenue resplandor de esa vitalidad llegó hasta Darcy, alguna emoción, alguna vibración de ese cuerpo recostado pasó a él, y por un momento entendió como no había entendido antes, a pesar de sus persistentes preguntas y las respuestas sinceras que recibió, cuán real era la idea que Frank había realizado en su propia persona.

De repente, los músculos del cuello de Frank se pusieron rígidos y alerta, y levantó la cabeza a medias.

"Las flautas de Pan, las flautas de Pan", susurró. "Casi, oh, tan cerca".

Muy lentamente, como si un movimiento repentino pudiera interrumpir la melodía, se levantó y se apoyó en el codo de su brazo doblado. Sus ojos se abrieron más, los párpados inferiores se inclinaron como si centrara su visión en algo muy lejano, y la sonrisa de su rostro se ensanchó y tembló como la luz del sol sobre el agua estancada, hasta que el regocijo de su felicidad fue apenas humano. Así permaneció inmóvil y absorto durante algunos minutos, luego la mirada escrutadora desapareció de su cara, e inclinó la cabeza, satisfecho.

"Ah, eso estuvo bien", dijo. "¿Cómo es posible que no lo hayas oído? ¡Oh, pobre hombre! ¿Realmente no escuchaste nada?".

Una semana de esa vida estimulante al aire libre hizo maravillas para devolver a Darcy el vigor y la salud que sus semanas de fiebre le habían arrebatado, y a medida que su actividad y vitalidad naturales volvían, pareció caer aún más bajo el hechizo que el milagro de la juventud de Frank había arrojado sobre él. Veinte veces al día se repetía a sí mismo, resistiéndose sin palabras a las absurdas ideas de Frank: "Pero no es posible, no puede ser posible", y por el hecho de tener que asegurarse tan frecuentemente de ello, sabía que estaba luchando y discutiendo con una idea que

faint glow from it reached Darcy, some thrill, some vibration from that charged recumbent body passed to him, and for a moment he understood as he had not understood before, despite his persistent questions and the candid answers they received, how real, and how realized by Frank, his idea was.

Then suddenly the muscles in Frank's neck became stiff and alert, and he half-raised his head.

"The Pan-pipes, the Pan-pipes," he whispered. "Close, oh, so close."

Very slowly, as if a sudden movement might interrupt the melody, he raised himself and leaned on the elbow of his bent arm. His eyes opened wider, the lower lids drooped as if he focused his eyes on something very far away, and the smile on his face broadened and quivered like sunlight on still water, till the exultance of its happiness was scarcely human. So he remained motionless and rapt for some minutes, then the look of listening died from his face, and he bowed his head, satisfied.

"Ah, that was good," he said. "How is it possible you did not hear? Oh, you poor fellow! Did you really hear nothing?"

A week of this outdoor and stimulating life did wonders in restoring to Darcy the vigor and health which his weeks of fever had filched from him, and as his normal activity and higher pressure of vitality returned, he seemed to himself to fall even more under the spell which the miracle of Frank's youth cast over him. Twenty times a day he found himself saying to himself suddenly at the end of some ten minutes silent resistance to the absurdity of Frank's idea: "But it isn't possible; it can't be possible," and from the fact of his having to assure himself so frequently of this, he

ya había echado raíces en su mente. En cualquier caso, tenía un milagro viviente frente a sus ojos, ya que no era posible que este joven, este muchacho, temblando al borde de la madurez, tuviera treinta y cinco años.

Sin embargo, esa era la realidad.

El mes de julio fue inaugurado por un par de días de lluvias torrenciales e irritantes, y Darcy, que no quería arriesgarse a resfriarse, se quedó en la casa. Pero este tiempo lluvioso no afectó para nada el comportamiento de Frank, quien pasaba sus días exactamente como lo había hecho bajo el sol de junio, acostado en su hamaca, estirado sobre la hierba goteante, o haciendo largas excursiones por el bosque, los pájaros saltando de árbol en árbol detrás de él, para regresar empapado por la tarde, pero con la misma llama inextinguible de alegría ardiendo dentro de él.

"¿Resfriarme?", solía decir, "se me olvidó cómo hacerlo, creo que hace que el cuerpo sea más resistente para dormir al aire libre. La gente que vive bajo techo siempre me recuerda a algo pelado y sin piel".

"¿Quieres decir que anoche dormiste al aire libre bajo ese diluvio?" preguntó Darcy. "¿Y dónde, si puedo preguntarte?".

Frank pensó un momento.

"Dormí en la hamaca hasta casi el amanecer", dijo. "Porque recuerdo que la luz parpadeaba en el este cuando desperté. Luego fui –¿adónde fui?– oh, sí, a la pradera donde las flautas de Pan sonaron tan cercanas, hace una semana. Estabas conmigo, ¿recuerdas? Pero siempre tengo una alfombra por si está mojado".

Y se fue silbando al piso de arriba.

De alguna manera ese pequeño toque, su obvio esfuerzo por recordar dónde había dormido, hizo que Darcy fuera más consciente del maravilloso romance del que él era un espectador parcialmente convencido. ¡Durmió hasta el amanecer

knew that he was struggling and arguing with a conclusion which already had taken root in his mind. For in any case a visible living miracle confronted him, since it was equally impossible that this youth, this boy, trembling on the verge of manhood, was thirty-five.

Yet such was the fact.

July was ushered in by a couple of days of blustering and fretful rain, and Darcy, unwilling to risk a chill, kept to the house. But to Frank this weeping change of weather seemed to have no bearing on the behavior of man, and he spent his days exactly as he did under the suns of June, lying in his hammock, stretched on the dripping grass, or making huge rambling excursions into the forest, the birds hopping from tree to tree after him, to return in the evening, drenched and soaked, but with the same unquenchable flame of joy burning within him.

"Catch cold?" he would ask; "I've forgotten how to do it, I think I suppose it makes one's body more sensible always to sleep out-of-doors. People who live indoors always remind me of something peeled and skinless."

"Do you mean to say you slept out-of-doors last night in that deluge?" asked Darcy. "And where, may I ask?"

Frank thought a moment.

"I slept in the hammock till nearly dawn," he said. "For I remember the light blinked in the east when I awoke. Then I went — where did I go — oh, yes, to the meadow where the Pan-pipes sounded so close a week ago. You were with me, do you remember? But I always have a rug if it is wet."

And he went whistling upstairs.

Somehow that little touch, his obvious effort to recall where he had slept, brought strangely home to Darcy the wonderful romance of which he was the still half-incredulous beholder. Sleep till close on dawn in a hammock, then the tramp

en una hamaca, luego vagabundeó –o más bien corrió–, debajo de los cielos ventosos y lluviosos, hasta la remota y solitaria pradera junto a la presa! Imágenes de otras noches como esa surgieron en su imaginación; Frank durmiendo, quizás junto al lugar para bañarse en la ribera, bajo el crepúsculo de las estrellas, o el blanco resplandor de la luz de la luna, agitándose y despertando en medio de la noche, quizás teniendo pensamientos silenciosos con los ojos muy abiertos, y luego vagabundeando a través de los silenciosos bosques hacia algún otro lugar para descansar, a solas con su felicidad, a solas con el gozo y la vida que lo imbuía y lo envolvía, sin ningún otro pensamiento, ni deseo ni meta excepto la comunión constante e ininterrumpida con el gozo de la naturaleza.

Esa noche estaban cenando, hablando de temas indiferentes, cuando Darcy se interrumpió repentinamente, en medio de una frase.

"Lo tengo", dijo. "Por fin lo tengo".

"Te felicito", dijo Frank. "¿Pero que cosa?".

"La radical falta de solidez de tu idea. Es esto: Toda la naturaleza, desde lo más alto a lo más bajo, está llena, repleta de sufrimiento; todo organismo vivo en la naturaleza se alimenta de otro, sin embargo, en tu propósito de acercarte a la naturaleza, de ser uno con ella, dejas el sufrimiento por completo de lado; huyes de él, te niegas a reconocerlo. Y estás esperando, dices, la revelación final".

La frente de Frank se nubló un poco.

"Bueno", preguntó, bastante cansado.

"¿No puedes adivinar entonces cual será la revelación final? Con el gozo eres supremo, te lo concedo; no sabía que un hombre podía dominarlo de esa forma. Posiblemente hayas aprendido todo lo que la naturaleza puede enseñarte. Y si, como piensas, la revelación final está llegando a ti, será la revelación del horror, el sufrimiento, la muerte, el dolor en todas sus

— or probably scamper — underneath the windy and weeping heavens to the remote and lonely meadow by the weir! The picture of other such nights rose before him; Frank sleeping perhaps by the bathing-place under the filtered twilight of the stars, or the white blaze of moonshine, a stir and awakening at some dead hour, perhaps a space of silent wide-eyed thought, and then wandering through the hushed woods to some other dormitory, alone with his happiness, alone with the joy and the life that suffused and enveloped him, without other thought or desire or aim except the hourly and never-ceasing communion with the joy of nature.

They were in the middle of dinner that night, talking on indifferent subjects, when Darcy suddenly broke off in the middle of a sentence.

"I've got it," he said. "At last I've got it."

"Congratulate you," said Frank. "But what?"

"The radical unsoundness of your idea. It is this: 'All Nature from highest to lowest is full, crammed full of suffering; every living organism in Nature preys on another, yet in your aim to get close to, to be one with Nature, you leave suffering altogether out; you run away from it, you refuse to recognize it. And you are waiting, you say, for the final revelation."

Frank's brow clouded slightly.

"Well," he asked, rather wearily.

"Cannot you guess then when the final revelation will be? In joy you are supreme, I grant you that; I did not know a man could be so master of it. You have learned perhaps practically all that Nature can teach. And if, as you think, the final revelation is coming to you, it will be the revelation of horror, suffering, death, pain

formas horribles. El sufrimiento existe: lo odias y lo temes".

Frank levantó la mano.

"Detente, déjame pensar", dijo.

Hubo silencio durante un largo minuto.

"Eso nunca me se me ocurrió", dijo al final. "Es posible que lo que sugieres sea cierto. ¿Crees que ver a Pan significa eso? ¿Es que la naturaleza, en su totalidad, sufre horriblemente, sufre hasta un punto horriblemente inconcebible? ¿Se me mostrará todo el sufrimiento?" Se levantó y se acercó a donde estaba sentado Darcy.

"Si es así, que así sea", dijo. "Porque, mi querido amigo, estoy cerca, tan espléndidamente cerca de la revelación final. Hoy las flautas sonaron casi sin pausa. Incluso escuché un susurro entre los arbustos, que creo indica la llegada de Pan. Hoy vi como los arbustos se apartaban a un lado como si una mano los moviera, y vi parte de un rostro, que no era humano, mirando a través de ellos. Pero no me asusté, al menos esta vez no me escapé".

Se acercó a la ventana y volvió para atrás.

"Sí, hay sufrimiento por todas partes", dijo, "y lo he dejado fuera de mi búsqueda. Tal vez, como dices, la revelación será esa. Y en ese caso, será un adiós. Seguí una línea. Quizás fue demasiado lejos por un camino, sin haber explorado el otro. Pero no puedo volverme atrás ahora. No lo haría si pudiera; ¡no volvería a dar un paso atrás! En cualquier caso, cualquiera que sea la revelación, será divina. Estoy seguro de eso".

El tiempo de lluvia pronto pasó, y con el regreso del sol, Darcy se unió de nuevo a Frank en largas jornadas de senderismo. El clima era muy cálido, y con el fresco estallido de la vida, después de la lluvia, la vitalidad de Frank parecía arder cada vez con más fuerza. Entonces, como es habitual en el clima inglés, una noche las nubes comenzaron a acumularse en el oeste, el sol se ocultó en un resplandor de

in all its hideous forms. Suffering does exist: you hate it and fear it."

Frank held up his hand.

"Stop; let me think," he said.

There was silence for a long minute.

"That never struck me," he said at length. "It is possible that what you suggest is true. Does the sight of Pan mean that, do you think? Is it that Nature, take it altogether, suffers horribly, suffers to a hideous inconceivable extent? Shall I be shown all the suffering?" He got up and came round to where Darcy sat.

"If it is so, so be it," he said. "Because, my dear fellow, I am near, so splendidly near to the final revelation. To-day the pipes have sounded almost without pause. I have even heard the rustle in the bushes, I believe, of Pan's coming. I have seen, yes, I saw today, the bushes pushed aside as if by a hand, and piece of a face, not human, peered through. But I was not frightened, at least I did not run away this time."

He took a turn up to the window and back again.

"Yes, there is suffering all through," he said, "and I have left it all out of my search. Perhaps, as you say, the revelation will be that. And in that case, it will be good-bye. I have gone on one line. I shall have gone too far along one road, without having explored the other. But I can't go back now. I wouldn't if I could; not a step would I retrace! In any case, whatever the revelation is, it will be God. I'm sure of that."

The rainy weather soon passed, and with the return of the sun Darcy again joined Frank in long rambling days. It grew extraordinarily hotter, and with the fresh bursting of life, after the rain, Frank's vitality seemed to blaze higher and higher. Then, as is the habit of the English weather, one evening clouds began to bank themselves up in the west, the sun went down in a glare of coppery thunder-rack, and the

truenos de cobre, mientras todos se asaban bajo una opresión y una sofocación indecibles, suspirando y rogando por una tormenta. Después de la puesta del sol, los fuegos remotos de los relámpagos comenzaron a centellear en el horizonte, pero, para cuando llegó la hora de acostarse, la tormenta no parecía haberse acercado, aunque se oía un ruido incesante de truenos profundos. Cansado y oprimido por el estrés del día, Darcy cayó de inmediato en un sueño profundo e incómodo.

Se despertó repentinamente, completamente lúcido, con el estruendo de una espantosa explosión de truenos en sus oídos, y se sentó en la cama con el corazón acelerado. Luego, por un momento, mientras se recuperaba del susto, y salía de esa tierra que yace entre el sueño y la vigilia, hubo silencio, excepto por el constante silbido de la lluvia sobre los arbustos que había fuera de su ventana. Pero de repente, ese silencio se hizo añicos, cuando sonó un grito desde algún lugar cercano en el jardín oscuro, un grito de terror supremo y desesperado. Los alaridos se repitieron una y otra vez, pero luego se interrumpieron, reemplazados por un balbuceo de palabras horribles. Una voz temblorosa y sollozante decía:

"¡Dios mío, oh, Dios mío; oh, Cristo!".

Y luego siguió una pequeña risa burlona, como un balido. Entonces volvió a haber silencio; sólo la lluvia siseaba sobre los arbustos.

Todo eso sucedió en un momento, y sin detenerse ni para vestirse o para encender una vela, Darcy ya estaba tanteando el picaporte de su puerta. Cuando la abrió, se encontró con un rostro aterrorizado, el del sirviente, que llevaba una luz.

"¿Ha oído?", preguntó.

La cara del hombre estaba mortalmente pálida. "Sí", dijo. "Era la voz del señor".

whole earth broiling under an unspeakable oppression and sultriness paused and panted for the storm. After sunset the remote fires of lightning began to wink and flicker on the horizon, but when bed-time came the storm seemed to have moved no nearer, though a very low unceasing noise of thunder was audible. Weary and oppressed by the stress of the day, Darcy fell at once into a heavy uncomforting sleep.

He woke suddenly into full consciousness, with the din of some appalling explosion of thunder in his ears, and sat up in bed with racing heart. Then for a moment, as he recovered himself from the panic-land which lies between sleeping and waking, there was silence, except for the steady hissing of rain on the shrubs outside his window. But suddenly that silence was shattered and shredded into fragments by a scream from somewhere close at hand outside in the black garden, a scream of supreme and despairing terror. Again and once again it shrilled up, and then a babble of awful words was interjected. A quivering sobbing voice that he knew said:

"My God, oh, my God; oh, Christ!"

And then followed a little mocking, bleating laugh. Then was silence again; only the rain hissed on the shrubs.

All this was but the affair of a moment, and without pause either to put on clothes or light a candle, Darcy was already fumbling at his door-handle. Even as he opened it he met a terror-stricken face outside, that of the man-servant who carried a light.

"Did you hear?" he asked.

The man's face was bleached to a dull shining whiteness. "Yes, sir," he said. "It was the master's voice."

Juntos bajaron a toda prisa por las escaleras y atravesaron el comedor, donde ya estaba acomodada la mesa para el desayuno, y se dirigieron a la terraza. Por el momento la lluvia se había detenido por completo, como si el grifo de los cielos se hubiera cerrado, y bajo la capa de nubes bajas, ya no estaba tan oscuro, porque la luna cabalgaba en algún lugar sereno detrás de las nubes, Darcy se dirigió tropezando hacia el jardín, seguido por el sirviente con la vela. Su propia monstruosa sombra saltaba por delante de él, sobre el césped; los aromas vagos de las rosas, los lirios y la tierra húmeda se espesaban a su alrededor; pero un olor punzante y acre era más penetrante. En la oscuridad de la neblina, bajo la luz del cielo y el vago resplandor de la vela que estaba detrás de él, vio que la hamaca en la que Frank solía yacer estaba ocupada. Una camisa blanca brillaba en la oscuridad, como si un hombre estuviera sentado en ella, pero estaba cruzada por una sombra oscura, y al acercarse el olor acre se hizo más intenso.

Cuando estaba a pocos metros de distancia, la sombra negra pareció saltar en el aire repentinamente, y luego se alejó, con el golpeteo de cascos duros, por el camino de ladrillos que bajaba por la pérgola, y con saltos juguetones se internó entre los arbustos. Después que esa criatura se fue, Darcy pudo ver claramente que una figura en camisa estaba sentada en la hamaca. Por un momento, el terror de lo invisible lo mantuvo clavado en su lugar, pero cuando el sirviente se acercó, caminaron juntos hacia la hamaca.

Era Frank. Estaba vestido solo con camisa y pantalones, y se sentaba con los brazos cruzados. Durante medio segundo los miró fijamente, su cara era una máscara horrible de terror contorsionado. Su labio superior estaba retraído, mostrando las encías de los dientes, y sus ojos no estaban enfocados en quienes se le acercaban,

Together they hurried down the stairs and through the dining-room where an orderly table for breakfast had already been laid, and out on to the terrace. The rain for the moment had been utterly stayed, as if the tap of the heavens had been turned off, and under the lowering black sky, not quite dark, since the moon rode somewhere serene behind the conglomerated thunder-clouds, Darcy stumbled into the garden, followed by the servant with the candle. The monstrous leaping shadow of himself was cast before him on the lawn; lost and wandering odors of rose and lily and damp earth were thick about him, but more pungent was some sharp and acrid smell that suddenly reminded him of a certain chalet in which he had once taken refuge in the Alps. In the blackness of the hazy light from the sky, and the vague tossing of the candle behind him, he saw that the hammock in which Frank so often lay was tenanted. A gleam of white shirt was there, as if a man were sitting up in it, but across that there was an obscure dark shadow, and as he approached the acrid odor grew more intense.

He was now only some few yards away, when suddenly the black shadow seemed to jump into the air, then came down with tapings of hard hoofs on the brick path that ran down the pergola, and with frolicsome skippings galloped off into the bushes. When that was gone Darcy could see quite clearly that a shirted figure sat up in the hammock. For one moment, from sheer terror of the unseen, he hung on his step, and the servant joining him they walked together to the hammock.

It was Frank. He was in shirt and trousers only, and he sat up with braced arms. For one half-second he stared at them, his face a mask of horrible contorted terror. His upper lip was drawn back so that the gums of the teeth appeared, and his eyes were focused not on the two who approached him, but on something quite close to him; his nostrils were widely ex-

sino en algo bastante más cercano a él; sus fosas nasales estaban ampliamente expandidas, como si jadease en busca de aliento, y el terror encarnado, la repulsión y la angustia mortal dominaban las líneas espantosas de sus suaves mejillas y su frente. Entonces, mientras lo miraban, el cuerpo se hundió hacia atrás, y las cuerdas de la hamaca silbaron y se tensaron.

Darcy lo levantó y lo llevó adentro. Por un momento creyó que los miembros que yacían como peso muerto en sus brazos, habían hecho un leve movimiento, pero cuando entraron, no había rastro alguno de vida. Pero la mirada de supremo terror y la agonía del miedo habían desaparecido de su rostro. El bulto que depositó en el suelo parecía un niño cansado de jugar pero aún sonriendo mientras dormía. Sus ojos se habían cerrado, y la hermosa boca yacía en curvas sonrientes, como cuando hace unas mañanas, en la pradera junto a la presa, se había estremecido con la música de la inaudita melodía de las flautas de Pan. Luego miraron más allá.

Frank había regresado de su baño esa noche con su vestimenta habitual de camisa y pantalones. No se había vestido, y durante la cena, recordó Darcy, se había arremangado las mangas de su camisa hasta por encima del codo. Más tarde, mientras se sentaban y hablaban después de la cena, en la pesadez de la noche, se había desabrochado la parte delantera de su camisa para dejar que el poco viento que había jugara con su piel. Las mangas ahora estaban arremangadas, la parte delantera de la camisa estaba desabrochada, y en sus brazos y en la piel marrón de su pecho había extrañas decoloraciones que se iban haciendo más claras y definidas, hasta que vieron que las marcas eran huellas puntiagudas, como si hubiesen sido causadas por las pezuñas que algún chivo monstruoso había estampado en su cuerpo al saltar sobre él.

panded, as if he panted for breath, and terror incarnate and repulsion and deathly anguish ruled dreadful lines on his smooth cheeks and forehead. Then even as they looked the body sank backwards, and the ropes of the hammock wheezed and strained.

Darcy lifted him out and carried him indoors. Once he thought there was a faint convulsive stir of the limbs that lay with so dead a weight in his arms, but when they got inside, there was no trace of life. But the look of supreme terror and agony of fear had gone from his face, a boy tired with play but still smiling in his sleep was the burden he laid on the floor. His eyes had closed, and the beautiful mouth lay in smiling curves, even as when a few mornings ago, in the meadow by the weir, it had quivered to the music of the unheard melody of Pan's pipes. Then they looked further.

Frank had come back from his bathe before dinner that night in his usual costume of shirt and trousers only. He had not dressed, and during dinner, so Darcy remembered, he had rolled up the sleeves of his shirt to above the elbow. Later, as they sat and talked after dinner on the close sultriness of the evening, he had unbuttoned the front of his shirt to let what little breath of wind there was play on his skin. The sleeves were rolled up now, the front of the shirt was unbuttoned, and on his arms and on the brown skin of his chest were strange discolorations which grew momently more clear and defined, till they saw that the marks were pointed prints, as if caused by the hoofs of some monstrous goat that had leaped and stamped upon him.

Amour Dure

Vernon Lee

| Pasajes del diario de Spiridion Trepka | Passages From The Diary of Spiridion Trepka |

I

Urbania, 20 de agosto de 1885. – Había querido, durante años y años, estar en Italia, encontrarme cara a cara con el pasado; pero, ¿era esta Italia, ¿este era el pasado? Podría haber llorado, sí llorado, por la decepción que sentí cuando vagaba por Roma, con una invitación a cenar en la embajada alemana en mi bolsillo, con tres o cuatro vándalos de Berlín y Múnich a mis talones, diciéndome dónde se podía conseguir la mejor cerveza y chucrut, y de qué trataba el último artículo de Grimm o de Mommsen.

¿Esto es una locura? ¿Una falsedad? ¿No soy yo mismo un producto de la civilización moderna del norte? ¿Acaso mi venida a Italia no se debe a este moderno vandalismo científico, que me ha dado una beca de viaje porque escribí un libro, como todos esos otros libros atroces, de erudición y crítica del arte? No, ¿acaso no estoy aquí en Urbania, con la intención expresa de que, en un cierto número de meses, produciré otro libro similar? ¿Te imaginas, miserable Spiridion, tú, un polaco, convertido en una copia de un alemán

I

Urbania, August 20th, 1885.— I had longed, these years and years, to be in Italy, to come face to face with the Past; and was this Italy, was this the Past? I could have cried, yes cried, for disappointment when I first wandered about Rome, with an invitation to dine at the German Embassy in my pocket, and three or four Berlin and Munich Vandals at my heels, telling me where the best beer and sauerkraut could be had, and what the last article by Grimm or Mommsen was about.

Is this folly? Is it falsehood? Am I not myself a product of modern, northern civilization; is not my coming to Italy due to this very modern scientific vandalism, which has given me a traveling scholarship because I have written a book like all those other atrocious books of erudition and art-criticism? Nay, am I not here at Urbania on the express understanding that, in a certain number of months, I shall produce just another such book? Dost thou imagine, thou miserable Spiridion, thou Pole grown into the semblance of a

pedante, doctor en filosofía, profesor incluso; autor de un ensayo premiado, sobre los déspotas del siglo XV; crees que con tus cartas ministeriales y hojas de correcciones en el bolsillo de tu abrigo negro, de profesor, ¿puedes alcanzar alguna vez, con tu espíritu, la presencia del pasado?

Muy cierto, ¡ay! Pero déjenme olvidarlo, al menos de vez en cuando; como lo olvidé esta tarde, mientras los bueyes blancos arrastraban mi carro, serpenteando lentamente a lo largo de valles interminables, reptando a lo largo de las laderas de infinitas colinas, con torrentes murmurando muy por debajo, con solo los picos desnudos, grises y rojizos, rodeándome, hasta llegar a esta ciudad de Urbania, olvidada por la humanidad, con sus torres y almenas en la alta cordillera de los Apeninos. Sigillo, Penna, Fossombrone, Mercatello, Montemurlo; los nombres de los pueblos, nombrados por el conductor al pasar, reavivaron recuerdos de algunas batalla o grandes traiciones de antaño. Y mientras las enormes montañas ocultan el sol poniente, y los valles se llenan de sombras y nieblas azuladas, solo queda una franja amenazante de humo rojo detrás de las torres y cúpulas de la ciudad, en la cima de la montaña, y el sonido de las campanas de las iglesias. Flotando a través del precipicio de Urbania, casi esperaba, a cada giro de la carretera, que apareciera una tropa de jinetes, con cascos de pico y calzados claveteados, con brillantes armaduras y banderolas ondeando en la puesta de sol.

Y luego, aún no hace dos horas, entrando al pueblo al atardecer, pasando por las calles desiertas, con solo algunas candilejas humeantes aquí y allá, bajo un santuario o frente a un puesto de frutas, o un fuego que enrojece la negrura de una herrería; pasando por debajo de las almenas y las torres del palacio... ¡Ah, eso era Italia, eso era el pasado!

German pedant, doctor of philosophy, professor even, author of a prize essay on the despots of the fifteenth century, dost thou imagine that thou, with thy ministerial letters and proof-sheets in thy black professorial coat-pocket, canst ever come in spirit into the presence of the Past?

Too true, alas! But let me forget it, at least, every now and then; as I forgot it this afternoon, while the white bullocks dragged my gig slowly winding along interminable valleys, crawling along interminable hill-sides, with the invisible droning torrent far below, and only the bare grey and reddish peaks all around, up to this town of Urbania, forgotten of mankind, towered and battlemented on the high Apennine ridge. Sigillo, Penna, Fossombrone, Mercatello, Montemurlo-each single village name, as the driver pointed it out, brought to my mind the recollection of some battle or some great act of treachery of former days. And as the huge mountains shut out the setting sun, and the valleys filled with bluish shadow and mist, only a band of threatening smoke-red remaining behind the towers and cupolas of the city on its mountain-top, and the sound of church bells floated across the precipice from Urbania, I almost expected, at every turning of the road, that a troop of horsemen, with beaked helmets and clawed shoes, would emerge, with armor glittering and pennons waving in the sunset.

And then, not two hours ago, entering the town at dusk, passing along the deserted streets, with only a smoky light here and there under a shrine or in front of a fruit-stall, or a fire reddening the blackness of a smithy; passing beneath the battlements and turrets of the palace... Ah, that was Italy, it was the Past!

21 de agosto.– ¡Y este es el presente! Cuatro cartas de presentación para entregar, y una conversación educada, que tuve que soportar por una hora, con el Vice-Prefecto, el Síndico, el Director de los Archivos y el buen hombre a quien mi amigo Max me había recomendado para conseguir alojamiento...

22-27 de agosto.– Pasé la mayor parte del día en los Archivos, y dediqué la mayor parte de mi tiempo allí, a ser aburrido a muerte por su Director, quien hoy recitó los Comentarios de Eneas Sylvius durante tres cuartos de hora sin tomar aliento. De este tipo de martirio (¿cuáles son las sensaciones de un antiguo caballo de carreras conducido en un taxi? Si puedes concebirlas, son las de un profesor prusiano convertido en polaco), me refugio dando largos paseos por la ciudad. Esta ciudad es un puñado de altas casas negras acurrucadas en la cima de un Alpe; largas y estrechas calles se deslizan por sus lados, como nos deslizábamos en las colinas de nuestra infancia; y en el medio la magnífica estructura de ladrillo rojo, con torrecillas y almenas, del palacio del duque Ottobuono, desde cuyas ventanas uno se asoma a un mar, una especie de remolino, de melancólicas montañas grises.

Luego están los habitantes, hombres oscuros, de tupidas barbas, que cabalgan como bandoleros, envueltos en capas de líneas verdes sobre sus peludas mulas de carga; jóvenes grandes y musculosos, vagabundeando cabizbajos, como los bravos de colores en los frescos de Signorelli; los bellos muchachos, como tantos jóvenes Raphaels, con ojos como los ojos de bueyes; y las mujeres enormes, Madonnas o Santa Isabeles, según fuera el caso, con sus zuecos firmemente calzados y cántaros de bronce sobre sus cabezas, a medida que suben y bajan por los empinados callejones negros. No hablo mucho con estas personas; porque temo que mis ilusiones sean disipadas. En la esquina de

August 21st.— And this is the Present! Four letters of introduction to deliver, and an hour's polite conversation to endure with the Vice-Prefect, the Syndic, the Director of the Archives, and the good man to whom my friend Max had sent me for lodgings…

August 22nd-27th.— Spent the greater part of the day in the Archives, and the greater part of my time there in being bored to extinction by the Director thereof, who today spouted Aeneas Sylvius' Commentaries for three-quarters of an hour without taking breath. From this sort of martyrdom (what are the sensations of a former racehorse being driven in a cab? If you can conceive them, they are those of a Pole turned Prussian professor) I take refuge in long rambles through the town. This town is a handful of tall black houses huddled on to the top of an Alp, long narrow lanes trickling down its sides, like the slides we made on hillocks in our boyhood, and in the middle the superb red brick structure, turreted and battlemented, of Duke Ottobuono's palace, from whose windows you look down upon a sea, a kind of whirlpool, of melancholy grey mountains.

Then there are the people, dark, bushy-bearded men, riding about like brigands, wrapped in green-lined cloaks upon their shaggy pack-mules; or loitering about, great, brawny, low-headed youngsters, like the parti-colored bravos in Signorelli's frescoes; the beautiful boys, like so many young Raphaels, with eyes like the eyes of bullocks, and the huge women, Madonnas or St. Elizabeths, as the case may be, with their clogs firmly poised on their toes and their brass pitchers on their heads, as they go up and down the steep black alleys. I do not talk much to these people; I fear my illusions being dispelled. At the corner of a street, opposite Francesco di Giorgio's beautiful little

una calle, frente al hermoso y pequeño pórtico de Francesco di Giorgio, hay un gran anuncio azul y rojo, que representa a un ángel que desciende para coronar a Elias Howe, por sus máquinas de coser; y los secretarios de la Vice-Prefectura, que cenan en mismo lugar que yo, discuten a gritos política, Minghetti, Cairoli, Túnez, acorazados, etc., y cantan fragmentos de La Fille de Mme. Angot, que imagino que fue representada por aquí recientemente.

No; sin duda hablar con los nativos es un experimento peligroso. Exceptuando, tal vez, a mi buen casero, el signor Notaro Porri, que es tan educado y toma mucho menos tabaco (o más bien se lo quita del abrigo con más frecuencia) que el Director de los Archivos. Olvidé anotar (y siento que debo hacerlo, en la vana ilusión de que algún día estas notas servirán de algo, como una marchita ramita de olivo o una lámpara toscana de tres pabilos en mi mesa, pare poder recordar, en esa odiosa Babilonia de Berlín, estos días felices en Italia). Me olvidé de anotar que estoy alojado en la casa de un comerciante de antigüedades. Mi ventana mira hacia la calle principal donde una pequeña columna, con Mercurio en su parte superior, se levanta en medio de los toldos y pórticos de la plaza del mercado.

Inclinándome sobre los desportillados aguamaniles y las tinas llenas de albahaca dulce, rosas de clavo de olor y caléndulas, apenas puedo ver un rincón de la torre del palacio y el vago color ultramarino de las colinas lejanas. La casa, cuya parte trasera baja bruscamente hacia el barranco, es un lugar oscuro y extraño, en todos los sentidos, con habitaciones encaladas, y cuadros de Rafael, Francia y Perugino colgando en sus muros, que mi anfitrión lleva a la posada principal de tanto en tanto, cada vez que se espera la visita de un forastero; y rodeado de viejas sillas talladas, sofás del Imperio, baúles de boda, con tallados y dorados, y armarios que contienen trozos de damasco viejo y

portico, is a great blue and red advertisement, representing an angel descending to crown Elias Howe, on account of his sewing-machines; and the clerks of the Vice-Prefecture, who dine at the place where I get my dinner, yell politics, Minghetti, Cairoli, Tunis, ironclads, c., at each other, and sing snatches of La Fille de Mme. Angot, which I imagine they have been performing here recently.

No; talking to the natives is evidently a dangerous experiment. Except indeed, perhaps, to my good landlord, Signor Notaro Porri, who is just as learned, and takes considerably less snuff (or rather brushes it off his coat more often) than the Director of the Archives. I forgot to jot down (and I feel I must jot down, in the vain belief that some day these scraps will help, like a withered twig of olive or a three-wicked Tuscan lamp on my table, to bring to my mind, in that hateful Babylon of Berlin, these happy Italian days)-I forgot to record that I am lodging in the house of a dealer in antiquities. My window looks up the principal street to where the little column with Mercury on the top rises in the midst of the awnings and porticoes of the market-place.

Bending over the chipped ewers and tubs full of sweet basil, clove pinks, and marigolds, I can just see a corner of the palace turret, and the vague ultramarine of the hills beyond. The house, whose back goes sharp down into the ravine, is a queer up-and-down black place, whitewashed rooms, hung with the Raphaels and Francias and Peruginos, whom mine host regularly carries to the chief inn whenever a stranger is expected; and surrounded by old carved chairs, sofas of the Empire, embossed and gilded wedding-chests, and the cupboards which contain bits of old damask and embroidered altar-cloths scenting the place with the smell of old incense and mustiness; all of which are pre-

telas de altar bordadas, que aromatizan el lugar con el olor del incienso viejo y el moho. Todo esto está presidido por las tres hermanas solteras del Signor Porri, Sora Serafina, Sora Lodovica y Sora Adalgisa, las tres Parcas personificadas, con sus ruecas y gatos negros.

Sor Asdrubale, como llaman a mi arrendador, también es un notario. Echa de menos el Gobierno pontificio, ya que tuvo un primo que le llevaba la cola a un Cardenal, y cree que si pones una mesa para dos, enciendes cuatro velas hechas de la grasa de hombres muertos y realizas ciertos ritos sobre los que no es muy preciso, puedes, en Nochebuena y otras noches similares, invocar a San Pascual Bailón, quien escribirá los números ganadores de la lotería en el dorso ahumado de un plato, si previamente lo abofeteaste y repetiste tres Ave Marías.

La dificultad consiste en obtener la grasa de los muertos para las velas, y también en abofetear al santo antes de que tenga tiempo de desaparecer.

"Si no fuera por eso", dice Sor Asdrubale, "el gobierno habría tenido que eliminar la lotería hace años, ¡eh!".

9 de septiembre.– Esta historia de Urbania no deja de tener encanto, aunque ese encanto (como siempre) ha sido pasado por alto por nuestros Dryasdusts. (Dryasdust era una autoridad literaria imaginaria, tediosamente minuciosa, citada por Sir Walter Scott para presentar información de fondo en sus novelas; de ahí en más es usado como un término irrisorio para cualquiera que presente hechos históricos sin ninguna sensibilidad por las personalidades involucradas)

Incluso antes de venir aquí me sentí atraído por la extraña figura de una mujer, que aparecía en las áridas páginas de las historias de Gualterio y del Padre de Sanctis sobre este lugar. Esta mujer es Medea, hija de Galeazzo IV Malatesta, señor de Carpi, esposa, primero de Pierluigi Orsini,

sided over by Signor Porri's three maiden sisters-Sora Serafina, Sora Lodovica, and Sora Adalgisa-the three Fates in person, even to the distaffs and their black cats.

Sor Asdrubale, as they call my landlord, is also a notary. He regrets the Pontifical Government, having had a cousin who was a Cardinal's train-bearer, and believes that if only you lay a table for two, light four candles made of dead men's fat, and perform certain rites about which he is not very precise, you can, on Christmas Eve and similar nights, summon up San Pasquale Baylon, who will write you the winning numbers of the lottery upon the smoked back of a plate, if you have previously slapped him on both cheeks and repeated three Ave Marias.

The difficulty consists in obtaining the dead men's fat for the candles, and also in slapping the saint before he have time to vanish.

"If it were not for that," says Sor Asdrubale, "the Government would have had to suppress the lottery ages ago-eh!".

Sept. 9th.— This history of Urbania is not without its romance, although that romance (as usual) has been overlooked by our Dryasdusts.(Dryasdust was an imaginary and tediously thorough literary authority cited by Sir Walter Scott to present background information in his novels; thereafter, a derisory term for anyone who presents historical facts with no feeling for the personalities involved)

Even before coming here I felt attracted by the strange figure of a woman, which appeared from out of the dry pages of Gualterio's and Padre de Sanctis' histories of this place. This woman is Medea, daughter of Galeazzo IV. Malatesta, Lord of Carpi, wife first of Pierluigi Orsini,

duque de Stimigliano, y luego de Guidalfonso II, Duque de Urbania, antecesor del gran duque Roberto II.

La historia y el carácter de esta mujer nos recuerdan a Bianca Cappello y, al mismo tiempo, a Lucrezia Borgia. Nacida en 1556, a la edad de doce años fue prometida a un primo, un Malatesta de la familia Rimini. Debido a que esa familia había descendido mucho en el mundo, su compromiso se rompió, y un año más tarde se comprometió con un miembro de la familia Pico y se casó con él por poder a la edad de catorce años.

Pero este emparejamiento no satisfacía su propia ambición ni a la de su padre; el matrimonio por poder fue –con algún pretexto–, declarado nulo, y se alentaron las pretensiones del duque de Stimigliano, un gran feudatario de la familia Orsini en Umbría. Pero el novio, Giovanfrancesco Pico, se negó a aceptarlo, presentó su caso ante el Papa y trató de llevarse por la fuerza a su novia, de quien estaba locamente enamorado, ya que la dama era encantadora y tenía modales muy alegres y gentiles –según una vieja crónica anónima. Pico interceptó su litera cuando iba a una villa de su padre y la llevó a su castillo, cerca de Mirandola, donde intentó respetuosamente que aceptara su demanda; insistiendo en que él tenía derecho a considerarla su esposa. Pero la dama escapó, descolgándose en el foso, con una cuerda de sábanas anudadas, y el cuerpo de Giovanfrancesco Pico fue descubierto, apuñalado en el pecho, de la mano de Madonna Medea da Carpi. Era un joven apuesto de solo dieciocho años.

Habiendose librado de los Pico, y el matrimonio declarado nulo por el Papa, Medea da Carpi se casó solemnemente con el duque de Stimigliano y se fue a vivir a sus dominios cerca de Roma.

Dos años más tarde, Pierluigi Orsini fue apuñalado por uno de sus ayudas de cámara en su castillo de Stimigliano, cerca de Orvieto; y la sospecha recayó sobre su

Duke of Stimigliano, and subsequently of Guidalfonso II., Duke of Urbania, predecessor of the great Duke Robert II.

This woman's history and character remind one of that of Bianca Cappello, and at the same time of Lucrezia Borgia. Born in 1556, she was affianced at the age of twelve to a cousin, a Malatesta of the Rimini family. This family having greatly gone down in the world, her engagement was broken, and she was betrothed a year later to a member of the Pico family, and married to him by proxy at the age of fourteen.

But this match not satisfying her own or her father's ambition, the marriage by proxy was, upon some pretext, declared null, and the suit encouraged of the Duke of Stimigliano, a great Umbrian feudatory of the Orsini family. But the bridegroom, Giovanfrancesco Pico, refused to submit, pleaded his case before the Pope, and tried to carry off by force his bride, with whom he was madly in love, as the lady was most lovely and of most cheerful and amiable manner, says an old anonymous chronicle. Pico waylaid her litter as she was going to a villa of her father's, and carried her to his castle near Mirandola, where he respectfully pressed his suit; insisting that he had a right to consider her as his wife. But the lady escaped by letting herself into the moat by a rope of sheets, and Giovanfrancesco Pico was discovered stabbed in the chest, by the hand of Madonna Medea da Carpi. He was a handsome youth only eighteen years old.

The Pico having been settled, and the marriage with him declared null by the Pope, Medea da Carpi was solemnly married to the Duke of Stimigliano, and went to live upon his domains near Rome.

Two years later, Pierluigi Orsini was stabbed by one of his grooms at his castle of Stimigliano, near Orvieto; and suspicion fell upon his widow, more especially

viuda, más especialmente cuando, inmediatamente después del evento, hizo que el asesino fuera muerto por dos sirvientes en su propia habitación; pero no antes de que él hubiera declarado que ella lo había inducido a asesinar a su amo con la promesa de su amor. Las cosas se pusieron tan calientes para Medea da Carpi que huyó a Urbania y se arrojó a los pies del duque Guidalfonso II, declarando que había matado al ayuda de cámara simplemente para vengarse de una calumnia a su honor, que él había ultrajado, y que era absolutamente inocente de la muerte de su marido. La maravillosa belleza de la duquesa viuda de Stimigliano, que solo tenía diecinueve años, le hizo perder la cabeza al duque de Urbania. Él pretendió creer por completo en su inocencia, se negó a entregarla a los Orsinis, parientes de su difunto esposo, y le asignó unos magníficos apartamentos en el ala izquierda del palacio, entre los que se encuentra la habitación con la famosa chimenea adornada con cupidos de mármol sobre un suelo azul.

Guidalfonso se enamoró locamente de su hermosa huésped. Hasta ese punto había sido tímido y de carácter doméstico, pero ahora comenzó a descuidar públicamente a su esposa, Maddalena Varano de Camerino, con quien, aunque no tenían hijos, hasta ahora había vivido en excelentes condiciones; no solo trató con desprecio las advertencias de sus asesores y de su señor feudal, el Papa, sino que incluso llegó a tomar medidas para repudiar a su esposa, basándose en falsos reportes de su mala conducta. La duquesa Maddalena, incapaz de soportar este tratamiento, huyó al convento de las hermanas descalzas en Pesaro, donde languidecía, mientras Medea da Carpi reinaba en su lugar en Urbania, envolviendo al Duque Guidalfonso en peleas con los poderosos Orsinis, quienes continuaron acusándola del asesinato de Stimigliano, y con los Varanos, parientes de la agraviada duquesa Maddalena; hasta que por fin, en el año 1576, el duque

as, immediately after the event, she caused the murderer to be cut down by two servants in her own chamber; but not before he had declared that she had induced him to assassinate his master by a promise of her love. Things became so hot for Medea da Carpi that she fled to Urbania and threw herself at the feet of Duke Guidalfonso II, declaring that she had caused the groom to be killed merely to avenge her good fame, which he had slandered, and that she was absolutely guiltless of the death of her husband. The marvelous beauty of the widowed Duchess of Stimigliano, who was only nineteen, entirely turned the head of the Duke of Urbania. He affected implicit belief in her innocence, refused to give her up to the Orsinis, kinsmen of her late husband, and assigned to her magnificent apartments in the left wing of the palace, among which the room containing the famous fireplace ornamented with marble Cupids on a blue ground.

Guidalfonso fell madly in love with his beautiful guest. Hitherto timid and domestic in character, he began publicly to neglect his wife, Maddalena Varano of Camerino, with whom, although childless, he had hitherto lived on excellent terms; he not only treated with contempt the admonitions of his advisers and of his suzerain the Pope, but went so far as to take measures to repudiate his wife, on the score of quite imaginary ill-conduct. The Duchess Maddalena, unable to bear this treatment, fled to the convent of the barefooted sisters at Pesaro, where she pined away, while Medea da Carpi reigned in her place at Urbania, embroiling Duke Guidalfonso in quarrels both with the powerful Orsinis, who continued to accuse her of Stimigliano's murder, and with the Varanos, kinsmen of the injured Duchess Maddalena; until at length, in the year 1576, the Duke of Urbania, having become suddenly, and not without suspicious cir-

de Urbania se convirtió repentinamente, y no sin circunstancias sospechosas, en un viudo, casado públicamente con Medea da Carpi dos días después del fallecimiento de su infeliz esposa. Ningún hijo nació de este matrimonio; pero tal fue el enamoramiento del duque Guidalfonso, que la nueva duquesa lo indujo a nombrar heredero del ducado (habiendo obtenido, con gran dificultad, el consentimiento del Papa) al niño Bartolommeo, el hijo que tuvo con Stimigliano, pero a quien los Orsinis se negaban a reconocer, declarándolo hijo de Giovanfrancesco Pico con quien Medea había estado casada por poder y a quien, en defensa de su honor –según decía ella–, había asesinado. Esta investidura del Ducado de Urbania a un extraño y un bastardo, se perpetraba a expensas de los derechos evidentes del cardenal Roberto, el hermano menor de Guidalfonso.

En mayo de 1579, el duque Guidalfonso murió en forma repentina y misteriosa, ya que Medea había prohibido todo acceso a su cámara, temiendo que en su lecho de muerte, podría arrepentirse y restablecer los derechos de su hermano. La duquesa inmediatamente hizo que su hijo, Bartolommeo Orsini, fuera proclamado duque de Urbania, y ella misma regente; y, con la ayuda de dos o tres jóvenes sin escrúpulos, en particular un cierto Capitán Oliverotto da Narni, que se rumoreaba era su amante, tomó las riendas del gobierno con extraordinario y terrible vigor, enviando un ejército contra los Varanos y Orsinis, quienes fueron derrotados en Sigillo y exterminó despiadadamente a todas las personas que se atrevieron a cuestionar la legalidad de la sucesión; mientras, todo el tiempo, el cardenal Roberto, que habiendo colgado sus hábitos y olvidado sus votos, viajaba por Roma, Toscana y Venecia –incluso visitando al emperador y al rey de España–, implorando ayuda contra la usurpadora. En pocos meses había invertido la marea de la simpatía contra la duquesa regente; el Papa declaró solemne-

cumstances, a widower, publicly married Medea da Carpi two days after the decease of his unhappy wife. No child was born of this marriage; but such was the infatuation of Duke Guidalfonso, that the new Duchess induced him to settle the inheritance of the Duchy (having, with great difficulty, obtained the consent of the Pope) on the boy Bartolommeo, her son by Stimigliano, but whom the Orsinis refused to acknowledge as such, declaring him to be the child of that Giovanfrancesco Pico to whom Medea had been married by proxy, and whom, in defense, as she had said, of her honor, she had assassinated; and this investiture of the Duchy of Urbania on to a stranger and a bastard was at the expense of the obvious rights of the Cardinal Robert, Guidalfonso's younger brother.

In May 1579 Duke Guidalfonso died suddenly and mysteriously, Medea having forbidden all access to his chamber, lest, on his deathbed, he might repent and reinstate his brother in his rights. The Duchess immediately caused her son, Bartolommeo Orsini, to be proclaimed Duke of Urbania, and herself regent; and, with the help of two or three unscrupulous young men, particularly a certain Captain Oliverotto da Narni, who was rumored to be her lover, seized the reins of government with extraordinary and terrible vigor, marching an army against the Varanos and Orsinis, who were defeated at Sigillo, and ruthlessly exterminating every person who dared question the lawfulness of the succession; while, all the time, Cardinal Robert, who had flung aside his priest's garb and vows, went about in Rome, Tuscany, Venice- nay, even to the Emperor and the King of Spain, imploring help against the usurper. In a few months he had turned the tide of sympathy against the Duchess-Regent; the Pope solemnly declared the investiture of Bartolommeo Orsini worthless, and published the accession of Robert II., Duke of

mente la nulidad de la investidura de Bartolommeo Orsini y publicó la asunción de Roberto II, duque de Urbania y conde de Montemurlo; el Gran Duque de Toscana y los venecianos prometieron secretamente ayuda, pero solo si Roberto podía hacer valer sus derechos por la fuerza. Poco a poco, una ciudad tras otra del Ducado se puso del lado de Roberto, y Medea da Carpi se vio asediada en la ciudadela de montaña de Urbania como un escorpión rodeado de llamas (este símil no es mío, sino que pertenece a Raffaello Gualterio, historiógrafo de Roberto II). Pero, a diferencia del escorpión, Medea se negó a suicidarse. Es absolutamente maravilloso cómo, sin dinero ni aliados, ella pudo mantener a sus enemigos a raya durante tanto tiempo; y Gualterio atribuye eso a la fascinación fatal que había llevado a Pico y Stimigliano a su muerte, que habían convertido a Guidalfonso, que alguna vez fue honesto, en un villano, y que era tal que, de todos sus amantes, no había uno que no prefiriera morir por ella, incluso después de haber sido tratado con ingratitud y expulsado por un rival; una facultad que Messer Raffaello Gualterio atribuyó claramente a una connivencia infernal.

Finalmente, el ex cardenal Roberto tuvo éxito y entró triunfalmente en Urbania en noviembre de 1579. Su acceso al poder estuvo marcado por la moderación y la clemencia. Ni un hombre fue condenado a muerte, excepto Oliverotto da Narni, quien se lanzó sobre el nuevo Duque, y trató de apuñalarlo mientras se apeaba en el palacio. Fue matado por los hombres del Duque, mientras gritaba: "¡Orsini, Orsini! ¡Medea! ¡Larga vida al duque Bartolommeo! con su último aliento, aunque se dice que la duquesa lo había tratado ignominiosamente. El pequeño Bartolommeo fue enviado a Roma, a los Orsinis; la duquesa fue confinada respetuosamente en el ala izquierda del palacio.

Se dice que ella solicitó altivamente ver al nuevo Duque, pero que él negó con

Urbania and Count of Montemurlo; the Grand Duke of Tuscany and the Venetians secretly promised assistance, but only if Robert were able to assert his rights by main force. Little by little, one town after the other of the Duchy went over to Robert, and Medea da Carpi found herself surrounded in the mountain citadel of Urbania like a scorpion surrounded by flames. (This simile is not mine, but belongs to Raffaello Gualterio, historiographer to Robert II) But, unlike the scorpion, Medea refused to commit suicide. It is perfectly marvelous how, without money or allies, she could so long keep her enemies at bay; and Gualterio attributes this to those fatal fascinations which had brought Pico and Stimigliano to their deaths, which had turned the once honest Guidalfonso into a villain, and which were such that, of all her lovers, not one but preferred dying for her, even after he had been treated with ingratitude and ousted by a rival; a faculty which Messer Raffaello Gualterio clearly attributed to hellish connivance.

At last the ex-Cardinal Robert succeeded, and triumphantly entered Urbania in November 1579. His accession was marked by moderation and clemency. Not a man was put to death, save Oliverotto da Narni, who threw himself on the new Duke, tried to stab him as he alighted at the palace, and who was cut down by the Duke's men, crying, "Orsini, Orsini! Medea, Medea! Long live Duke Bartolommeo!" with his dying breath, although it is said that the Duchess had treated him with ignominy. The little Bartolommeo was sent to Rome to the Orsinis; the Duchess, respectfully confined in the left wing of the palace.

It is said that she haughtily requested to see the new Duke, but that he shook his

la cabeza y, con su estilo clerical, citó un verso sobre Ulises y las sirenas; y es notable que él persistentemente se negó a verla, abandonando abruptamente su habitación un día que ella había entrado allí con sigilo. Después de unos pocos meses, se descubrió una conspiración para asesinar al duque Roberto, que obviamente había sido iniciada por Medea.

Pero el joven, un Marcantonio Frangipani de Roma, negó, incluso bajo la más severa tortura, cualquier complicidad con ella; de modo que el duque Roberto, que no deseaba hacer nada violento, simplemente trasladó a la duquesa de su villa en Sant'Elmo al convento de los Clarisas en la ciudad, donde fue custodiada y vigilada de la manera más estrecha. Parecía imposible que Medea siguiera intrigando, ya que ella ciertamente no veía a nadie y nadie podía verla. Sin embargo, consiguió enviar una carta, con su retrato a un Prinzivalle degli Ordelaffi, un joven de diecinueve años, de la noble familia Romagnole, que estaba comprometido con una de las chicas más hermosas de Urbania. Inmediatamente rompió su compromiso y, poco después, intentó dispararle al duque Roberto con una pistola cuando se arrodilló en la misa en el festival del Día de Pascua. Esta vez el duque Roberto estaba decidido a obtener pruebas contra Medea. Prinzivalle degli Ordelaffi fue mantenido varios días en ayunas, luego se lo sometió a las torturas más violentas y finalmente fue condenado. Cuando iba a ser desollado con pinzas al rojo vivo y despedazados en cuartos por caballos, se le dijo que podría obtener la gracia de la muerte inmediata confesando su complicidad con la duquesa; y el confesor y las monjas del convento, que se encontraban en el lugar de ejecución fuera de la Porta San Romano, presionaron a Medea para que salvara al desgraciado, cuyos gritos ella podía oír, confesando su propia culpa. Medea pidió permiso para ir a un balcón, desde donde podía ver a Prinzivalle y ser visto por él. Lo miró con

head, and, in his priest's fashion, quoted a verse about Ulysses and the Sirens; and it is remarkable that he persistently refused to see her, abruptly leaving his chamber one day that she had entered it by stealth. After a few months a conspiracy was discovered to murder Duke Robert, which had obviously been set on foot by Medea.

But the young man, one Marcantonio Frangipani of Rome, denied, even under the severest torture, any complicity of hers; so that Duke Robert, who wished to do nothing violent, merely transferred the Duchess from his villa at Sant' Elmo to the convent of the Clarisse in town, where she was guarded and watched in the closest manner. It seemed impossible that Medea should intrigue any further, for she certainly saw and could be seen by no one. Yet she contrived to send a letter and her portrait to one Prinzivalle degli Ordelaffi, a youth, only nineteen years old, of noble Romagnole family, and who was betrothed to one of the most beautiful girls of Urbania. He immediately broke off his engagement, and, shortly afterwards, attempted to shoot Duke Robert with a holster-pistol as he knelt at mass on the festival of Easter Day. This time Duke Robert was determined to obtain proofs against Medea. Prinzivalle degli Ordelaffi was kept some days without food, then submitted to the most violent tortures, and finally condemned. When he was going to be flayed with red-hot pincers and quartered by horses, he was told that he might obtain the grace of immediate death by confessing the complicity of the Duchess; and the confessor and nuns of the convent, which stood in the place of execution outside Porta San Romano, pressed Medea to save the wretch, whose screams reached her, by confessing her own guilt. Medea asked permission to go to a balcony, where she could see Prinzivalle and be seen by him. She looked on coldly, then threw down her embroidered kerchief to the poor mangled

frialdad, luego le arrojó a la pobre criatura destrozada su pañuelo bordado. Le pidió al verdugo que le limpiara la boca con el pañuelo, él lo besó y gritó que Medea era inocente.

Luego, tras varias horas de tormentos, murió. Esto fue demasiado, incluso para la paciencia del duque Roberto. Al convencerse que mientras Medea viviera, su vida estaría en peligro perpetuo, aunque no estaba dispuesto a causar un escándalo (le quedaba algo de la naturaleza sacerdotal), ordenó que Medea fuera estrangulada en el convento y, lo que es notable, insistió en que fueran mujeres –dos infanticidas a quienes otorgó el perdón de sus crímenes–, quienes debían encargarse de ejecutarla.

"Este príncipe clemente", escribe Don Arcangelo Zappi en su "Vida del duque Roberto", publicada en 1725, "solo puede ser culpado un único acto de crueldad, tanto más odioso porque él mismo, antes de ser liberado de sus votos por el Papa, había tomado las órdenes sagradas. Se dice que cuando ordenó la muerte de la infame Medea da Carpi, su temor de que sus extraordinarios encantos sedujeran a cualquier hombre era tal que no solo empleó a mujeres como verdugos, sino que se negó a permitirle un sacerdote o monje, forzándola así a morir sin confesión, y negándole el beneficio de cualquier penitencia que su inflexible corazón hubiera podido aceptar".

Esa es la historia de Medea da Carpi, duquesa de Stimigliano Orsini, y luego esposa del duque Guidalfonso II de Urbania. Fue condenada a muerte hace doscientos noventa y siete años, en diciembre de 1582, a la edad de apenas veintisiete años, habiendo llevado, en el transcurso de su corta vida, a un violento final a cinco de sus amantes, desde Giovanfrancesco Pico a Prinzivalle degli Ordelaffi.

20 de septiembre.- Una gran iluminación de la ciudad en honor de la toma

creature. He asked the executioner to wipe his mouth with it, kissed it, and cried out that Medea was innocent.

Then, after several hours of torments, he died. This was too much for the patience even of Duke Robert. Seeing that as long as Medea lived his life would be in perpetual danger, but unwilling to cause a scandal (somewhat of the priest-nature remaining), he had Medea strangled in the convent, and, what is remarkable, insisted that only women-two infanticides to whom he remitted their sentence-should be employed for the deed.

"This clement prince," writes Don Arcangelo Zappi in his life of him, published in 1725, "can be blamed only for one act of cruelty, the more odious as he had himself, until released from his vows by the Pope, been in holy orders. It is said that when he caused the death of the infamous Medea da Carpi, his fear lest her extraordinary charms should seduce any man was such, that he not only employed women as executioners, but refused to permit her a priest or monk, thus forcing her to die unshriven, and refusing her the benefit of any penitence that may have lurked in her adamantine heart."

Such is the story of Medea da Carpi, Duchess of Stimigliano Orsini, and then wife of Duke Guidalfonso II. of Urbania. She was put to death just two hundred and ninety-seven years ago, December 1582, at the age of barely seven-and twenty, and having, in the course of her short life, brought to a violent end five of her lovers, from Giovanfrancesco Pico to Prinzivalle degli Ordelaffi.

Sept. 20th.— A grand illumination of the town in honor of the taking of Rome fifteen years ago. Except Sor As-

de Roma hace quince años. Excepto Sor Asdrubale, mi casero, que sacude la cabeza ante los piamonteses, como él los llama, la gente de aquí son todos *Italianissimi*. Los Papas los mantuvieron muy subyugados desde que Urbania se entregó a la Santa Sede en 1645.

28 de septiembre.– Hace tiempo que estoy buscando retratos de la duquesa Medea.

Me imagino que la mayoría de ellos deben de haber sido destruidos, tal vez por el temor del duque Roberto II. No sea que, incluso después de su muerte, esta terrible belleza le haga una mala pasada. Sin embargo, pude encontrar tres o cuatro, uno, una miniatura en los Archivos, el que se dice envió al pobre Prinzivalle degli Ordelaffi para enamorarlo; otro, un busto de mármol en el cuarto de la leña en el palacio; y el otro es parte de una gran composición, posiblemente por Baroccio, representando a Cleopatra a los pies de Augusto. Augusto es el retrato idealizado de Roberto II, cabeza redonda, nariz un poco torcida, barba recortada y cicatriz, como de costumbre, pero con vestido romano. Cleopatra, me parece, a pesar de todo su vestimenta oriental, y aunque usa una peluca negra, representa a Medea da Carpi; ella está arrodillada, mostrando su pecho para que el vencedor golpee, pero en realidad para cautivarlo, y él se aleja con un incómodo gesto de odio. Ninguno de estos retratos parece muy bueno, excepto la miniatura, pero ese es un trabajo exquisito, y de esa miniatura, más las sugerencias del busto, es fácil reconstruir la belleza de este ser terrible. El tipo es el más admirado por el Renacimiento tardío y, en cierta medida, inmortalizado por Jean Goujon y los franceses. La cara es un óvalo perfecto, la frente algo redondeada, con rizos diminutos, como un vellón, de brillante cabello castaño rojizo; la nariz es bastante aguileña, y los pómulos quizás demasiado bajos; los ojos grises, grandes y prominentes, debajo

drubale, my landlord, who shakes his head at the Piedmontese, as he calls them, the people here are all Italianissimi. The Popes kept them very much down since Urbania lapsed to the Holy See in 1645.

Sept. 28th.— I have for some time been hunting for portraits of the Duchess Medea.

Most of them, I imagine, must have been destroyed, perhaps by Duke Robert II.'s fear lest even after her death this terrible beauty should play him a trick. Three or four I have, however, been able to find—one a miniature in the Archives, said to be that which she sent to poor Prinzivalle degli Ordelaffi in order to turn his head; one a marble bust in the palace lumber-room; one in a large composition, possibly by Baroccio, representing Cleopatra at the feet of Augustus. Augustus is the idealized portrait of Robert II., round cropped head, nose a little awry, clipped beard and scar as usual, but in Roman dress. Cleopatra seems to me, for all her Oriental dress, and although she wears a black wig, to be meant for Medea da Carpi; she is kneeling, baring her breast for the victor to strike, but in reality to captivate him, and he turns away with an awkward gesture of loathing. None of these portraits seem very good, save the miniature, but that is an exquisite work, and with it, and the suggestions of the bust, it is easy to reconstruct the beauty of this terrible being. The type is that most admired by the late Renaissance, and, in some measure, immortalized by Jean Goujon and the French. The face is a perfect oval, the forehead somewhat over-round, with minute curls, like a fleece, of bright auburn hair; the nose a trifle over-aquiline, and the cheek-bones a trifle too low; the eyes grey, large, prominent, beneath exquisitely curved brows and lids just a little too tight at the corners; the mouth also, brilliantly red and most

de las cejas y los párpados exquisitamente curvados, un poco demasiado apretados en las esquinas; también la boca, brillantemente roja y más delicadamente diseñada, está demasiado apretada, los labios se tensan un poco sobre los dientes. Los párpados apretados y los labios apretados le dan un refinamiento extraño, y, al mismo tiempo, un aire de misterio, una seducción algo siniestra; ellos parecen tomar, pero no dar.

La boca parece la de una niña haciendo pucheros, como si pudiera morder o chupar como una sanguijuela. La tez es deslumbradoramente hermosa, la perfecta transparente de un lirio rosáceo de una belleza pelirroja; la cabeza, con el pelo elaboradamente rizado y un trenzado pegado a sus sienes; adornada con perlas, se yergue como la de la antigua Arethusa, con un cuello largo y flexible, como un cisne. Una belleza curiosa, al principio bastante convencional, de aspecto artificial, voluptuosa pero fría, que, cuanto más se contempla, más preocupa y atormenta la mente. Alrededor del cuello de la dama hay una cadena de oro con pequeños rombos de oro a intervalos, en los que está grabado el lema o el retruécano (la moda de los lemas franceses era común en esos días), "Amour Dure-Dure Amour". El mismo lema está inscrito en el hueco del busto y, gracias a él, he podido identificar este último como el retrato de Medea. A menudo examino estos retratos trágicos, preguntándome que tenía este rostro, que llevó a tantos hombres a su muerte, cuando hablaba o sonreía, lo que tenía en el momento en que Medea da Carpi fascinaba a sus víctimas en el amor hasta la muerte –"Amour Dure-Dure Amour", como dice el lema, amor que dura, amor cruel–, sí, cuando uno piensa en la fidelidad y el destino de sus amantes.

13 de octubre.- Realmente no he tenido tiempo de escribir ni una línea en mi diario en todos estos días. He pasado

delicately designed, is a little too tight, the lips strained a trifle over the teeth. Tight eyelids and tight lips give a strange refinement, and, at the same time, an air of mystery, a somewhat sinister seductiveness; they seem to take, but not to give.

The mouth with a kind of childish pout, looks as if it could bite or suck like a leech. The complexion is dazzlingly fair, the perfect transparent rosette lily of a red-haired beauty; the head, with hair elaborately curled and plaited close to it, and adorned with pearls, sits like that of the antique Arethusa on a long, supple, swan-like neck. A curious, at first rather conventional, artificial-looking sort of beauty, voluptuous yet cold, which, the more it is contemplated, the more it troubles and haunts the mind. Round the lady's neck is a gold chain with little gold lozenges at intervals, on which is engraved the posy or pun (the fashion of French devices is common in those days), "Amour Dure-Dure Amour." The same posy is inscribed in the hollow of the bust, and, thanks to it, I have been able to identify the latter as Medea's portrait. I often examine these tragic portraits, wondering what this face, which led so many men to their death, may have been like when it spoke or smiled, what at the moment when Medea da Carpi fascinated her victims into love unto death-"Amour Dure-Dure Amour," as runs her device-love that lasts, cruel love-yes indeed, when one thinks of the fidelity and fate of her lovers.

Oct. 13th.— I have literally not had time to write a line of my diary all these days. My whole mornings have gone in

todas mis mañanas en los Archivos, mis tardes dando largos paseos en este hermoso clima otoñal (las colinas más altas están cubiertas de nieve). Dedico los atardeceres a escribir esa maldita descripción del Palacio de Urbania que me exige el gobierno, simplemente para mantenerme trabajando en algo inútil. De mi historia todavía no he podido escribir una palabra... Por cierto, debo anotar una curiosa circunstancia mencionada en una biografía manuscrita anónima, "La vida del duque Roberto", que hoy encontré. Cuando este príncipe hizo erigir la estatua ecuestre de sí mismo, esculpida por Antonio Tassi, el alumno de Gianbologna, en la plaza de la Corte, hizo que se hiciera en secreto, dice esa biografía anónima, una estatuilla de plata de su genio familiar o ángel –*familiaris ejus Angelus seu genius, quod a vulgo dicitur idolino*–, cuya estatua o ídolo, después de haber sido consagrada por los astrólogos –*ab astrologis quibusdam ritibus sacrato*–, se colocó en la cavidad del cofre de la efigie de Tassi, según la biografía, para que su alma descanse hasta al día del Juicio Final. Este pasaje es curioso, y para mí un tanto desconcertante; ¿Cómo podría el alma del duque Roberto esperar el Juicio Final, cuando, como católico, debería haber creído que debía, tan pronto como se separase de su cuerpo, ir al Purgatorio? ¿O hay alguna superstición semipagana del Renacimiento (tanto más extraña, ciertamente, en un hombre que había sido un cardenal) que conecta el alma con un genio guardián, que podría ser obligado por ritos mágicos (el manuscrito llama *ab astrologis sacrato* al pequeño ídolo), ¿permanecer fijo en la tierra, para que el alma duerma en el cuerpo hasta el Día del Juicio? Confieso que esta historia me desconcierta. Me pregunto si tal ídolo existió, o aún existe hoy en día, dentro del cuerpo de la efigie de bronce de Tassi.

20 de octubre.- Últimamente he estado viendo mucho al hijo del viceprefec-

those Archives, my afternoons taking long walks in this lovely autumn weather (the highest hills are just tipped with snow). My evenings go in writing that confounded account of the Palace of Urbania which Government requires, merely to keep me at work at something useless. Of my history I have not yet been able to write a word... By the way, I must note down a curious circumstance mentioned in an anonymous MS. life of Duke Robert, which I fell upon today. When this prince had the equestrian statue of himself by Antonio Tassi, Gianbologna's pupil, erected in the square of the Corte, he secretly caused to be made, says my anonymous MS., a silver statuette of his familiar genius or angel —"familiaris ejus angelus seu genius, quod a vulgo dicitur idolino"— which statuette or idol, after having been consecrated by the astrologers —"ab astrologis quibusdam ritibus sacrato"— was placed in the cavity of the chest of the effigy by Tassi, in order, says the MS., that his soul might rest until the general Resurrection. This passage is curious, and to me somewhat puzzling; how could the soul of Duke Robert await the general Resurrection, when, as a Catholic, he ought to have believed that it must, as soon as separated from his body, go to Purgatory? Or is there some semi-pagan superstition of the Renaissance (most strange, certainly, in a man who had been a Cardinal) connecting the soul with a guardian genius, who could be compelled, by magic rites ("ab astrologis sacrato," the MS. says of the little idol), to remain fixed to earth, so that the soul should sleep in the body until the Day of Judgment? I confess this story baffles me. I wonder whether such an idol ever existed, or exists nowadays, in the body of Tassi's bronze effigy?

Oct. 20th.— I have been seeing a good deal of late of the Vice-Prefect's son:

to, un joven amable con una cara enferma de amor y un interés lánguido en la historia y la arqueología urbanas, de la que es profundamente ignorante.

Este joven, que ha vivido en Siena y Lucca antes de que su padre fuera promovido hasta este lugar, usa pantalones extremadamente largos y ajustados, que casi le impiden doblar las rodillas, cuello alto y monóculo, y un par de guantes de cabritilla, que guarda en el pecho de su abrigo, habla de Urbania como Ovidio pudo haber hablado de Ponto, y se queja (tan bien como puede) de la barbarie de los jóvenes, los funcionarios que cenan en mi posada y aúllan y cantan como locos, y Nobles que conducen calesas, mostrando tanta piel descubierta en su garganta como las damas en los bailes.

Esta persona frecuentemente me entretiene con sus amores, pasados, presentes y futuros; evidentemente, a él le parece muy extraño que yo no tenga nada con que entretenerlo a él, a cambio. Me señala a las sirvientas y modistas bonitas (o feas) mientras caminamos por la calle, suspira profundamente o suspira en falsete detrás de cada mujer de aspecto suficientemente joven, y finalmente me ha llevado a la casa de la dueña de su corazón, una gran condesa con bigotes oscuros, con una voz como la de un pregonero. Aquí, dice, encontraré la mejor compañía de Urbania y algunas mujeres hermosas –¡Ah, cielos, demasiado hermosas! Encuentro tres habitaciones enormes, parcialmente amuebladas, con pisos de ladrillo, lámparas de petróleo y cuadros terriblemente malos, sobre paredes azules y azafrán, y en medio de todo, cada noche, una docena de damas y caballeros se sientan en un círculo, vociferando mutuamente las mismas noticias del año pasado; las damas más jóvenes, vestidas en color amarillo brillante y verde se abanican mientras mis dientes castañetean, y los oficiales, con cabellos peinados como erizos, les susurran cosas dulces, detrás de sus abanicos. ¡Y estas son las mu-

an amiable young man with a love-sick face and a languid interest in Urbanian history and archaeology, of which he is profoundly ignorant.

This young man, who has lived at Siena and Lucca before his father was promoted here, wears extremely long and tight trousers, which almost preclude his bending his knees, a stick-up collar and an eyeglass, and a pair of fresh kid gloves stuck in the breast of his coat, speaks of Urbania as Ovid might have spoken of Pontus, and complains (as well he may) of the barbarism of the young men, the officials who dine at my inn and howl and sing like madmen, and the nobles who drive gigs, showing almost as much throat as a lady at a ball.\

This person frequently entertains me with his amori, past, present, and future; he evidently thinks me very odd for having none to entertain him with in return; he points out to me the pretty (or ugly) servant-girls and dressmakers as we walk in the street, sighs deeply or sings in falsetto behind every tolerably young-looking woman, and has finally taken me to the house of the lady of his heart, a great black-mustachioed countess, with a voice like a fish-crier; here, he says, I shall meet all the best company in Urbania and some beautiful women-ah, too beautiful, alas! I find three huge half-furnished rooms, with bare brick floors, petroleum lamps, and horribly bad pictures on bright washball-blue and gamboge walls, and in the midst of it all, every evening, a dozen ladies and gentlemen seated in a circle, vociferating at each other the same news a year old; the younger ladies in bright yellows and greens, fanning themselves while my teeth chatter, and having sweet things whispered behind their fans by officers with hair brushed up like a hedgehog. And these are the women my friend expects me to fall in love with! I vainly wait for tea or supper which does not come, and rush

jeres de las que mi amigo espera que me enamore! Espero en vano el té o la cena que no llegan, y corro a casa, decidido a dejar en paz el *beau monde* de Urbania.

Es cierto que yo no tengo amores, aunque mi amigo no lo crea. Cuando llegué a Italia, al principio busqué el romance. Suspiré, como Goethe en Roma, para que se abriera una ventana y apareciera una criatura maravillosa, "welch mich versengend erquickt". Tal vez sea porque Goethe era un alemán, estaba acostumbrado a las fraus alemanas, y yo, después de todo, soy un polaco, acostumbrado a un tipo muy diferente de fraus; pero de todos modos, a pesar de todos mis esfuerzos, en Roma, Florencia y Siena, nunca pude encontrar una mujer que me apasionara, ni entre las damas, farfullando mal francés, ni con las clases más bajas, tan "lindas y frías como prestamistas"; de modo que me alejo de las mujeres italianas, su voz aguda y chillones atavíos. Estoy casado con la historia, con el pasado, con mujeres como Lucrezia Borgia, Vittoria Accoramboni o Medea da Carpi, por el momento; algún día tal vez encuentre una gran pasión, una mujer para la que juegue el Don Quijote, como el polaco que soy; una mujer de cuya zapatilla beber, y por cuyo placer morir. ¡Pero no aquí! Pocas cosas me impresionan tanto como la degeneración de las mujeres italianas.

¿Qué ha pasado con la raza de Faustinas, Marozias, Bianca Cappellos?

¿Dónde descubrir hoy en día (confieso que ella me acosa) otra Medea da Carpi? Si solo fuera posible conocer a una mujer bella, tan extraordinariamente distinguida, como un poder terrible de la naturaleza, aunque solo fuera potencial, creo que podría amarla, incluso hasta el Día del Juicio, como cualquier Oliverotto da Narni, Frangipani o Prinzivalle.

27 de octubre.– ¡Vaya sentimientos, los arriba expresadas, para un profesor, un hombre educado! Pensé que los jóvenes

home, determined to leave alone the Urbanian beau monde.

It is quite true that I have no amori, although my friend does not believe it. When I came to Italy first, I looked out for romance; I sighed, like Goethe in Rome, for a window to open and a wondrous creature to appear, "welch mich versengend erquickt." Perhaps it is because Goethe was a German, accustomed to German Fraus, and I am, after all, a Pole, accustomed to something very different from Fraus; but anyhow, for all my efforts, in Rome, Florence, and Siena, I never could find a woman to go mad about, either among the ladies, chattering bad French, or among the lower classes, as 'cute and cold as money-lenders; so I steer clear of Italian womankind, its shrill voice and gaudy toilettes. I am wedded to history, to the Past, to women like Lucrezia Borgia, Vittoria Accoramboni, or that Medea da Carpi, for the present; some day I shall perhaps find a grand passion, a woman to play the Don Quixote about, like the Pole that I am; a woman out of whose slipper to drink, and for whose pleasure to die; but not here! Few things strike me so much as the degeneracy of Italian women.

What has become of the race of Faustinas, Marozias, Bianca Cappellos?

Where discover nowadays (I confess she haunts me) another Medea da Carpi? Were it only possible to meet a woman of that extreme distinction of beauty, of that terribleness of nature, even if only potential, I do believe I could love her, even to the Day of Judgment, like any Oliverotto da Narni, or Frangipani or Prinzivalle.

Oct. 27th.— Fine sentiments the above are for a professor, a learned man! I thought the young artists of Rome child-

artistas de Roma eran infantiles porque jugaban bromas y gritaban por las noches en las calles, volviendo del Café Greco o de la bodega en la Via Palombella; pero ¿no soy tan infantil como el desgraciado melancólico, a quien llamaron Hamlet y el Caballero de la triste figura?

5 de noviembre.– No puedo liberarme del pensamiento de esta Medea da Carpi. En mis paseos, mis mañanas en los Archivos, mis tardes solitarias, me sorprendo pensando en esa mujer. ¿Me estoy convirtiendo en novelista en lugar de historiador? Y aún así me parece que la entiendo tan bien; mucho mejor de lo que justifican mis hechos. Primero, debemos dejar de lado todas las ideas pedantes y modernas de lo correcto y lo incorrecto. Lo correcto y lo incorrecto en un siglo de violencia y traición no existe, sobre todo para las criaturas como Medea. ¡Predicad el bien y el mal a una tigresa, mi querido señor! Sin embargo, ¿hay en el mundo algo más noble que la enorme criatura, de acero cuando salta, terciopelo cuando pisa, mientras estira su cuerpo flexible, o alisa su hermosa piel, o clava sus fuertes garras en su víctima?

Sí; puedo entender a Medea. Imagínate a una mujer de belleza superlativa, de gran coraje y sangre fría, una mujer de muchos recursos, de genio, criada por un padre que era un pequeño príncipe sin importancia, educada con Tácito, Salustio, y las historias del gran Malatesta, de César Borgia y ¡Qué tal! –una mujer cuya única pasión es la conquista y el sueño del imperio–, en vísperas de estar casada con un hombre poderoso como el Duque de Stimigliano, reclamada, raptada por alguien insignificante, por un Pico, encerrada en el castillo de un brigante hereditario, y obligada a aceptar y recibir el ardiente amor del joven, como un honor y una necesidad. El mero pensamiento de cualquier violencia a tal naturaleza causa una abominable indignación; y si Pico decide abrazar a

ish because they played practical jokes and yelled at night in the streets, returning from the Caffe Greco or the cellar in the Via Palombella; but am I not as childish to the full-I, melancholy wretch, whom they called Hamlet and the Knight of the Doleful Countenance?

Nov. 5th.— I can't free myself from the thought of this Medea da Carpi. In my walks, my mornings in the Archives, my solitary evenings, I catch myself thinking over the woman. Am I turning novelist instead of historian? And still it seems to me that I understand her so well; so much better than my facts warrant. First, we must put aside all pedantic modern ideas of right and wrong. Right and wrong in a century of violence and treachery does not exist, least of all for creatures like Medea. Go preach right and wrong to a tigress, my dear sir! Yet is there in the world anything nobler than the huge creature, steel when she springs, velvet when she treads, as she stretches her supple body, or smooths her beautiful skin, or fastens her strong claws into her victim?

Yes; I can understand Medea. Fancy a woman of superlative beauty, of the highest courage and calmness, a woman of many resources, of genius, brought up by a petty princelet of a father, upon Tacitus and Sallust, and the tales of the great Malatestas, of Caesar Borgia and such-like! —a woman whose one passion is conquest and empire— fancy her, on the eve of being wedded to a man of the power of the Duke of Stimigliano, claimed, carried off by a small fry of a Pico, locked up in his hereditary brigand's castle, and having to receive the young fool's red-hot love as an honor and a necessity! The mere thought of any violence to such a nature is an abominable outrage; and if Pico chooses to embrace such a woman at the risk of meeting a sharp piece of steel in her arms,

una mujer así, a riesgo de encontrarse con un pedazo de acero afilado en sus brazos, es un trato justo. Joven sabueso –o, si lo prefieres, joven héroe–, ¡que piensa que puede tratar a una mujer así como si fuera una chica de la aldea! Medea se casa con su Orsini. Un matrimonio, cabe señalar, entre un viejo soldado de cincuenta años y una niña de dieciséis años. Reflexionad sobre lo que eso indica: significa que esta mujer imperiosa pronto será tratada como un mueble, obligada a comprender que su deber es darle al duque un heredero, no consejos; que ella nunca debe preguntar "¿por qué esto o aquello?", que ella debe ser cortés ante los consejeros del duque, sus capitanes, sus amantes; que, ante la menor sospecha de rebeldía, está sujeta a sus malas palabras y golpes; ante la menor sospecha de infidelidad, será estrangulada o condenada a morir de hambre, o arrojada en una mazmorra. Supongamos que ella sabe que su esposo se ha convencido que ella miró demasiado a un hombre o que, uno de sus lugartenientes o una de sus mujeres ha susurrado que, después de todo, el chico Bartolommeo podría ser tanto un Pico como un Orsini. ¿Supongamos que ella sabe que debe atacar o ser atacada? Ella ataca primero, o consigue alguien que ataque por ella. ¿A que precio? ¡Una promesa de amor, de amor a un novio, hijo de un siervo! El perro debe estar loco o borracho para creer que tal cosa es posible; su misma creencia en algo tan monstruoso lo hace digno de la muerte. Y luego se atreve a chismorrear! Esto es mucho peor que lo de Pico. Medea está obligada a defender su honor por segunda vez; si ella pudo apuñalar a Pico, ciertamente puede apuñalar a su compañero, u ordenar que lo apuñalen.

Acosada por los parientes de su marido, ella se refugia en Urbania. El duque, como cualquier otro hombre, se enamora perdidamente de Medea y descuida a su esposa; incluso vayamos tan lejos como para decir, rompe el corazón de su esposa.

why, it is a fair bargain. Young hound — or, if you prefer, young hero— to think to treat a woman like this as if she were any village wench! Medea marries her Orsini. A marriage, let it be noted, between an old soldier of fifty and a girl of sixteen. Reflect what that means: it means that this imperious woman is soon treated like a chattel, made roughly to understand that her business is to give the Duke an heir, not advice; that she must never ask "wherefore this or that?" that she must courtesy before the Duke's counselors, his captains, his mistresses; that, at the least suspicion of rebelliousness, she is subject to his foul words and blows; at the least suspicion of infidelity, to be strangled or starved to death, or thrown down an oubliette. Suppose that she know that her husband has taken it into his head that she has looked too hard at this man or that, that one of his lieutenants or one of his women have whispered that, after all, the boy Bartolommeo might as soon be a Pico as an Orsini. Suppose she know that she must strike or be struck? Why, she strikes, or gets some one to strike for her. At what price? A promise of love, of love to a groom, the son of a serf! Why, the dog must be mad or drunk to believe such a thing possible; his very belief in anything so monstrous makes him worthy of death. And then he dares to blab! This is much worse than Pico. Medea is bound to defend her honor a second time; if she could stab Pico, she can certainly stab this fellow, or have him stabbed.

Hounded by her husband's kinsmen, she takes refuge at Urbania. The Duke, like every other man, falls wildly in love with Medea, and neglects his wife; let us even go so far as to say, breaks his wife's heart. Is this Medea's fault? Is it her fault that ev-

¿Es culpa de Medea? ¿Es su culpa que cada piedra que pasa debajo de las ruedas de su carruaje sea aplastada? Ciertamente no. ¿Crees que una mujer como Medea siente la menor mala voluntad contra la pobre duquesa Maddalena? Ella ignora su misma existencia. Suponer que Medea es una mujer cruel es tan grotesco como llamarla una mujer inmoral. Su destino es, tarde o temprano, triunfar sobre sus enemigos, en todo caso convertir sus victorias en casi derrotas; su facultad mágica es esclavizar a todos los hombres que se cruzan por su camino; todos los que la ven la aman, se convierten en sus esclavos; y es el destino de todos sus esclavos perecer. Sus amantes, con la excepción del duque Guidalfonso, todos llegan a un final prematuro; y en esto no hay nada injusto. La posesión de una mujer como Medea es una felicidad demasiado grande para un hombre mortal; lo volvería loco, le haría olvidar incluso lo que le debía; ningún hombre puede sobrevivir por mucho tiempo, quien conciba que tiene un derecho sobre ella, comete una especie de sacrilegio. Y solo la muerte, la disposición a pagar por tal felicidad con la muerte, puede hacer que un hombre sea digno de ser su amante; debe estar dispuesto a amar y sufrir y morir. Este es el significado de su lema: "Amour Dure-Dure Amour". El amor de Medea da Carpi no puede desvanecerse, pero el amante puede morir; es un amor constante y cruel.

11 de noviembre.– Tenía razón, mi idea era correcta. He encontrado –¡Oh, que alegría! Tal era mi júbilo que invité al hijo del Vice-Prefecto a una cena de cinco platos en la Trattoria La Stella d'Italia–, he encontrado en los Archivos, desconocido, por supuesto, por el Director, un montón de cartas –del duque Roberto sobre Medea da Carpi, y también ¡cartas de la propia Medea! Sí, la propia caligrafía de Medea –una caligrafía redonda, erudita, llena de abreviaturas, con una apariencia griega, como corresponde a una princesa

ery stone that comes beneath her chariot-wheels is crushed? Certainly not. Do you suppose that a woman like Medea feels the smallest ill-will against a poor, craven Duchess Maddalena? Why, she ignores her very existence. To suppose Medea a cruel woman is as grotesque as to call her an immoral woman. Her fate is, sooner or later, to triumph over her enemies, at all events to make their victory almost a defeat; her magic faculty is to enslave all the men who come across her path; all those who see her, love her, become her slaves; and it is the destiny of all her slaves to perish. Her lovers, with the exception of Duke Guidalfonso, all come to an untimely end; and in this there is nothing unjust. The possession of a woman like Medea is a happiness too great for a mortal man; it would turn his head, make him forget even what he owed her; no man must survive long who conceives himself to have a right over her; it is a kind of sacrilege. And only death, the willingness to pay for such happiness by death, can at all make a man worthy of being her lover; he must be willing to love and suffer and die. This is the meaning of her device-"Amour Dure-Dure Amour." The love of Medea da Carpi cannot fade, but the lover can die; it is a constant and a cruel love.

Nov. 11th.— I was right, quite right in my idea. I have found —Oh, joy! I treated the Vice-Prefect's son to a dinner of five courses at the Trattoria La Stella d'Italia out of sheer jubilation—, I have found in the Archives, unknown, of course, to the Director, a heap of letters —letters of Duke Robert about Medea da Carpi, letters of Medea herself! Yes, Medea's own handwriting —a round, scholarly character, full of abbreviations, with a Greek look about it, as befits a learned princess who could read Plato as well as Petrarch.

instruida que podía leer a Platón, así como a Petrarca. Las cartas son de poca importancia, simples borradores de cartas de negocios para que su secretario las copie, durante el tiempo en que ella gobernó al pobre y débil Guidalfonso. Pero son sus cartas, y casi puedo imaginar que estas piezas de papel emiten un aroma como el del cabello de una mujer.

Las pocas cartas del duque Roberto lo muestran bajo una nueva luz. Un astuto, frío, pero cobarde sacerdote. Tiembla ante el simple pensamiento de Medea, "la pessima Medea", peor que su tocaya de la Cólquida (Según la mitología griega, la Cólquida era el reino de Eetes y su hija Medea y el destino de los argonautas de Jasón), como él la llama.

Su aparente clemencia es el resultado del mero temor de ejercer violencia sobre ella. La teme como a algo casi sobrenatural, le hubiera gustado haberla quemado como a una bruja. Le cuenta, carta tras carta, a su amigo, el cardenal Sanseverino, en Roma sobre sus diversas precauciones durante su vida –cómo lleva una chaqueta de malla debajo del abrigo; cómo solo bebe leche de una vaca que han ordeñado en su presencia; cómo hace que su perro pruebe bocados de su comida, para no ser envenenado; cómo sospecha de las velas de cera por su olor peculiar; cómo teme cabalgar, que alguien asuste a su caballo y él se rompa el cuello; después de todo esto, y cuando Medea lleva dos años en su tumba, le cuenta a su corresponsal su temor de encontrarse con el alma de Medea después de su propia muerte, y se jacta del ingenioso dispositivo (creado por su astrólogo, un tal Fra Gaudenzio, un capuchino) mediante el cual asegurará la paz absoluta de su alma hasta que la de la malvada Medea sea finalmente "encadenada en el infierno entre los lagos en ebullición y el hielo de Caina descrito por el inmortal bardo" –¡viejo pedante! Aquí, entonces, está la explicación de la imagen de plata –*quod vulgo dicitur idolino*– que

The letters are of little importance, mere drafts of business letters for her secretary to copy, during the time that she governed the poor weak Guidalfonso. But they are her letters, and I can imagine almost that there hangs about these moldering pieces of paper a scent as of a woman's hair.

The few letters of Duke Robert show him in a new light. A cunning, cold, but craven priest. He trembles at the bare thought of Medea-"la pessima Medea"-worse than her namesake of Colchis,(Colchis is perhaps best known for its role in Greek mythology, most notably as the destination of the Argonauts, as well as the home to Medea and the Golden fleece.) as he calls her.

His long clemency is a result of mere fear of laying violent hands upon her. He fears her as something almost supernatural; he would have enjoyed having had her burnt as a witch. After letter on letter, telling his crony, Cardinal Sanseverino, at Rome his various precautions during her lifetime —how he wears a jacket of mail under his coat; how he drinks only milk from a cow which he has milked in his presence; how he tries his dog with morsels of his food, lest it be poisoned; how he suspects the wax-candles because of their peculiar smell; how he fears riding out lest some one should frighten his horse and cause him to break his neck—, after all this, and when Medea has been in her grave two years, he tells his correspondent of his fear of meeting the soul of Medea after his own death, and chuckles over the ingenious device (concocted by his astrologer and a certain Fra Gaudenzio, a Capuchin) by which he shall secure the absolute peace of his soul until that of the wicked Medea be finally "chained up in hell among the lakes of boiling pitch and the ice of Caina described by the immortal bard" —old pedant! Here, then, is the explanation of that silver image —*quod vulgo dicitur idolino*— which he caused to

hizo que Tassi soldara dentro de su efigie. Mientras la imagen de su alma estuviera unida a la imagen de su cuerpo, él dormiría a la espera del Día del Juicio, totalmente convencido de que el alma de Medea estará entonces debidamente emplumada y cubierta de pez, mientras la suya –¡de hombre honesto!– volará directamente al Paraíso. ¡Y pensar que hace dos semanas creía que este hombre era un héroe! ¡Ajá! Mi buen duque Roberto, serás desenmascarado en mi relato; ¡y ninguna cantidad de ídolos plateados te salvará del ridículo!

15 de noviembre.– ¡Extraño! Ese idiota del hijo del prefecto, que me ha escuchado hablar cientos de veces de Medea da Carpi, de repente recuerda que cuando era niño en Urbania, su enfermera lo amenazaba con una visita de Madonna Medea, que cabalgaba en el cielo en una cabra negra. ¡Mi duquesa Medea se convirtió en un coco para niños pequeños traviesos!

20 de noviembre.– He estado paseando con un profesor bávaro de historia medieval, mostrándole todo el país. Entre otros lugares, fuimos a Rocca Sant'Elmo, para ver la antigua villa de los Duques de Urbania, la villa donde Medea fue confinada entre la subida al poder del duque Roberto y la conspiración de Marcantonio Frangipani, la que provocó su traslado inmediato al convento situado junto a la ciudad. Un largo paseo por los desolados valles de los Apeninos, sombríos más allá de las palabras, con sus robledales rojizos y sus estrechos parches de hierba marchitos por la escarcha, con las últimas hojas amarillas de los álamos, a la vera de los torrentes, temblando y revoloteando, sacudidas por la Tramontana; las cimas de las montañas envueltas en espesas nubes grises; mañana, si el viento continúa, las veremos dispersarse alrededor de las cumbres nevadas, destacándose contra el frío cielo azul. Sant'Elmo es una aldea miserable en lo alto de la cordillera de los

be soldered into his effigy by Tassi. As long the image of his soul was attached to the image of his body, he should sleep awaiting the Day of Judgment, fully convinced that Medea's soul will then be properly tarred and feathered, while his —honest man!— will fly straight to Paradise. And to think that, two weeks ago, I believed this man to be a hero! Aha! my good Duke Robert, you shall be shown up in my history; and no amount of silver idolinos shall save you from being heartily laughed at!

Nov. 15th.— Strange! That idiot of a Prefect's son, who has heard me talk a hundred times of Medea da Carpi, suddenly recollects that, when he was a child at Urbania, his nurse used to threaten him with a visit from Madonna Medea, who rode in the sky on a black he-goat. My Duchess Medea turned into a bogey for naughty little boys!

Nov. 20th.— I have been going about with a Bavarian Professor of mediaeval history, showing him all over the country. Among other places we went to Rocca Sant'Elmo, to see the former villa of the Dukes of Urbania, the villa where Medea was confined between the accession of Duke Robert and the conspiracy of Marcantonio Frangipani, which caused her removal to the nunnery immediately outside the town. A long ride up the desolate Apennine valleys, bleak beyond words just now with their thin fringe of oak scrub turned russet, thin patches of grass seared by the frost, the last few yellow leaves of the poplars by the torrents shaking and fluttering about in the chill Tramontana; the mountaintops are wrapped in thick grey cloud; tomorrow, if the wind continues, we shall see them round masses of snow against the cold blue sky. Sant' Elmo is a wretched hamlet high on the Apennine ridge, where the Italian vegetation is already replaced by that of the North.

Apeninos, donde la vegetación italiana es reemplazada por la del Norte. Cabalgas por kilómetros a través de bosques de castaños sin hojas, el olor de las hojas marrones empapadas llena el aire, el rugido del torrente, turbio con lluvias otoñales, que se eleva desde el hondo precipicio; luego, de repente, los bosques de castaños sin hojas son reemplazados, como en Vallombrosa, por un cinturón de densas y negras plantaciones de abetos. Al salir de estas, se ve un espacio abierto, con prados helados, picos rocosos cubiertos de nieve recién caída, que parecen cerrarse arriba de nosotros; y en medio, en un montículo, con un alerce nudoso a cada lado, la villa ducal de Sant'Elmo, una gran caja de piedra negra con un escudo de piedra, ventanas enrejadas y un doble tramo de escaleras en el frente. Actualmente está alquilada al propietario de los bosques vecinos, que la utiliza para el almacenamiento de castañas, leña y carbón vegetal para los hornos vecinos. Atamos nuestros caballos a unas argollas de hierro y entramos; una anciana, con el pelo despeinado, estaba sola en la casa.

La villa es un mero pabellón de caza, construido por Ottobuono IV, padre de los duques Guidalfonso y Roberto, alrededor de 1530. Algunas de las habitaciones han sido pintadas al fresco y revestidas con tallas de roble, pero todo eso ha desaparecido. Solo queda, en una de las habitaciones grandes, una gran chimenea de mármol, similar a las del palacio de Urbania, bellamente tallada con Cupidos sobre un fondo azul; un encantador niño desnudo sostiene un frasco a cada lado, uno contiene rosas de clavo de olor y el otro rosas. La habitación estaba llena de pilas de ramas.

Regresamos tarde a casa, mi compañero estaba bastante malhumorado por la infructuosidad de nuestra expedición. Cuando entramos en el bosque de castaños, nos rodeó una tormenta de nieve. La vista de la nieve cayendo suavemente, de la tierra y los arbustos blanqueados por

You ride for miles through leafless chestnut woods, the scent of the soaking brown leaves filling the air, the roar of the torrent, turbid with autumn rains, rising from the precipice below; then suddenly the leafless chestnut woods are replaced, as at Vallombrosa, by a belt of black, dense fir plantations. Emerging from these, you come to an open space, frozen blasted meadows, the rocks of snow clad peak, the newly fallen snow, close above you; and in the midst, on a knoll, with a gnarled larch on either side, the ducal villa of Sant' Elmo, a big black stone box with a stone escutcheon, grated windows, and a double flight of steps in front. It is now let out to the proprietor of the neighboring woods, who uses it for the storage of chestnuts, faggots, and charcoal from the neighboring ovens. We tied our horses to the iron rings and entered: an old woman, with disheveled hair, was alone in the house.

The villa is a mere hunting-lodge, built by Ottobuono IV., the father of Dukes Guidalfonso and Robert, about 1530. Some of the rooms have at one time been frescoed and paneled with oak carvings, but all this has disappeared. Only, in one of the big rooms, there remains a large marble fireplace, similar to those in the palace at Urbania, beautifully carved with Cupids on a blue ground; a charming naked boy sustains a jar on either side, one containing clove pinks, the other roses. The room was filled with stacks of faggots.

We returned home late, my companion in excessively bad humor at the fruitlessness of the expedition. We were caught in the skirt of a snowstorm as we got into the chestnut woods. The sight of the snow falling gently, of the earth and bushes whitened all round, made me feel back

todas partes, me hizo sentir de como si volviera a mi infancia en Posen. Canté y grité, para horror de mi compañero. Este será un mal punto en mi contra si se conoce en Berlín. ¡Un historiador de veinticuatro que grita y canta, y eso cuando otro historiador está maldiciendo la nieve y los malos caminos! Toda la noche permanecí despierto observando las brasas de mi fuego de leña, y pensando en Medea da Carpi, encarcelada, en invierno, en esa soledad de Sant'Elmo, los abetos gimiendo, el torrente rugiendo, la nieve cayendo por todas partes; a millas de distancia de otras criaturas humanas. Me imaginé que lo veía todo y que, de alguna manera, Marcantonio Frangipani venía a liberarla, ¿o fue Prinzivalle degli Ordelaffi? Supongo que fue por el largo viaje, el extraño pellizco de la nieve que caía por el aire; o tal vez el ponche que mi profesor insistió en beber después de la cena.

23 de noviembre.– ¡Gracias a Dios, ese profesor bávaro finalmente se ha ido! Los días que pasó aquí me volvieron casi loco. Hablando sobre mi trabajo, un día le conté mis opiniones sobre Medea da Carpi; sobre lo cual condescendió a responder que esos eran los cuentos usuales debido a la tendencia mitopoética (¡viejo idiota!) del Renacimiento; la investigación los refutaría, como había refutado las historias corrientes sobre los Borgia; además, por otra parte, la mujer que yo imaginaba era psicológica y fisiológicamente imposible. ¡Ojalá pudiéramos decir eso de profesores como él y sus compañeros!

24 de noviembre.– No puedo dejar de congratularme por el placer que experimenté al deshacerme de ese imbécil; sentía que hubiera podido estrangularlo cada vez que hablaba de la Dama de mis Pensamientos –porque en eso se ha convertido–, Metea, ¡como la llamaba el muy burro!

at Posen, once more a child. I sang and shouted, to my companion's horror. This will be a bad point against me if reported at Berlin. A historian of twenty-four who shouts and sings, and that when another historian is cursing at the snow and the bad roads! All night I lay awake watching the embers of my wood fire, and thinking of Medea da Carpi mewed up, in winter, in that solitude of Sant' Elmo, the firs groaning, the torrent roaring, the snow falling all round; miles and miles away from human creatures. I fancied I saw it all, and that I, somehow, was Marcantonio Frangipani come to liberate her-or was it Prinzivalle degli Ordelaffi? I suppose it was because of the long ride, the unaccustomed pricking feeling of the snow in the air; or perhaps the punch which my professor insisted on drinking after dinner.

Nov. 23rd.— Thank goodness, that Bavarian professor has finally departed! Those days he spent here drove me nearly crazy. Talking over my work, I told him one day my views on Medea da Carpi; whereupon he condescended to answer that those were the usual tales due to the mythopoeic (old idiot!) tendency of the Renaissance; that research would disprove the greater part of them, as it had disproved the stories current about the Borgias, that, moreover, such a woman as I made out was psychologically and physiologically impossible. Would that one could say as much of such professors as he and his fellows!

Nov. 24th.— I cannot get over my pleasure in being rid of that imbecile; I felt as if I could have throttled him every time he spoke of the Lady of my thoughts —for such she has become— Metea, as the animal called her!

30 de noviembre.– Me siento bastante conmocionado por lo que acaba de suceder; estoy empezando a temer que el viejo pedante tenía razón al decir que era malo para mí vivir solo en un país extranjero, que me volvería morboso. Es ridículo que me ponga en tal estado de emoción simplemente por el descubrimiento casual del retrato de una mujer muerta hace trescientos años. Recordando el caso de mi tío Ladislas y otros indicios de locura en mi familia, realmente debería protegerme contra tal excitación estúpida.

Sin embargo, el incidente fue realmente dramático, extraño. Habría jurado que conocía todas las fotos de este palacio; y particularmente cada foto de Ella. De todos modos, esta mañana, cuando salía de los Archivos, pasé por una de las muchos cuartos pequeños –armarios de forma irregular–, que llenan los entresijos de este curioso palacio, con torres como un castillo francés. Debo haber pasado por ese armario antes, porque la vista desde su ventana me era muy familiar; justo cierta parte de una torre redonda al frente, el ciprés al otro lado del barranco, el campanario más allá y parte de la línea del Monte Santa Agata y la Leonessa, cubiertos de nieve, destacándose contra el cielo. Supongo que debe de haber habitaciones dobles, y que me he metido en la incorrecta; o mejor dicho, tal vez habían abierto una contraventana o descorrido una cortina. Cuando pasaba, me llamó la atención el antiguo y bello marco de un espejo que estaba insertado en la pared, con incrustaciones de color marrón y amarillo. Me acerqué y, mirando el marco, observé también, mecánicamente, el cristal del espejo. Tuve un gran sobresalto, y creo que casi grité (¡es una suerte que el profesor de Munich esté a salvo de Urbania!). Detrás de mi propia imagen había otra, una figura cercana a mi hombro, una cara al lado de la mía. ¡Y esa figura, esa cara, era la de ella! ¡Medea da Carpi! Giré bruscamente, empalideciendo, creo, como el fantasma que esperaba

Nov. 30th.— I feel quite shaken at what has just happened; I am beginning to fear that that old pedant was right in saying that it was bad for me to live all alone in a strange country, that it would make me morbid. It is ridiculous that I should be put into such a state of excitement merely by the chance discovery of a portrait of a woman dead these three hundred years. With the case of my uncle Ladislas, and other suspicions of insanity in my family, I ought really to guard against such foolish excitement.

Yet the incident was really dramatic, uncanny. I could have sworn that I knew every picture in the palace here; and particularly every picture of Her. Anyhow, this morning, as I was leaving the Archives, I passed through one of the many small rooms —irregular-shaped closets— which fill up the ins and outs of this curious palace, turreted like a French chateau. I must have passed through that closet before, for the view was so familiar out of its window; just the particular bit of round tower in front, the cypress on the other side of the ravine, the belfry beyond, and the piece of the line of Monte Sant' Agata and the Leonessa, covered with snow, against the sky. I suppose there must be twin rooms, and that I had got into the wrong one; or rather, perhaps some shutter had been opened or curtain withdrawn. As I was passing, my eye was caught by a very beautiful old mirror-frame let into the brown and yellow inlaid wall. I approached, and looking at the frame, looked also, mechanically, into the glass. I gave a great start, and almost shrieked, I do believe-(it's lucky the Munich professor is safe out of Urbania!). Behind my own image stood another, a figure close to my shoulder, a face close to mine; and that figure, that face, hers! Medea da Carpi's! I turned sharp round, as white, I think, as the ghost I expected to see. On the wall opposite the mirror, just a pace or two behind where I had been standing, hung a portrait. And such a por-

ver. En la pared opuesta al espejo, solo uno o dos pasos por detrás de donde yo estaba parado, colgaba un retrato. ¡Y qué retrato! –Bronzino nunca pintó uno más grandioso. Sobre un fondo de duro azul oscuro, destaca la figura de la duquesa (porque es Medea, la Medea real, mil veces más real, individual y poderosa que en los otros retratos), sentada rígidamente en un alto sillón con respaldo, sostenida, por así decirlo, por el rígido brocado de sus faldas, que las placas de flores de plata bordadas e hileras de perlas, hacían aún más rígido. El vestido tiene, con su mezcla de plata y perlas, de un extraño color rojo opaco, un perverso color de jugo de amapola, contra el cual la carne de las manos largas y estrechas con dedos como flecos; el cuello largo y delgado, y la cara con la frente descubierta, parece nívea y dura como el alabastro. La cara es la misma que en los otros retratos: la misma frente redondeada, con los rizos cortos, de color rojo amarillento, como vellón; las mismas cejas bellamente curvadas, apenas marcadas; los mismos párpados, un poco apretados sobre los ojos; los mismos labios, un poco apretados en la boca; pero con una pureza de líneas, un esplendor deslumbrante de la piel y una intensidad de apariencia inmensamente superior a todos los otros retratos.

Ella mira fuera del marco con una mirada fría y pareja; sin embargo los labios sonríen. Una mano sostiene una rosa rojo oscuro; la otra, larga, estrecha, afilada, juega con una gruesa cuerda de seda, oro y joyas que cuelga de su cintura; alrededor de la garganta, blanca como el mármol, parcialmente confinado en el ajustado corpiño rojo opaco, cuelga un collar de oro, con el lema, grabado en medallones esmaltados alternos, "AMOUR DURE-DURE AMOUR".

Reflexionando, veo que simplemente nunca pude haber estado en esa habitación o gabinete antes; debo de haber confundido la puerta. Pero, aunque la explicación es

trait! —Bronzino never painted a grander one. Against a background of harsh, dark blue, there stands out the figure of the Duchess (for it is Medea, the real Medea, a thousand times more real, individual, and powerful than in the other portraits), seated stiffly in a high-backed chair, sustained, as it were, almost rigid, by the stiff brocade of skirts and stomacher, stiffer for plaques of embroidered silver flowers and rows of seed pearl. The dress is, with its mixture of silver and pearl, of a strange dull red, a wicked poppy-juice color, against which the flesh of the long, narrow hands with fringe-like fingers; of the long slender neck, and the face with bared forehead, looks white and hard, like alabaster. The face is the same as in the other portraits: the same rounded forehead, with the short fleece-like, yellowish-red curls; the same beautifully curved eyebrows, just barely marked; the same eyelids, a little tight across the eyes; the same lips, a little tight across the mouth; but with a purity of line, a dazzling splendor of skin, and intensity of look immeasurably superior to all the other portraits.

She looks out of the frame with a cold, level glance; yet the lips smile. One hand holds a dull-red rose; the other, long, narrow, tapering, plays with a thick rope of silk and gold and jewels hanging from the waist; round the throat, white as marble, partially confined in the tight dull-red bodice, hangs a gold collar, with the device on alternate enameled medallions, "AMOUR DURE-DURE AMOUR."

On reflection, I see that I simply could never have been in that room or closet before; I must have mistaken the door. But, although the explanation is

es tan simple, todavía, después de varias horas, me siento terriblemente sacudido en todo mi ser. Si me excito tanto, tendré que ir a Roma en Navidad para pasar unas vacaciones. Siento como si algún peligro me persiguiera aquí (¿puede ser fiebre?); y, sin embargo, y sin embargo, no veo cómo podría irme de aquí.

10 de diciembre.– Hice un esfuerzo y acepté la invitación del hijo del viceprefecto para ver la producción de petróleo en una villa suya cerca de la costa. La villa, o granja, es un antiguo lugar fortificado, que se asoma a una ladera, entre olivos y arbustos pequeños, que parecen llamas de color naranja brillante. Las aceitunas se exprimen en una gran bodega oscura, como una prisión. La tenue luz blanca del día, y el destello amarillo ahumado de la resina que se quema en unas bandejas; permite ver grandes bueyes blancos se mueven alrededor de una enorme piedra de molino y borrosas figuras que trabajan con poleas y mangos, me da la impresión de ser una escena de la Inquisición. El Cavaliere me obsequió con su mejor vino y bizcochos. Di algunos largos paseos por la orilla del mar; había dejado a Urbania envuelta en nubes de nieve; abajo en la costa había un sol brillante; el sol, el mar, el bullicio del pequeño puerto en el Adriático parecían hacerme bien. Volví a Urbania renovado. Sor Asdrubale, mi casero, hurgando en zapatillas entre los cofres dorados, los sofás Empire, las tazas y los platillos viejos y las fotos que nadie comprará, me felicitó por la mejora en mi apariencia. "Trabajas demasiado", dijo; "la juventud requiere diversión, teatros, paseos, amor, hay tiempo suficiente para ser serio cuando uno es calvo", y se quitó su grasiento gorro rojo. ¡Sí, estoy mejor! Y, como resultado, retomaré con gusto mi trabajo. ¡Ya verán, esos sabios de Berlín!

14 de diciembre.– No creo que me haya sentido nunca antes tan feliz con mi

so simple, I still, after several hours, feel terribly shaken in all my being. If I grow so excitable I shall have to go to Rome at Christmas for a holiday. I feel as if some danger pursued me here (can it be fever?); and yet, and yet, I don't see how I shall ever tear myself away.

Dec. 10th.— I have made an effort, and accepted the Vice-Prefect's son's invitation to see the oil-making at a villa of theirs near the coast. The villa, or farm, is an old fortified, towered place, standing on a hillside among olive-trees and little osier-bushes, which look like a bright orange flame. The olives are squeezed in a tremendous black cellar, like a prison: you see, by the faint white daylight, and the smoky yellow flare of resin burning in pans, great white bullocks moving round a huge millstone; vague figures working at pulleys and handles: it looks, to my fancy, like some scene of the Inquisition. The Cavaliere regaled me with his best wine and rusks. I took some long walks by the seaside; I had left Urbania wrapped in snow-clouds; down on the coast there was a bright sun; the sunshine, the sea, the bustle of the little port on the Adriatic seemed to do me good. I came back to Urbania another man. Sor Asdrubale, my landlord, poking about in slippers among the gilded chests, the Empire sofas, the old cups and saucers and pictures which no one will buy, congratulated me upon the improvement in my looks. "You work too much," he says; "youth requires amusement, theatres, promenades, amori-it is time enough to be serious when one is bald"-and he took off his greasy red cap. Yes, I am better! and, as a result, I take to my work with delight again. I will cut them out still, those wiseacres at Berlin!

Dec. 14th.— I don't think I have ever felt so happy about my work. I see it all so

trabajo. Lo veo todo muy claro –el artero y cobarde duque Roberto; la melancólica duquesa Maddalena; el débil, ostentoso, supuestamente caballeroso duque Guidalfonso; y sobre todo, la espléndida figura de Medea. Me siento como si fuera el mejor historiador de la época; y, al mismo tiempo, como si fuera un niño de doce años. Nevó ayer por primera vez en la ciudad, durante dos buenas horas. Cuando hubo terminado, fui a la plaza y le enseñé a los pilluelos como hacer un muñeco de nieve; no, una mujer de nieve; y tuve la fantasía de llamarla Medea. "La pessima medea!" gritó uno de los muchachos: "¿la que solía cabalgar en el aire en una cabra?" "No, no", dije; "Era una dama hermosa, la duquesa de Urbania, la mujer más hermosa que jamás haya existido". Le hice una corona de oropel y les enseñé a los niños a gritar "¡Evviva, Medea!". Pero uno de ellos dijo: "¡Ella es una bruja! ¡Debe ser quemada!". Entonces todos se apresuraron a buscar leña, hicieron una fogata, y en un minuto esos pequeños demonios gritones la habían derretido.

15 de diciembre.- ¡Qué asno soy, y pensar que tengo veinticuatro años, y tengo fama en la literatura! En mis largas caminatas he compuesto –para una melodía (no sé qué es) que todas las personas están cantando y silbando por la calle en la actualidad–, un poema en espantoso italiano, que comienza con "Medea, mia dea", llamándola en nombre de sus diversos amantes. Voy caminando canturreando entre dientes: "¿Por qué no soy Marcantonio? ¿O Prinzivalle? ¿O el de Narni? ¿O el buen Duque Alfonso? Para ser amado por ti, Medea, mia dea", etc. ¡Qué basura horrible! Mi casero, creo, sospecha que Medea debe ser una dama que conocí mientras estaba en la playa.

Estoy seguro de que Sora Serafina, Sora Lodovica y Sora Adalgisa –las tres Parcas o Nornas (Las tres Parcas, al igual que las Nornas, tejen los hilos del destino

well —that crafty, cowardly Duke Robert; that melancholy Duchess Maddalena; that weak, showy, would-be chivalrous Duke Guidalfonso; and above all, the splendid figure of Medea. I feel as if I were the greatest historian of the age; and, at the same time, as if I were a boy of twelve. It snowed yesterday for the first time in the city, for two good hours. When it had done, I actually went into the square and taught the ragamuffins to make a snowman; no, a snow-woman; and I had the fancy to call her Medea. "La pessima Medea!" cried one of the boys-"the one who used to ride through the air on a goat?" "No, no," I said; "she was a beautiful lady, the Duchess of Urbania, the most beautiful woman that ever lived." I made her a crown of tinsel, and taught the boys to cry "Evviva, Medea!" But one of them said, "She is a witch! She must be burnt!" At which they all rushed to fetch burning faggots and tow; in a minute the yelling demons had melted her down.

Dec. 15th.— What a goose I am, and to think I am twenty-four, and known in literature! In my long walks I have composed to a tune (I don't know what it is) which all the people are singing and whistling in the street at present, a poem in frightful Italian, beginning "Medea, mia dea," calling on her in the name of her various lovers. I go about humming between my teeth, "Why am I not Marcantonio? or Prinzivalle? or he of Narni? or the good Duke Alfonso? that I might be beloved by thee, Medea, mia dea," c. c. Awful rubbish! My landlord, I think, suspects that Medea must be some lady I met while I was staying by the seaside.

I am sure Sora Serafina, Sora Lodovica, and Sora Adalgisa —the three Parcae or Norns,(The three Parcae, like the Norns, weave the threads of the destiny of

de las vidas de los humanos), como las llamo–, tienen alguna noción similar. Esta tarde, al anochecer, mientras ordenaba mi habitación, Sora Lodovica me dijo: "¡Qué hermoso es el canto del signorino!" Apenas me di cuenta de que había estado vociferando, "Vieni, Medea, mia dea", mientras que la anciana se movía para encender el fuego. Me detuve; qué buena reputación voy a obtener!, pensé, y todo esto de alguna manera llegará a Roma, y de allí a Berlín. Sora Lodovica estaba asomándose por la ventana, descolgando la lámpara del altar, que marca la casa de Sor Asdrubale, de su gancho de hierro. Mientras despabilaba la lámpara antes de volver a colgarla afuera, dijo, con su extraño y prudente estilo: "Haces mal al dejar de cantar, hijo mío" (ella a veces me llama Signor Professore, o usa términos de afecto como "Niño" o "Mi corazón"), "no deberías dejar de cantar, porque hay una señorita en la calle que se detuvo para escucharte".

Corrí hacia la ventana. Una mujer, envuelta en un chal negro, estaba parada en un arco, mirando hacia la ventana.

"¡Eh, eh! El Signor Professore tiene admiradoras", dijo Sora Lodovica.

"Medea, mia dea!", grité tan fuerte como pude, con el placer infantil de desconcertar al curioso transeúnte. Se dio vuelta de repente, para irse, agitando su mano hacia mí; en ese momento Sora Lodovica volvió a colocar la lámpara del altar en su lugar. Un rayo de luz cayó sobre la calle. El shock me congeló; ¡el rostro de la mujer de la calle era el de Medea da Carpi!

¡No hay duda que soy un completo imbécil!

II

17 de diciembre.– Temo que mi locura por Medea da Carpi sea bien conocida, gracias a mi charla tonta y mis canciones idiotas. ¡El hijo de ese Vice-Prefecto, o el asistente de los Archivos, o tal vez alguno

human lives.) as I call them— have some such notion. This afternoon, at dusk, while tidying my room, Sora Lodovica said to me, "How beautifully the Signorino has taken to singing!" I was scarcely aware that I had been vociferating, "Vieni, Medea, mia dea," while the old lady bobbed about making up my fire. I stopped; a nice reputation I shall get! I thought, and all this will somehow get to Rome, and thence to Berlin. Sora Lodovica was leaning out of the window, pulling in the iron hook of the shrine-lamp which marks Sor Asdrubale's house. As she was trimming the lamp previous to swinging it out again, she said in her odd, prudish little way, "You are wrong to stop singing, my son" (she varies between calling me Signor Professore and such terms of affection as "Nino," "Viscere mie,") "you are wrong to stop singing, for there is a young lady there in the street who has actually stopped to listen to you."

I ran to the window. A woman, wrapped in a black shawl, was standing in an archway, looking up to the window.

"Eh, eh! the Signor Professore has admirers," said Sora Lodovica.

"Medea, mia dea!" I burst out as loud as I could, with a boy's pleasure in disconcerting the inquisitive passer-by. She turned suddenly round to go away, waving her hand at me; at that moment Sora Lodovica swung the shrine-lamp back into its place. A stream of light fell across the street. I felt myself grow quite cold; the face of the woman outside was that of Medea da Carpi!

What a fool I am, to be sure!

II

Dec. 17th.—I fear that my craze about Medea da Carpi has become well known, thanks to my silly talk and idiotic songs. That Vice-Prefect's son-or the assistant at the Archives, or perhaps some

de los amigos de la Contessa, está intentando engañarme! Pero cuidado, mis buenas damas y caballeros, ¡les pagaré con su propia moneda! Imaginen mis sentimientos cuando, esta mañana, encontré en mi escritorio una carta doblada, dirigida a mí, con una curiosa escritura que me pareció extrañamente familiar y que, después de un momento, reconocí como la de las cartas de Medea da Carpi en el Archivo. Me causó una terrible impresión.

Después pensé que debía ser un regalo de alguien que sabía de mi interés en Medea, una carta suya genuina en la que un idiota había escrito mi dirección en lugar de ponerla en un sobre. Pero estaba dirigida a mí, escrita para mí, no era una carta vieja; simplemente cuatro líneas, que eran las siguientes:

"A Spiridion.– Una persona que conoce el interés que usted tiene en ella estará en la iglesia de San Giovanni Decollato esta noche a las nueve. Observe, en el pasillo izquierdo, a una dama que lleva un manto negro y que sostiene una rosa".

En ese momento comprendí que yo era el objeto de una conspiración, la víctima de un engaño. Le di la vuelta a la carta. Estaba escrita en un papel como el que se usaba en el siglo XVI, y era una imitación extraordinariamente precisa de la caligrafía de Medea da Carpi. ¿Quién la había escrito? Pensé en todas las personas posibles. Pensé que debía ser el hijo del viceprefecto, tal vez en combinación con su amada, la condesa. Deben haber arrancado una página en blanco de alguna carta vieja. Pero que alguno de ellos haya tenido el ingenio para inventar tal engaño, o ser capaces de cometer tal falsificación, me sorprende más allá de toda medida. Hay más en estas personas de lo que podría haber adivinado. ¿Cómo responder? ¿Ignorando la carta?

Eso sería dignificado, pero aburrido. No, iré allí; tal vez veré a alguien, y yo, a su vez, los confundiré. O, si no hay nadie allí,

of the company at the Contessa's, is trying to play me a trick! But take care, my good ladies and gentlemen, I shall pay you out in your own coin! Imagine my feelings when, this morning, I found on my desk a folded letter addressed to me in a curious handwriting which seemed strangely familiar to me, and which, after a moment, I recognized as that of the letters of Medea da Carpi at the Archives. It gave me a horrible shock.

My next idea was that it must be a present from some one who knew my interest in Medea-a genuine letter of hers on which some idiot had written my address instead of putting it into an envelope. But it was addressed to me, written to me, no old letter; merely four lines, which ran as follows:

"To Spiridion.—

"A person who knows the interest you bear her will be at the Church of San Giovanni Decollato this evening at nine. Look out, in the left aisle, for a lady wearing a black mantle, and holding a rose."

By this time I understood that I was the object of a conspiracy, the victim of a hoax. I turned the letter round and round. It was written on paper such as was made in the sixteenth century, and in an extraordinarily precise imitation of Medea da Carpi's characters. Who had written it? I thought over all the possible people. On the whole, it must be the Vice-Prefect's son, perhaps in combination with his lady-love, the Countess. They must have torn a blank page off some old letter; but that either of them should have had the ingenuity of inventing such a hoax, or the power of committing such a forgery, astounds me beyond measure. There is more in these people than I should have guessed. How pay them off? By taking no notice of the letter?

Dignified, but dull. No, I will go; perhaps some one will be there, and I will mystify them in their turn. Or, if no one

¡cómo puedo superar su imperfecta argucia! Tal vez esto sea una locura de los Cavalier Muzio que me lleve a la presencia de una dama a quien él destina a ser la llama de mi futuro *amori*.

Eso es bastante probable. Y sería demasiado idiota y profesoral rechazar tal invitación; Valdría la pena conocer a una dama que puede falsificar cartas del siglo XVI, porque estoy seguro de que el lánguido y pretencioso Muzio nunca podría hacerlo. ¡Voy a ir! ¡Por el cielo! ¡Les pagaré con su propia moneda! Ahora son las cinco, ¡cuánto duran estos días!

18 de diciembre.– ¿Estoy loco? ¿O realmente existen los fantasmas? La aventura de anoche me ha sacudido hasta lo más profundo de mi alma.

Fui a las nueve, como me había indicado la misteriosa carta. Hacía mucho frío y el aire estaba lleno de niebla y aguanieve; no había ni una tienda, ni una ventana abierta, ni una criatura visible; las estrechas calles negras, empinadas entre sus altos muros y bajo sus grandes arcos, se veían aún más negras bajo la tenue luz de las lámparas de aceite, que aquí y allá, lanzaban su luz amarilla parpadeante sobre las losas mojadas.

San Giovanni Decollato es una pequeña iglesia, o más bien oratorio, que hasta ahora siempre había visto cerrada (como tantas otras iglesias de este lugar, que permanecen cerradas, excepto en grandes festivales); situada detrás del palacio ducal, sobre una abrupta subida, en la bifurcación de dos calles empedradas. Había pasado por el lugar cientos de veces, y apenas había notado la pequeña iglesia, a excepción del altorrelieve de mármol sobre la puerta, que muestra la cabeza canosa del Bautista en una bandeja, y la jaula de hierro cercana, en la que antiguamente se exhibían las cabezas de los criminales, los decapitados, o, como los llaman aquí, degollados. Aparentemente Juan el Bautista es el patrón del hacha y el tajo.

is there, how I shall crow over them for their imperfectly carried out plot! Perhaps this is some folly of the Cavalier Muzio's to bring me into the presence of some lady whom he destines to be the flame of my future amori.

That is likely enough. And it would be too idiotic and professorial to refuse such an invitation; the lady must be worth knowing who can forge sixteenth-century letters like this, for I am sure that languid swell Muzio never could. I will go! By Heaven! I'll pay them back in their own coin! It is now five-how long these days are!

Dec. 18th.— Am I mad? Or are there really ghosts? That adventure of last night has shaken me to the very depth of my soul.

I went at nine, as the mysterious letter had bid me. It was bitterly cold, and the air full of fog and sleet; not a shop open, not a window unshuttered, not a creature visible; the narrow black streets, precipitous between their, high walls and under their lofty archways, were only the blacker for the dull light of an oil-lamp here and there, with its flickering yellow reflection on the wet flags.

San Giovanni Decollato is a little church, or rather oratory, which I have always hitherto seen shut up (as so many churches here are shut up except on great festivals); and situate behind the ducal palace, on a sharp ascent, and forming the bifurcation of two steep paved lanes. I have passed by the place a hundred times, and scarcely noticed the little church, except for the marble high relief over the door, showing the grizzly head of the Baptist in the charger, and for the iron cage close by, in which were formerly exposed the heads of criminals; the decapitated, or, as they call him here, decollated, John the Baptist, being apparently the patron of axe and block.

Unos pocos pasos me llevaron de mi alojamiento a San Giovanni Decollato. Confieso que estaba emocionado; uno no tiene veinticuatro años y es un polaco por nada.

Al llegar a una especie de pequeña plataforma en la bifurcación de las dos abruptas calles, encontré, para mi sorpresa, que las ventanas de la iglesia o el oratorio no estaban iluminadas, ¡y que la puerta estaba cerrada con llave! Así que este era el divertido chiste que me habían jugado. ¡Enviarme en una noche amargamente fría, llena de aguanieve, a una iglesia que estaba cerrada, y quizás lo había estado por años! No sé lo que podría haber hecho en ese momento de rabia; me sentí inclinado a abrir la puerta de la iglesia, o ir y sacar al hijo del Vice-Prefecto de la cama (porque estaba seguro de que la broma era suya). Me decidí por esto último; y caminaba hacia su puerta, a lo largo del callejón negro, a la izquierda de la iglesia, cuando de repente me detuve al escuchar el sonido de un órgano cercano; un órgano, sí, claramente, y la voz de los coristas y el zumbido de una letanía ¡Así que la iglesia no estaba cerrada, después de todo! Volví sobre mis pasos hasta la parte superior de la calle. Todo estaba oscuro y en completo silencio.

De repente volví a escuchar una leve ráfaga de órgano y voces. Escuché; claramente provenía de la otra calle, la del lado derecho.

¿Posiblemente había otra puerta allí? Pasé por debajo del arco y descendí un poco en la dirección de donde los sonidos parecían venir. Pero no había ninguna puerta, ninguna luz, solo las paredes oscuras, las baldosas negras mojadas, con los débiles reflejos amarillos de las lámparas de aceite parpadeantes; además, el silencio era total. Me detuve por un minuto, y luego el canto se escuchó de nuevo; esta vez estuve seguro que venía de la calle que acababa de dejar.

A few strides took me from my lodgings to San Giovanni Decollato. I confess I was excited; one is not twenty-four and a Pole for nothing.

On getting to the kind of little platform at the bifurcation of the two precipitous streets, I found, to my surprise, that the windows of the church or oratory were not lighted, and that the door was locked! So this was the precious joke that had been played upon me; to send me on a bitter cold, sleety night, to a church which was shut up and had perhaps been shut up for years! I don't know what I couldn't have done in that moment of rage; I felt inclined to break open the church door, or to go and pull the Vice-Prefect's son out of bed (for I felt sure that the joke was his). I determined upon the latter course; and was walking towards his door, along the black alley to the left of the church, when I was suddenly stopped by the sound as of an organ close by, an organ, yes, quite plainly, and the voice of choristers and the drone of a litany. So the church was not shut, after all! I retraced my steps to the top of the lane. All was dark and in complete silence.

Suddenly there came again a faint gust of organ and voices. I listened; it clearly came from the other lane, the one on the right-hand side.

Was there, perhaps, another door there? I passed beneath the archway, and descended a little way in the direction whence the sounds seemed to come. But no door, no light, only the black walls, the black wet flags, with their faint yellow reflections of flickering oil-lamps; moreover, complete silence. I stopped a minute, and then the chant rose again; this time it seemed to me most certainly from the lane I had just left.

Regresé, y no encontré nada. De este modo, yendo hacia atrás y hacia adelante, los sonidos siempre me atraían, por así decirlo, en una dirección, solo para llamarme de vuelta, vanamente, hacia la otra.

Por fin perdí la paciencia; y sentí una especie de terror escalofriante, que solo una acción violenta podía disipar. Si los misteriosos sonidos no venían de la calle a la derecha ni de la calle a la izquierda, solo podían venir de la iglesia. Medio enloquecido, subí los dos o tres escalones y me preparé para forzar la puerta con un tremendo esfuerzo. Para mi sorpresa, se abrió con la mayor facilidad. Entré y pude escuchar más claramente los sonidos de la letanía, mientras me detenía un momento entre la puerta exterior y la pesada cortina de cuero.

Levanté esta última y entré sigilosamente. El altar estaba brillantemente iluminado por velas y guirnaldas de candelabros; evidentemente, este era un servicio nocturno relacionado con la Navidad. La nave y los pasillos estaban comparativamente oscuros, y estaban medio llenos. Me abrí paso a codazos a lo largo del pasillo derecho hacia el altar. Cuando mis ojos se acostumbraron a la luz inesperada, comencé a mirar a mi alrededor, con el corazón palpitante.

La idea de que todo esto era un engaño, de que debía encontrarme simplemente con algún conocido de mi amigo, el Cavaliere, había desaparecido de mi mente. Miré a mi alrededor, los hombres se envolvían en grandes capas, y las mujeres con velos y mantos de lana. El cuerpo de la iglesia se veía comparativamente oscuro, y no pude distinguir nada muy claramente, pero me pareció, de alguna manera, como si, bajo las capas y los velos, estas personas estuvieran vestidas de una manera bastante extraordinaria. El hombre frente a mí, observé, mostraba medias amarillas debajo de su capa; una mujer, cercana a donde yo estaba, un corpiño rojo, cerrado por atrás con broches de oro. ¿Serían campesi-

I went back-nothing. Thus backwards and forwards, the sounds always beckoning, as it were, one way, only to beckon me back, vainly, to the other.

At last I lost patience; and I felt a sort of creeping terror, which only a violent action could dispel. If the mysterious sounds came neither from the street to the right, nor from the street to the left, they could come only from the church. Half-maddened, I rushed up the two or three steps, and prepared to wrench the door open with a tremendous effort. To my amazement, it opened with the greatest ease. I entered, and the sounds of the litany met me louder than before, as I paused a moment between the outer door and the heavy leathern curtain.

I raised the latter and crept in. The altar was brilliantly illuminated with tapers and garlands of chandeliers; this was evidently some evening service connected with Christmas. The nave and aisles were comparatively dark, and about half-full. I elbowed my way along the right aisle towards the altar. When my eyes had got accustomed to the unexpected light, I began to look round me, and with a beating heart.

The idea that all this was a hoax, that I should meet merely some acquaintance of my friend the Cavaliere's, had somehow departed: I looked about. The people were all wrapped up, the men in big cloaks, the women in woolen veils and mantles. The body of the church was comparatively dark, and I could not make out anything very clearly, but it seemed to me, somehow, as if, under the cloaks and veils, these people were dressed in a rather extraordinary fashion. The man in front of me, I remarked, showed yellow stockings beneath his cloak; a woman, hard by, a red bodice, laced behind with gold tags. Could these be peasants from some remote part come for the Christmas festivities, or did

nos de alguna parte remota que acudían a las festividades navideñas, o los habitantes de Urbania se vestían con atuendos antiguos en honor de la Navidad?

Mientras me preguntaba eso, de repente mi ojo percibió a una mujer parada en el pasillo opuesto, cerca del altar y bajo el pleno resplandor de sus luces. Estaba envuelta en una capa negra, pero sostenía, de una manera muy visible, una rosa roja, un lujo desconocido en esta época del año, en un lugar como Urbania. Evidentemente me vio y, girando aún más hacia la luz, aflojó su gruesa capa negra, mostrando un vestido de color rojo oscuro, con destellos de plata y bordados dorados; ella dirigió su cara hacia mí; el pleno resplandor de los candelabros y los cirios cayó sobre ella.

¡Era la cara de Medea da Carpi! Corrí a través de la nave, haciendo a un lado a la gente, o mejor dicho, me pareció, pasando a través de cuerpos impalpables. Pero la mujer se dio la vuelta y caminó rápidamente por el pasillo hacia la puerta. La seguí de cerca, pero de alguna manera no podía alcanzarla. Una vez, al llegar a la cortina, ella se volvió de nuevo. Estaba a pocos pasos de mí. Sí, era Medea. Ella misma, sin duda, sin engaño; su cara ovalada, sus labios prietos sobre la boca, sus párpados apretados sobre la esquina de sus ojos, su exquisita tez de alabastro. Levantó la cortina y salió. La seguí; solo la cortina me separaba de ella. Vi que la puerta de madera se movía detrás de ella. ¡Iba un paso por delante de mí! Abrí la puerta; ¡Ella debía estar en los escalones, al alcance de mi mano!

Salí de la iglesia. Todo estaba vacío, solo vi el pavimento mojado y los reflejos amarillos en los charcos; sentí un escalofrío; no podía seguir adelante. Intenté volver a entrar en la iglesia; estaba cerrada. Me apresuré a volver a casa, con los pelos de punta y temblando de pies a cabeza, y permanecí así durante una hora, como un maníaco. ¿Era un engaño? ¿Yo también

the inhabitants of Urbania don some old-fashioned garb in honor of Christmas?

As I was wondering, my eye suddenly caught that of a woman standing in the opposite aisle, close to the altar, and in the full blaze of its lights. She was wrapped in black, but held, in a very conspicuous way, a red rose, an unknown luxury at this time of the year in a place like Urbania. She evidently saw me, and turning even more fully into the light, she loosened her heavy black cloak, displaying a dress of deep red, with gleams of silver and gold embroideries; she turned her face towards me; the full blaze of the chandeliers and tapers fell upon it.

It was the face of Medea da Carpi! I dashed across the nave, pushing people roughly aside, or rather, it seemed to me, passing through impalpable bodies. But the lady turned and walked rapidly down the aisle towards the door. I followed close upon her, but somehow I could not get up with her. Once, at the curtain, she turned round again. She was within a few paces of me. Yes, it was Medea. Medea herself, no mistake, no delusion, no sham; the oval face, the lips tightened over the mouth, the eyelids tight over the corner of the eyes, the exquisite alabaster complexion! She raised the curtain and glided out. I followed; the curtain alone separated me from her. I saw the wooden door swing to behind her. One step ahead of me! I tore open the door; she must be on the steps, within reach of my arm!

I stood outside the church. All was empty, merely the wet pavement and the yellow reflections in the pools: a sudden cold seized me; I could not go on. I tried to re-enter the church; it was shut. I rushed home, my hair standing on end, and trembling in all my limbs, and remained for an hour like a maniac. Is it a delusion? Am I

me estaba volviendo loco? ¡Oh Dios, Dios! ¿Me estoy volviendo loco?

19 de diciembre.– Un día brillante y soleado; toda la nieve sucia ha desaparecido de la ciudad, de los arbustos y los árboles. Las montañas cubiertas de nieve brillan contra el cielo azul brillante. Es domingo y el clima es dominical; todas las campanas suenan al acercarse la Navidad. Se están preparando para una especie de feria en la plaza de las columnatas, montando cabinas llenas de algodón de colores y artículos de lana, chales brillantes y pañuelos, espejos, cintas, brillantes lámparas de peltre; todos los artículos de los vendedores ambulante en "Cuento de invierno". Todas las tiendas de carne de cerdo están adornadas con guirnaldas verdes y flores de papel; los jamones y quesos llenos de banderitas y ramitas verdes. Salí para ver la feria de ganado fuera de las puertas; era un bosque de cuernos entrelazados, un océano de mugidos y coces; cientos de inmensos bueyes blancos, con cuernos de un metro de largo y borlas rojas, agrupados en la pequeña Plaza de Armas, debajo de las murallas de la ciudad. ¡Bah! ¿Porqué escribo esta basura? ¿De qué sirve todo esto? Mientras me obligo a escribir sobre campanas, y festividades navideñas y ferias de ganado, una idea continúa resonando como una campana en mi interior:

Medea, Medea! ¿Realmente la he visto, o estoy volviéndome loco?

Dos horas más tarde.- Esa Iglesia de San Giovanni Decollato –así me informó mi casero– nunca se ha utilizado, en todo el tiempo que él pueda recordar. ¿Acaso todo fue una alucinación o un sueño –tal vez lo habré soñado esa noche? He estado fuera otra vez para mirar esa iglesia. Ahí está, en la bifurcación de las dos calles empinadas, con su bajorrelieve de la cabeza del Bautista sobre su puerta. La puerta parece no haber sido abierta por años. Puedo ver las telarañas en los cristales de las ventanas; parece como si, como dice Sor

too going mad? O God, God! am I going mad?

Dec. 19th.— A brilliant, sunny day; all the black snow-slush has disappeared out of the town, off the bushes and trees. The snow-clad mountains sparkle against the bright blue sky. A Sunday, and Sunday weather; all the bells are ringing for the approach of Christmas. They are preparing for a kind of fair in the square with the colonnade, putting up booths filled with colored cotton and woolen ware, bright shawls and kerchiefs, mirrors, ribbons, brilliant pewter lamps; the whole turn-out of the peddler in "Winter's Tale." The pork-shops are all garlanded with green and with paper flowers, the hams and cheeses stuck full of little flags and green twigs. I strolled out to see the cattle-fair outside the gate; a forest of interlacing horns, an ocean of lowing and stamping: hundreds of immense white bullocks, with horns a yard long and red tassels, packed close together on the little piazza d'armi under the city walls. Bah! Why do I write this trash? What's the use of it all? While I am forcing myself to write about bells, and Christmas festivities, and cattle-fairs, one idea goes on like a bell within me:

Medea, Medea! Have I really seen her, or am I mad?

Two hours later.— That Church of San Giovanni Decollato —so my landlord informs me— has not been made use of within the memory of man. Could it have been all a hallucination or a dream —perhaps a dream dreamed that night? I have been out again to look at that church. There it is, at the bifurcation of the two steep lanes, with its bas-relief of the Baptist's head over the door. The door does look as if it had not been opened for years. I can see the cobwebs in the windowpanes; it does look as if, as Sor Asdrubale says,

Asdrubale, solo ratas y arañas se congregaran en su interior. Y sin embargo, pese a todo; tengo un recuerdo tan claro, una conciencia tan clara de todo esto. Había una foto de la hija de Herodías bailando, sobre el altar; recuerdo su turbante blanco con un mechón de plumas escarlata y el caftán azul de Herodes; recuerdo la forma de la araña central; que giraba lentamente, y tenía una de sus luces de cera casi doblada por la mitad, debido al calor y la corriente de aire.

Estas cosas, todas estas cosas, que pude haber visto en otros lugares, se grabaron en mi mente, y pueden haber surgido, de alguna manera, de un sueño; he oído a los fisiólogos aludir a tales cosas. Iré de nuevo, si la iglesia está cerrada, entonces debe haber sido un sueño, una visión, el resultado de un exceso de emoción. Debo irme inmediatamente a Roma y ver a los médicos, porque temo volverme loco. Si, por otro lado –¡Bah! No hay otra opción en tal caso. Sin embargo, si la hubiera –entonces realmente podría haber visto a Medea; y puede que vuelva a verla; hasta hablar con ella. El mero pensamiento hace que mi sangre bulla, no con horror, pero con... no sé cómo llamarlo. El sentimiento me aterra, pero es delicioso. ¡Idiota! Es un pequeño resorte de mi cerebro, la vigésima parte del ancho de un pelo, que no funciona bien, ¡eso es todo!

20 de diciembre.– Estuve allí otra vez; Escuché la música, estuve dentro de la iglesia; ¡La he visto! Ya no puedo dudar de mis sentidos. ¿Por qué debería?

Esos pedantes dicen que los muertos están muertos, que el pasado es pasado. Para ellos, sí; ¿Pero porqué para mí? ¿Porqué para un hombre que ama, que se consume con el amor de una mujer? Una mujer que, efectivamente –sí, voy a terminar la frase.

¿Por qué no debería haber fantasmas para aquellos que puedan verlos? ¿Por qué no puede ella regresar a la tierra, si sabe

only rats and spiders congregated within it. And yet-and yet; I have so clear a remembrance, so distinct a consciousness of it all. There was a picture of the daughter of Herodias dancing, upon the altar; I remember her white turban with a scarlet tuft of feathers, and Herod's blue caftan; I remember the shape of the central chandelier; it swung round slowly, and one of the wax lights had got bent almost in two by the heat and draught.

Things, all these, which I may have seen elsewhere, stored unawares in my brain, and which may have come out, somehow, in a dream; I have heard physiologists allude to such things. I will go again: if the church be shut, why then it must have been a dream, a vision, the result of over-excitement. I must leave at once for Rome and see doctors, for I am afraid of going mad. If, on the other hand-pshaw! there is no other hand in such a case. Yet if there were —why then, I should really have seen Medea; I might see her again; speak to her. The mere thought sets my blood in a whirl, not with horror, but with... I know not what to call it. The feeling terrifies me, but it is delicious. Idiot! There is some little coil of my brain, the twentieth of a hair's-breadth out of order —that's all!

Dec. 20th.— I have been again; I have heard the music; I have been inside the church; I have seen Her! I can no longer doubt my senses. Why should I?

Those pedants say that the dead are dead, the past is past. For them, yes; but why for me?-why for a man who loves, who is consumed with the love of a woman?-a woman who, indeed —yes, let me finish the sentence.

Why should there not be ghosts to such as can see them? Why should she not return to the earth, if she knows that

que contiene a un hombre que piensa en ella, que solo la desea a ella?

¿Una alucinación? Como; la vi, como veo este documento en el que escribo; de pie allí, iluminada por la luz del altar. Pues bien, oí el susurro de sus faldas, olí el aroma de su cabello, levanté la cortina que aún temblaba por su toque. Una vez más la perdí. Pero esta vez, cuando salí corriendo a la calle vacía, iluminada por la luna, encontré en los escalones de la iglesia una rosa, la rosa que había visto en su mano el momento anterior, la toqué, la olí; una rosa, una rosa real, viva, roja oscura y recién arrancada. La puse en agua cuando volví, después de haberla besado, ¿quién sabe cuántas veces? La coloqué en la parte superior del armario; Decidí no mirarla durante veinticuatro horas, temiendo que fuera un engaño. Pero debo verla de nuevo; Tengo que... ¡Dios mío!, esto es horrible, horrible. ¡Si hubiera encontrado un esqueleto no podría haber sido peor! La rosa, que anoche parecía recién arrancada, llena de color y perfume, ahora es marrón, está seca –como una cosa que se mantuvo durante siglos entre las hojas de un libro–, se ha convertido en polvo entre mis dedos.

¡Es horrible, horrible! Pero ¿por qué, Dios mío? ¿Acaso no sabía que estaba enamorado de una mujer muerta hace trescientos años? Si quisiera rosas frescas que florecieron ayer, la condesa Fiammetta o cualquier pequeña costurera de Urbania me las habrían regalado. ¿Y si la rosa se ha convertido en polvo?

Si solo pudiera sostener a Medea en mis brazos como sostuve la rosa en mis dedos, besar sus labios como besaba sus pétalos, ¿no debería estar satisfecho aunque ella también se convirtiera en polvo en el siguiente momento, si yo mismo me convirtiera en polvo?

22 de diciembre, once de la noche.- ¡La he visto una vez más! –estuve a punto de hablar con ella. ¡Me ha prometido su amor! Ah, Spiridion!, tenías razón cuando

it contains a man who thinks of, desires, only her?

A hallucination? Why, I saw her, as I see this paper that I write upon; standing there, in the full blaze of the altar. Why, I heard the rustle of her skirts, I smelt the scent of her hair, I raised the curtain which was shaking from her touch. Again I missed her. But this time, as I rushed out into the empty moonlit street, I found upon the church steps a rose-the rose which I had seen in her hand the moment before-I felt it, smelt it; a rose, a real, living rose, dark red and only just plucked. I put it into water when I returned, after having kissed it, who knows how many times? I placed it on the top of the cupboard; I determined not to look at it for twenty-four hours lest it should be a delusion. But I must see it again; I must... Good Heavens! this is horrible, horrible; if I had found a skeleton it could not have been worse! The rose, which last night seemed freshly plucked, full of color and perfume, is brown, dry —a thing kept for centuries between the leaves of a book— it has crumbled into dust between my fingers.

Horrible, horrible! But why so, pray? Did I not know that I was in love with a woman dead three hundred years? If I wanted fresh roses which bloomed yesterday, the Countess Fiammetta or any little sempstress in Urbania might have given them me. What if the rose has fallen to dust?

If only I could hold Medea in my arms as I held it in my fingers, kiss her lips as I kissed its petals, should I not be satisfied if she too were to fall to dust the next moment, if I were to fall to dust myself?

Dec. 22nd, Eleven at night.— I have seen her once more! —almost spoken to her. I have been promised her love! Ah, Spiridion! you were right when you felt

sentías que no estabas hecho para ningún *amori* terrenal. Esta noche, a la hora habitual, fui a San Giovanni Decollato. Una noche brillante de invierno; las casas altas y los campanarios contrastados contra un cielo azul profundo y luminoso, brillando como acero con miríadas de estrellas; la luna aún no había salido. No había luz en las ventanas; pero, después de un pequeño esfuerzo, la puerta se abrió y entré en la iglesia, el altar, como de costumbre, estaba brillantemente iluminado. De repente, me di cuenta de que toda esta multitud de hombres y mujeres parados alrededor, estos sacerdotes cantando y moviéndose alrededor del altar, estaban muertos, que yo era el único hombre viviente en ese lugar. Toqué, como por casualidad, la mano de mi vecino, estaba fría, como arcilla mojada. Se volvió, pero no pareció verme: tenía el rostro ceniciento y los ojos fijos, como los de un ciego o un cadáver. Sentí deseos de salir corriendo. Pero en ese momento mis ojos se posaron en Ella, de pie como de costumbre junto a los escalones del altar, envuelta en un manto negro, bajo el pleno resplandor de las luces. Ella se dio la vuelta; la luz cayó directamente sobre su cara, esa cara de delicados rasgos, los párpados y los labios un poco apretados, la piel de alabastro ligeramente teñida de rosa pálido. Nuestros ojos se encontraron.

Me abrí paso a través de la nave hacia donde ella estaba junto a los escalones del altar; ella se volvió rápidamente por el pasillo, y yo fui detrás de ella. Una o dos veces se demoró, y pensé que iba a alcanzarla; pero de nuevo, cuando, un segundo después de que la puerta se cerrara sobre ella, salí a la calle, ella se había desvanecido. En el escalón de la iglesia yacía algo blanco. No era una flor esta vez, sino una carta. Me apresuré a volver a la iglesia para leerla; pero la iglesia se cerró rápidamente, como si no hubiera estado abierta durante años. No pude ver bien a la luz de las parpadeantes lámparas del santuario. Corrí a casa, encendí mi lámpara y saqué la carta

that you were not made for any earthly amori. At the usual hour I betook myself this evening to San Giovanni Decollato. A bright winter night; the high houses and belfries standing out against a deep blue heaven luminous, shimmering like steel with myriads of stars; the moon has not yet risen. There was no light in the windows; but, after a little effort, the door opened and I entered the church, the altar, as usual, brilliantly illuminated. It struck me suddenly that all this crowd of men and women standing all round, these priests chanting and moving about the altar, were dead-that they did not exist for any man save me. I touched, as if by accident, the hand of my neighbor; it was cold, like wet clay. He turned round, but did not seem to see me: his face was ashy, and his eyes staring, fixed, like those of a blind man or a corpse. I felt as if I must rush out. But at that moment my eye fell upon Her, standing as usual by the altar steps, wrapped in a black mantle, in the full blaze of the lights. She turned round; the light fell straight upon her face, the face with the delicate features, the eyelids and lips a little tight, the alabaster skin faintly tinged with pale pink. Our eyes met.

I pushed my way across the nave towards where she stood by the altar steps; she turned quickly down the aisle, and I after her. Once or twice she lingered, and I thought I should overtake her; but again, when, not a second after the door had closed upon her, I stepped out into the street, she had vanished. On the church step lay something white. It was not a flower this time, but a letter. I rushed back to the church to read it; but the church was fast shut, as if it had not been opened for years. I could not see by the flickering shrine-lamps-I rushed home, lit my lamp, pulled the letter from my breast. I have it before me. The handwriting is hers; the

de mi pecho. Lo tengo delante de mí. La escritura es suya; la misma que en los Archivos, la misma que en esa primera carta:

"A Spiridion.– Que tu valor sea igual a tu amor, y tu amor será recompensado. En la noche anterior a la Navidad, toma un hacha y una sierra; corta audazmente el cuerpo del jinete de bronce que se encuentra en la Corte, en su lado izquierdo, cerca de su cintura. Usa la sierra para aserrar el cuerpo y dentro de él encontrarás la efigie de plata de un genio alado. Sácala, pártela en cien pedazos y arrójalos en todas las direcciones, para que los vientos puedan barrerlos. Esta noche ella, a quien amas, vendrá a recompensar tu fidelidad".

En el sello pardusco se leía el lema "AMOUR DURE-DURE AMOUR".

23 de diciembre.– ¡Así que es verdad! Yo estaba destinado a algo maravilloso en este mundo. Por fin encontré lo que mi alma tanto ansiaba.

La ambición, el amor por el arte, el amor por Italia, estas cosas que han ocupado mi espíritu y que aún así me han dejado continuamente insatisfecho, ninguna de esas cosas era mi verdadero destino. Busqué la vida, sediento de ella, como un hombre en el desierto anhela un pozo; pero la vida de los sentidos de otros jóvenes, la vida del intelecto de otros hombres, nunca pudieron saciar esa sed. ¿La vida para mí significa el amor de una mujer muerta? Lo que llamamos la superstición del pasado nos hace sonreír, olvidando que toda nuestra culta ciencia de hoy, quizás sea vista como una extraña superstición por los hombres del futuro; pero ¿porqué el presente es correcto y el pasado está equivocado? Los hombres que pintaron los cuadros y construyeron los palacios de hace trescientos años tenían ciertamente una fibra tan delicada, una razón tan aguda como nosotros mismos, que solo nos dedicamos a estampar algodón y construir locomotoras. Lo que me hace pensar esto

same as in the Archives, the same as in that first letter:

"To Spiridion.– "Let thy courage be equal to thy love, and thy love shall be rewarded. On the night preceding Christmas, take a hatchet and saw; cut boldly into the body of the bronze rider who stands in the Corte, on the left side, near the waist. Saw open the body, and within it thou wilt find the silver effigy of a winged genius. Take it out, hack it into a hundred pieces, and fling them in all directions, so that the winds may sweep them away. That night she whom thou lovest will come to reward thy fidelity."

On the brownish wax is the device-"AMOUR DURE-DURE AMOUR."

Dec. 23rd.— So it is true! I was reserved for something wonderful in this world. I have at last found that after which my soul has been straining.

Ambition, love of art, love of Italy, these things which have occupied my spirit, and have yet left me continually unsatisfied, these were none of them my real destiny. I have sought for life, thirsting for it as a man in the desert thirsts for a well; but the life of the senses of other youths, the life of the intellect of other men, have never slaked that thirst. Shall life for me mean the love of a dead woman? We smile at what we choose to call the superstition of the past, forgetting that all our vaunted science of today may seem just such another superstition to the men of the future; but why should the present be right and the past wrong? The men who painted the pictures and built the palaces of three hundred years ago were certainly of as delicate fiber, of as keen reason, as ourselves, who merely print calico and build locomotives. What makes me think this, is that I have been calculating my nativity by help of an old book belonging to Sor Asdrubale-and see, my horoscope tallies almost exactly

es que he estuve calculando mi natividad con la ayuda de un libro antiguo que pertenece a Sor Asdrubale, y mi horóscopo coincide casi exactamente con el de Medea da Carpi, tal como lo describe un cronista. ¿Qué significa esto? No no; todo se explica por el hecho de que la primera vez que leí sobre la vida de esta mujer, la primera vez que vi su retrato, la amé, aunque oculté mi amor, disimulándolo como interés histórico. ¡Menudo interés histórico!

Tengo el hacha y la sierra. Le compré la sierra a un pobre carpintero, en un pueblo a unas millas de distancia; al principio no entendió lo que le pedía, y creo que me creyó loco; tal vez yo lo esté, pero si la locura significa alcanzar la felicidad de mi vida, ¿qué hay de malo en ella? Vi el hacha en un aserradero, donde preparan los grandes troncos de los abetos que crecen en lo alto de los Apeninos de Sant'Elmo. No había nadie en el patio, y no pude resistir la tentación; la tomé, probé su filo y la robé. Esta es la primera vez en mi vida que he sido un ladrón; ¿Por qué no fui a una tienda y compré un hacha? No lo sé; parecía incapaz de resistirme a la vista de la hoja brillante. Lo que voy a hacer es, supongo, un acto de vandalismo; y ciertamente no tengo derecho a estropear la propiedad de esta ciudad de Urbania. Pero no le deseo ningún daño ni a la estatua ni a la ciudad, si pudiera enlucir el bronce, lo haría de buena gana. Pero debo obedecerla; debo vengarla; debo obtener esa imagen de plata que Roberto de Montemurlo mandó hacer y consagró para que su alma cobarde pudiera dormir en paz, y no encontrara la del ser a quien más temía en el mundo. Ja ja ja Duque Roberto, la obligaste a morir sin confesión, e insertaste la imagen de tu alma dentro de la estatua de tu cuerpo, pensando que mientras ella sufría las torturas del Infierno, descansarías en paz, hasta que tu pequeña alma bien lavada, pudiera volar directamente hacia el Paraíso –temías encontrarte con Ella después que ambos estuvieran muertos, ¡te

with that of Medea da Carpi, as given by a chronicler. May this explain? No, no; all is explained by the fact that the first time I read of this woman's career, the first time I saw her portrait, I loved her, though I hid my love to myself in the garb of historical interest. Historical interest indeed!

I have got the hatchet and the saw. I bought the saw of a poor joiner, in a village some miles off; he did not understand at first what I meant, and I think he thought me mad; perhaps I am. But if madness means the happiness of one's life, what of it? The hatchet I saw lying in a timber-yard, where they prepare the great trunks of the fir-trees which grow high on the Apennines of Sant' Elmo. There was no one in the yard, and I could not resist the temptation; I handled the thing, tried its edge, and stole it. This is the first time in my life that I have been a thief; why did I not go into a shop and buy a hatchet? I don't know; I seemed unable to resist the sight of the shining blade. What I am going to do is, I suppose, an act of vandalism; and certainly I have no right to spoil the property of this city of Urbania. But I wish no harm either to the statue or the city, if I could plaster up the bronze, I would do so willingly. But I must obey Her; I must avenge Her; I must get at that silver image which Robert of Montemurlo had made and consecrated in order that his cowardly soul might sleep in peace, and not encounter that of the being whom he dreaded most in the world. Aha! Duke Robert, you forced her to die unshriven, and you stuck the image of your soul into the image of your body, thinking thereby that, while she suffered the tortures of Hell, you would rest in peace, until your well-scoured little soul might fly straight up to Paradise;-you were afraid of Her when both of you should be dead, and thought

creías muy listo y te preparaste para todas las contingencias! No es así, Serena Alteza. Tú también probarás lo que es vagar después de la muerte, y encontrarte con aquella a los que has injuriado.

¡Qué día interminable! Pero la veré de nuevo esta noche.

Las once en punto. No; la iglesia estaba completamente cerrada; el hechizo ha terminado.

No la veré hasta mañana. ¡Pero mañana! Ah, Medea! ¿Alguno de tus amantes te amó como yo lo hago?

Veinticuatro horas más hasta que alcance la felicidad, el momento que creo estuve esperando durante toda mi vida. Y después de eso, ¿qué sigue? Sí, lo veo más claro cada minuto; después de eso, nada más. Todos aquellos que amaron a Medea da Carpi, que la amaron y la sirvieron, murieron:

Giovanfrancesco Pico, su primer marido, a quien ella dejó apuñalado en el castillo del que huyó; Stimigliano, que murió envenenado; el novio que le dio el veneno, al que ordenó asesinar; Oliverotto da Narni; Marcantonio Frangipani; y ese pobre muchacho de Ordelaffi, que nunca la había mirado a la cara, y cuya única recompensa fue ese pañuelo con el que el verdugo le limpió el sudor de la cara, cuando era una masa de miembros rotos y carne desgarrada; todos tenían que morir, y yo también moriré.

El amor de una mujer así es suficiente y es fatal: "Amour Dure", como dice su lema. Yo también moriré. ¿Pero por qué no? ¿Sería posible vivir para amar a otra mujer? No, ¿sería posible arrastrar una vida como esta después de la felicidad de mañana? Imposible; los otros murieron, y también yo debo morir. Siempre sentí que no iba a vivir mucho tiempo; una gitana en Polonia me dijo una vez que mi línea de la vida estaba cruzada por otra, y que eso significaba una muerte violenta. Podría haber terminado en un duelo con algún compañero estudiante, o en un accidente

yourself very clever to have prepared for all emergencies! Not so, Serene Highness. You too shall taste what it is to wander after death, and to meet the dead whom one has injured.

What an interminable day! But I shall see her again tonight.

Eleven o'clock.-No; the church was fast closed; the spell had ceased.

Until tomorrow I shall not see her. But tomorrow! Ah, Medea! did any of thy lovers love thee as I do?

Twenty-four hours more till the moment of happiness-the moment for which I seem to have been waiting all my life. And after that, what next? Yes, I see it plainer every minute; after that, nothing more. All those who loved Medea da Carpi, who loved and who served her, died:

Giovanfrancesco Pico, her first husband, whom she left stabbed in the castle from which she fled; Stimigliano, who died of poison; the groom who gave him the poison, cut down by her orders; Oliverotto da Narni, Marcantonio Frangipani, and that poor boy of the Ordelaffi, who had never even looked upon her face, and whose only reward was that handkerchief with which the hangman wiped the sweat off his face, when he was one mass of broken limbs and torn flesh: all had to die, and I shall die also.

The love of such a woman is enough, and is fatal-"Amour Dure," as her device says. I shall die also. But why not? Would it be possible to live in order to love another woman? Nay, would it be possible to drag on a life like this one after the happiness of tomorrow? Impossible; the others died, and I must die. I always felt that I should not live long; a gipsy in Poland told me once that I had in my hand the cut-line which signifies a violent death. I might have ended in a duel with some brother-student, or in a railway accident. No, no; my death will not be of that sort! Death-

ferroviario. No no. ¡Mi muerte no será de ese tipo! Mi muerte, ¿y no está ella también muerta? ¡Qué extrañas perspectivas me sugiere ese pensamiento! Entonces los otros: Pico, el novio, Stimigliano, Oliverotto, Frangipani, Prinzivalle degli Ordelaffi, ¿estarán todos allí? ¡Pero ella me amará más a mí, aquel por quien ella fue amada después de yacer trescientos años en su tumba!

24 de diciembre.– Ya hice todos mis arreglos. Esta noche a las once saldré de casa; Sor Asdrubale y sus hermanas estarán profundamente dormidos. Les he preguntado; su miedo al reumatismo les impide asistir a la Misa de Gallo.

Por suerte no hay iglesias de aquí a la Corte; cualquiera que sea el movimiento que conlleve la noche de Navidad, no será cerca de aquí. Las habitaciones del Vice-Prefecto están al otro lado del palacio; el resto de la plaza está ocupada por salas estatales, archivos, establos vacíos y las cocheras de palacio. Además, seré rápido en mi trabajo.

He probado mi sierra en un robusto jarrón de bronce que le compré Sor Asdrubale; y el bronce de la estatua, hueco y desgastado por el óxido (incluso con agujeros), no podrá resistir mucho, especialmente después de recibir un golpe con el hacha afilada. He puesto mis documentos en orden, en beneficio del gobierno que me envió aquí. Lamento haberlos defraudado, no escribiré su "Historia de Urbania". Para pasar el interminable día y calmar la fiebre de la impaciencia, acabo de dar un largo paseo. Este es el día más frío que hemos tenido. El sol brillante no calienta para nada, solo parece aumentar la impresión de frío, al hacer brillar la nieve en las montañas, el aire azul brilla como el acero. Las pocas personas que salen afuera, están tapadas hasta la nariz, y llevan braseros de cerámica debajo de sus capas; largos carámbanos cuelgan de la fuente sobre la que está la figura de Mercurio; uno puede imaginarse a

and is not she also dead? What strange vistas does such a thought not open! Then the others-Pico, the Groom, Stimigliano, Oliverotto, Frangipani, Prinzivalle degli Ordelaffi-will they all be there? But she shall love me best-me by whom she has been loved after she has been three hundred years in the grave!

Dec. 24th.— I have made all my arrangements. Tonight at eleven I slip out; Sor Asdrubale and his sisters will be sound asleep. I have questioned them; their fear of rheumatism prevents their attending midnight mass.

Luckily there are no churches between this and the Corte; whatever movement Christmas night may entail will be a good way off. The Vice-Prefect's rooms are on the other side of the palace; the rest of the square is taken up with state-rooms, archives, and empty stables and coach-houses of the palace. Besides, I shall be quick at my work.

I have tried my saw on a stout bronze vase I bought of Sor Asdrubale; and the bronze of the statue, hollow and worn away by rust (I have even noticed holes), cannot resist very much, especially after a blow with the sharp hatchet. I have put my papers in order, for the benefit of the Government which has sent me hither. I am sorry to have defrauded them of their "History of Urbania." To pass the endless day and calm the fever of impatience, I have just taken a long walk. This is the coldest day we have had. The bright sun does not warm in the least, but seems only to increase the impression of cold, to make the snow on the mountains glitter, the blue air to sparkle like steel. The few people who are out are muffled to the nose, and carry earthenware braziers beneath their cloaks; long icicles hang from the fountain with the figure of Mercury upon it; one can imagine the wolves trooping down

los lobos cabalgando a través del matorral seco para asolar a esta ciudad. De alguna manera, este frío me hace sentir maravillosamente tranquilo, parece que me devuelve mi infancia.

Mientras caminaba por los callejones pavimentados, desparejos, empinados y resbaladizos por las heladas; con la vista de montañas nevadas contra el cielo, pasando por los escalones de la iglesia sembrados de cajas y laureles, con un leve olor a incienso; me vino a la mente, no sé porqué, el recuerdo, casi la sensación, de una Navidad de antaño en Posen y Breslau, cuando caminaba de niño por las calles anchas, asomándome por las ventanas donde empezaban a iluminarse las velas de los árboles de Navidad, y preguntándome si yo también, al regresar a casa, entraría en una habitación maravillosa, toda ardiendo con luces, nueces doradas y cuentas de cristal. En mi casa en el norte están colgando las últimas hileras de cuentas metálicas azules y rojas, atándolas a las últimas nueces doradas y plateadas en los árboles; están encendiendo las velas azules y rojas; la cera está comenzando a correr hacia las hermosas ramas de abeto verde; los niños están esperando con los corazones latiendo detrás de la puerta, para que se les diga que el Niño Jesús ha nacido. Y yo, ¿a qué estoy esperando? No lo sé; todo parece un sueño; todo parece vago e insustancial a mi alrededor, como si el tiempo hubiera cesado, nada podía pasar, mis propios deseos y esperanzas estaban muertos, yo mismo absorbido en la pasiva tierra de los sueños. ¿Anhelo esta noche? ¿La temo?

¿Alguna vez llegará esta noche? ¿Siento algo, existe algo a mi alrededor?

Me siento y me parece ver esa calle en Posen, la calle ancha con las ventanas iluminadas por las luces de Navidad, las verdes ramas de abeto que rozan los cristales de las ventanas.

Nochebuena, medianoche.– Lo he hecho. Me deslicé sin ruido. Sor Asdrubale

through the dry scrub and beleaguering this town. Somehow this cold makes me feel wonderfully calm-it seems to bring back to me my boyhood.

As I walked up the rough, steep, paved alleys, slippery with frost, and with their vista of snow mountains against the sky, and passed by the church steps strewn with box and laurel, with the faint smell of incense coming out, there returned to me-I know not why-the recollection, almost the sensation, of those Christmas Eves long ago at Posen and Breslau, when I walked as a child along the wide streets, peeping into the windows where they were beginning to light the tapers of the Christmas-trees, and wondering whether I too, on returning home, should be let into a wonderful room all blazing with lights and gilded nuts and glass beads. They are hanging the last strings of those blue and red metallic beads, fastening on the last gilded and silvered walnuts on the trees out there at home in the North; they are lighting the blue and red tapers; the wax is beginning to run on to the beautiful spruce green branches; the children are waiting with beating hearts behind the door, to be told that the Christ-Child has been. And I, for what am I waiting? I don't know; all seems a dream; everything vague and unsubstantial about me, as if time had ceased, nothing could happen, my own desires and hopes were all dead, myself absorbed into I know not what passive dreamland. Do I long for tonight? Do I dread it?

Will tonight ever come? Do I feel anything, does anything exist all round me?

I sit and seem to see that street at Posen, the wide street with the windows illuminated by the Christmas lights, the green fir-branches grazing the window-panes.

Christmas Eve, Midnight.— I have done it. I slipped out noiselessly. Sor As-

y sus hermanas estaban profundamente dormidos. Temí haberlos despertado, ya que mi hacha cayó cuando pasaba por la habitación principal donde mi casero guarda las curiosidades que tiene en venta; golpeó contra una vieja armadura que él había estado armando. Le oí exclamar, medio dormido; apagué mi luz y me escondí en las escaleras. Salió en bata, pero al no encontrar a nadie, volvió a la cama. "¡Un gato, sin duda!", dijo. Cerré la puerta de la casa suavemente detrás de mí. El cielo se había puesto tormentoso desde la tarde, iluminado por la luna llena, pero sembrado de nubes grises de color lustroso; de vez en cuando la luna desaparecía por completo. No había ni una criatura a la vista; solo las casas altas y gastadas, bajo la luz de la luna.

No sé por qué, tomé una rotonda hacia la Corte, pasando por una o dos puertas de iglesias, de donde surgía el débil parpadeo de la Misa de Gallo. Por un momento sentí la tentación de entrar en una de ellas; pero algo parecía detenerme. Pude oír algunos fragmentos del himno navideño. Sentí que me estaba empezando a poner nervioso y me apresuré hacia la Corte. Cuando pasé por debajo del pórtico de San Francesco oí pasos detrás de mí; me pareció que me seguían. Me detuve para dejar pasar al otro. A medida que se acercaba, sus pasos se hacían más lentos, pasó cerca de mí y murmuró: "No vayas: soy Giovanfrancesco Pico". Me di vuelta y él ya se había ido. Una frialdad me adormecía; pero me apresuré a continuar adelante.

Detrás del ábside de la catedral, en un camino estrecho, vi a un hombre apoyado contra una pared. La luz de la luna daba de lleno sobre él. Me pareció que su cara, con una barba delgada y puntiaguda, estaba llena de sangre. Aceleré mi paso; pero mientras pasaba junto a él, susurró: "No la obedezcas; vuelve a casa: soy Marcantonio Frangipani". Mis dientes castañeteaban, pero me apresuré a lo largo de

drubale and his sisters were fast asleep. I feared I had waked them, for my hatchet fell as I was passing through the principal room where my landlord keeps his curiosities for sale; it struck against some old armor which he has been piecing. I heard him exclaim, half in his sleep; and blew out my light and hid in the stairs. He came out in his dressing-gown, but finding no one, went back to bed again. "Some cat, no doubt!" he said. I closed the house door softly behind me. The sky had become stormy since the afternoon, luminous with the full moon, but strewn with grey and buff-colored vapors; every now and then the moon disappeared entirely. Not a creature abroad; the tall gaunt houses staring in the moonlight.

I know not why, I took a roundabout way to the Corte, past one or two church doors, whence issued the faint flicker of midnight mass. For a moment I felt a temptation to enter one of then; but something seemed to restrain me. I caught snatches of the Christmas hymn. I felt myself beginning to be unnerved, and hastened towards the Corte. As I passed under the portico at San Francesco I heard steps behind me; it seemed to me that I was followed. I stopped to let the other pass. As he approached his pace flagged; he passed close by me and murmured, "Do not go: I am Giovanfrancesco Pico." I turned round; he was gone. A coldness numbed me; but I hastened on.

Behind the cathedral apse, in a narrow lane, I saw a man leaning against a wall. The moonlight was full upon him; it seemed to me that his face, with a thin pointed beard, was streaming with blood. I quickened my pace; but as I grazed by him he whispered, "Do not obey her; return home: I am Marcantonio Frangipani." My teeth chattered, but I hurried along the narrow lane, with the moon-

la estrecha calle, con la luz de la luna azul sobre las paredes blancas. Por fin vi la Corte delante de mí; la plaza estaba inundada por la luz de la luna, las ventanas del palacio parecían brillantemente iluminadas, y la estatua del duque Roberto, de color verde brillante, parecía avanzar hacia mí en su caballo. Entré en la sombra. Tuve que pasar por debajo de un arco. Allí apareció una figura encapuchada que parecía haber salido de la pared, y bloqueó mi paso con su brazo extendido. Intenté pasar. Me agarró del brazo, y su apretón era como un peso de hielo. "¡No pasarás!" gritó, y cuando la luna salió una vez más, vi su rostro, de un blanco espantoso, atado con un pañuelo bordado; casi parecía un niño. "¡No pasarás!" gritó. "¡No la tendrás! Es mía, y solo mía. Soy Prinzivalle degli Ordelaffi". Sentí su apretón helado, pero con mi otro brazo, tomé el hacha que llevaba debajo de la capa y di un golpe a ciegas. El hacha golpeó la pared, sobre la piedra. Él había desaparecido.

Me apresuré hacia adelante. Lo hice. Corté el bronce, abriéndolo; agrandé la abertura con la sierra. Saqué la imagen de plata y la hice añicos. Cuando esparcí los últimos fragmentos, la luna se oscureció repentinamente y un gran viento aullante se levantó en la plaza; me pareció que la tierra temblaba. Tiré el hacha y la sierra, y escapé a casa. Me sentí perseguido, como si cientos de jinetes invisibles me siguieran todo el camino.

Ahora estoy tranquilo. Es medianoche; ¡En un momento ella estará aquí!

¡Ten paciencia corazón! Lo escucho latir fuerte. Confío en que nadie acusará al pobre Sor Asdrubale. Escribiré una carta a las autoridades para declarar su inocencia por si algo sucediera... ¡Uno! El reloj en la torre del palacio acaba de dar un golpe... "Por la presente certifico que, si algo me sucediera esta noche a mí, Spiridion Trepka, nadie más que yo debe ser considerado..." ¡Un paso en la escalera! Es

light blue upon the white walls. At last I saw the Corte before me: the square was flooded with moonlight, the windows of the palace seemed brightly illuminated, and the statue of Duke Robert, shimmering green, seemed advancing towards me on its horse. I came into the shadow. I had to pass beneath an archway. There started a figure as if out of the wall, and barred my passage with his outstretched cloaked arm. I tried to pass. He seized me by the arm, and his grasp was like a weight of ice. "You shall not pass!" he cried, and, as the moon came out once more, I saw his face, ghastly white and bound with an embroidered kerchief; he seemed almost a child. "You shall not pass!" he cried; "you shall not have her! She is mine, and mine alone! I am Prinzivalle degli Ordelaffi." I felt his ice-cold clutch, but with my other arm I laid about me wildly with the hatchet which I carried beneath my cloak. The hatchet struck the wall and rang upon the stone. He had vanished.

I hurried on. I did it. I cut open the bronze; I sawed it into a wider gash. I tore out the silver image, and hacked it into innumerable pieces. As I scattered the last fragments about, the moon was suddenly veiled; a great wind arose, howling down the square; it seemed to me that the earth shook. I threw down the hatchet and the saw, and fled home. I felt pursued, as if by the tramp of hundreds of invisible horsemen.

Now I am calm. It is midnight; another moment and she will be here!

Patience, my heart! I hear it beating loud. I trust that no one will accuse poor Sor Asdrubale. I will write a letter to the authorities to declare his innocence should anything happen... One! the clock in the palace tower has just struck... "I hereby certify that, should anything happen this night to me, Spiridion Trepka, no one but myself is to be held..." A step on the staircase! It is she! it is she! At last, Me-

ella es ella! Por fin, ¡Medea, Medea! ¡Ah! ¡AMOUR DURE-DURE AMOUR!

dea, Medea! Ah! AMOUR DURE-DURE AMOUR!

NOTA.- Aquí termina el diario del difunto Spiridion Trepka. Los principales periódicos de la provincia de Umbría informaron al público que, en la mañana de Navidad del año 1885, la estatua ecuestre de bronce de Roberto II fue encontrada gravemente mutilada; y que el profesor Spiridion Trepka de Posen, del Imperio alemán, fue encontrado, muerto de una puñalada en la región del corazón, dada por mano desconocida.

NOTE.— Here ends the diary of the late Spiridion Trepka The chief newspapers of the province of Umbria informed the public that, on Christmas morning of the year 1885, the bronze equestrian statue of Robert II. had been found grievously mutilated; and that Professor Spiridion Trepka of Posen, in the German Empire, had been discovered dead of a stab in the region of the heart, given by an unknown hand.

www.ingramcontent.com/pod-product-compliance
Lightning Source LLC
Chambersburg PA
CBHW071436260626
47170CB00008B/2741